# 超好看的短剧这样来写

# 从灵感到爆款

陆　姐◎编著

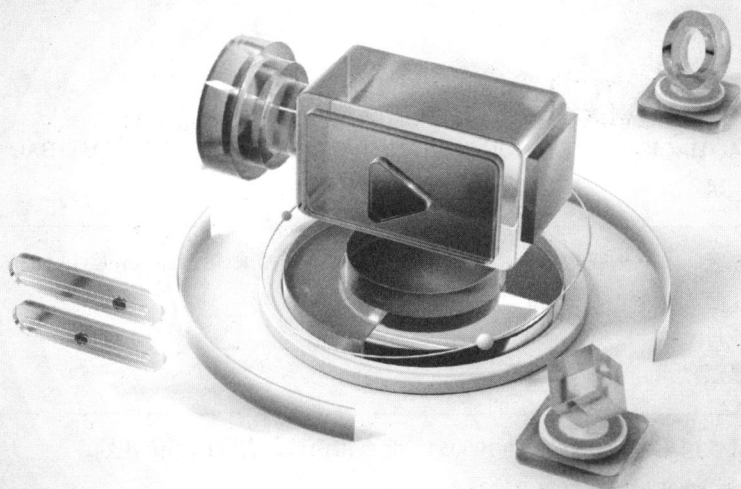

中国铁道出版社有限公司

CHINA RAILWAY PUBLISHING HOUSE CO., LTD.

图书在版编目（CIP）数据

超好看的短剧这样来写：从灵感到爆款 / 陆姐编著.
北京：中国铁道出版社有限公司，2025. 5. -- ISBN
978-7-113-32003-4

Ⅰ. I053.5

中国国家版本馆CIP数据核字第2025HL9387号

书　　名：超好看的短剧这样来写——从灵感到爆款
　　　　　CHAO HAOKAN DE DUANJU ZHEYANG LAI XIE: CONG LINGGAN DAO BAOKUAN
作　　者：陆　姐

责任编辑：张亚慧　　　编辑部电话：(010) 51873035　　　电子邮箱：lampard@vip.163.com
封面设计：宿　萌
责任校对：苗　丹
责任印制：赵星辰

出版发行：中国铁道出版社有限公司（100054，北京市西城区右安门西街 8 号）
网　　址：https://www.tdpress.com
印　　刷：河北宝昌佳彩印刷有限公司
版　　次：2025 年 5 月第 1 版　　2025 年 5 月第 1 次印刷
开　　本：710 mm×1 000 mm 1/16　印张：15　字数：259 千
书　　号：ISBN 978-7-113-32003-4
定　　价：79.00 元

# 前　言

　　现在短剧很火，微电影也火，而短剧与微电影，以爽点、反转、快节奏的方式，为受众节约时间，规避了电影、电视剧时间长的缺点，深受大家的喜爱。

　　目前是高压力、快节奏时代，短剧、微电影这种形式，在未来势必会更加受到青睐，更容易多方面、全方位吸引大家的眼球，成为爆款。

　　然而，短剧创作并非易事，它要求创作者在有限的时间内讲述一个引人入胜的故事，同时还要让故事具有深度和吸引力。这正是本书诞生的初衷——帮助创作者解决短剧创作中存在的难题，比如：

　　（1）灵感匮乏：从日常生活中汲取灵感，以及如何通过 AI 工具激发创意。

　　（2）结构混乱：搭建清晰的剧本结构，让故事流畅且富有张力。

　　（3）角色单薄：塑造立体、有深度的角色，让人物形象栩栩如生。

　　（4）冲突平淡：设计引人入胜的冲突，增强故事的吸引力。

（5）反转生硬：自然地设置反转，避免突兀和不自然。

（6）爽点缺失：设计让观众感到满足的爽点，提升观看体验。

（7）台词不自然：编写贴近角色性格的台词，使其服务于剧情发展。

（8）视觉效果单一：运用视觉元素增强画面的观赏性。

（9）音频运用不当：选择合适的音频，加强情绪表达。

（10）运营策略缺乏：通过有效的运营策略，打造爆款短剧。

本书将对以上问题进行细致的分析，从基础到实战，几乎覆盖短剧创作的各个环节。无论是对短剧的基础知识、灵感的捕捉，还是剧本结构的搭建、角色的塑造、冲突的设计，甚至是最后的运营与转化获利，都提供了详尽的指导和实用的技巧。

本书的特色在于其实战性和系统性，不仅提供了理论知识，更注重实践操作，帮助读者将理论转化为创作能力。以下是本书的一些亮点：

（1）系统覆盖：从灵感到爆款，本书涵盖了短剧创作的全过程。

（2）实用性强：本书提供了30多个经典影视案例、130个图解，帮助读者更直观地理解创作要点。

（3）资源丰富：随书附赠近140个同步教学视频，让学习更加生动和高效。

（4）AI写作案例：第12章专门介绍了如何利用AI工具进行短剧创作，拓宽读者的创作思路。

我相信，通过阅读本书，能够提升读者的短剧创作能力，从基础到实战，一步步地走向成功。通过本书，让我们一起探索短剧创作的无限可能，创作出爆款短剧作品。

需要注意的是：

（1）本书列举了大量案例来辅助讲解写作技巧，考虑用目前盛行的短剧会有侵权风险，所以用了许多精彩的电影情节来代替，无论是电影、短剧或是短视频的编写，其创作技巧都是相通的，大家可以举一反三，灵活运用。

（2）本书涉及的各大软件和工具，文心一言为基于文心大模型3.5的V3.1.0。虽然在编写的过程中，是根据界面截取的实际操作图片，但书从写作到出版需要一段时间，在此期间，这些工具的功能和界面可能会有变动，请在阅读时，根据书中的思路，举一反三，进行学习。

（3）即使是相同的提示词，软件每次生成的回复也会有所差别，这是软件基于算法与算力得出的新结果，这是正常的，因此，大家看到书里的回复与视频中的有所区别，包括大家用同样的提示词，自己进行实操时，得到的回复也会有差异。在观看教程时，读者应把更多的精力放在操作技巧的学习上。

（4）因为篇幅所限，AI 工具回复的内容只展示要点，详细的回复文案，请看随书提供的回复文案完整文件。

如果需要获取书中案例的提示词、回复和视频，请使用微信"扫一扫"功能按需扫描封面的二维码。

感谢李玲、陈雅等人提供的帮助与支持。

由于本人知识水平有限，书中难免存在疏漏之处，恳请广大读者批评、指正，联系微信：2633228153。

作　者
2025 年 3 月

# 目　　录

第**8**章　台词：编写人物对白　　146

第**9**章　视觉：增加画面观赏性　　164

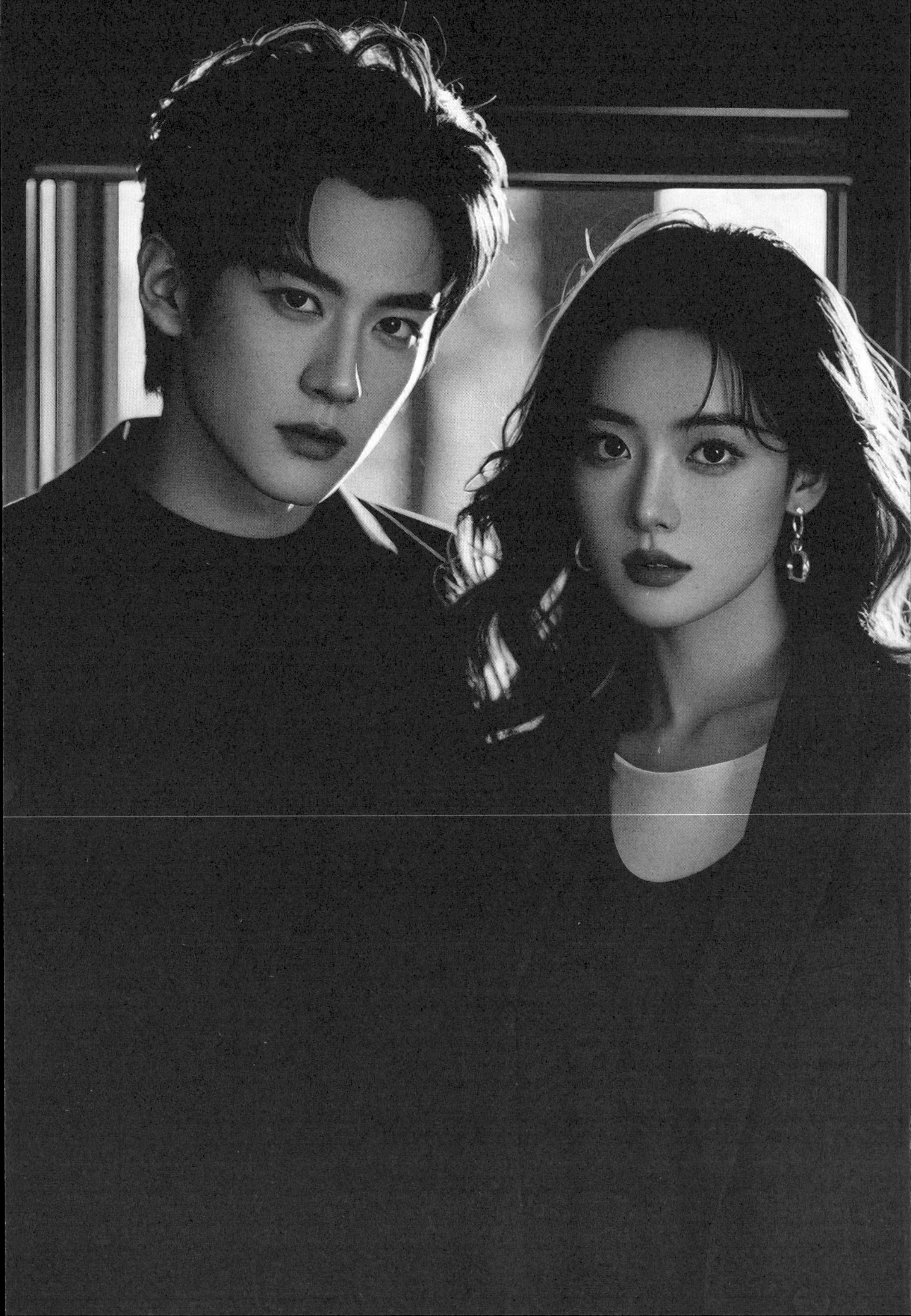

第 **1** 章

# 入门：短剧
# 写作基础

短剧是一种在限定时间内，通过紧凑的情节和精练的内容，讲述一个完整故事的影视作品形式，它非常适合现代快节奏生活，以其精练的表达和创新的元素吸引了大量的观众。本章对爆款短剧的原因和特点进行分析，并介绍短剧和短剧写作的相关知识，帮助创作者打好短剧写作的基础。

# 1.1 短剧为什么火

2023 年，短剧《逃出大英博物馆》在 B 站（哔哩哔哩，以下简称 B 站）、抖音、小红书、微博、快手和芒果 TV 等多个平台上线。该剧一经发布就得到了迅猛传播，在 B 站的单集播放量均突破 1000 万，而在抖音平台的总播放量更是突破 5 亿。

同年，B 站出品的短剧《古相思曲》在站内的播放量突破 2.5 亿，并凭借 8.6 分成为豆瓣 2023 年评分前十的华语剧集之一。

2024 年，腾讯视频十分剧场推出的短剧《执笔》，上线不到两周，分账票房就突破 1000 万元，刷新了最快破千万元分账的短剧纪录。

从流量、口碑和收益来看，短剧获得了大量观众的喜爱与支持。可以说，它已经成为当下最热门的影视作品形式之一。本节将对短剧爆火的原因进行分析，并总结出爆款短剧的特点，方便创作者了解短剧繁荣背后的因素。

## 1.1.1 短剧爆火的原因

微短剧研究平台 DataEye 在 2024 年发布的《2024 年微短剧买量投流数据报告》中指出："据艾媒咨询预测，2023 年中国微短剧市场规模达 373.9 亿元，同比上升 267.65%，2024 年市场规模超 500 亿元，预计 2027 年超 1000 亿元。"

如此火爆的短剧市场，进一步证明了短剧的热度之高、流量之大。那么，短剧为什么这么火呢？具体来说，短剧爆火有以下四个方面的原因。

### ▶▷ 1. 满足快节奏的生活需求

快节奏和碎片化是现代生活的主要特征，而这两个特征也影响了人们对娱乐方式的要求。例如，影视解说类视频的流行，正是因为它能够让观众在较短的时间内了解时间长、内容多的影视作品内容，让人们可以在碎片化的时间内获得放松和消遣，从而满足了快节奏的生活需求。

短剧的火爆也是如此。相比于传统的长剧、电影等影视作品形式，短剧的时长短、节奏快，能在短时间内给观众带来剧情的反转和情感的起伏，完美地契合快节奏时代人们的生活需求。另外，短剧的时长短或集数少，能够减轻观众的心理负担，避免出现休息时间看不完、集数太多不想追的情况。

## ▶▷2. 制作成本低廉

与动辄需要百万元、千万元成本的电视剧、电影不同，短剧的篇幅短小，所需的拍摄时间比较短，演员、场景和服装等方面的数量与要求也会相对减少，因此总体的制作成本比较低。

而低廉的成本降低了短剧的制作门槛，使得越来越多的个人创作者和工作室能够参与到短剧的制作中。这不仅让短剧的数量急剧增加，为观众提供了更多的选择，也提高了短剧市场的活跃度和繁荣度。

## ▶▷3. 多样化和创新性的题材

个人创作者和工作室大量涌入短剧市场，除了带来数量众多的作品之外，也丰富了短剧的题材选择。由于个人创作者和工作室的自由度比较高，因此他们可以选择自己感兴趣、市面上稀缺、其他领域热度高的题材进行拍摄和制作，这些多样化和创新性的题材也成为吸引观众的"法宝"。

另外，题材的来源也更具多样化和创新性。例如，《逃出大英博物馆》起源于一条网友的评论和国际新闻；《古相思曲》的故事情节是根据 B 站一位 UP 主的原创剪辑视频内容进行改编和创作的；《执笔》则改编自一篇网络原创小说。

新颖、丰富的题材增加了短剧的吸引力，为观众带来了耳目一新的观看体验，让短剧更容易获得观众的支持与喜爱。

## ▶▷4. 政策的支持

政策的支持也是短剧爆火的重要原因之一。政策不仅为短剧创作提供了良好的生态环境，还激发了创作者的热情与创造力，促进了短剧内容的多样化和高质量发展，从而满足了观众日益增长的多元化需求，推动了短剧市场的繁荣与爆火。

具体来说，政策对短剧的支持体现在明确定义、加强审核和监管，以及鼓励创作这三个方面，如图 1-1 所示。

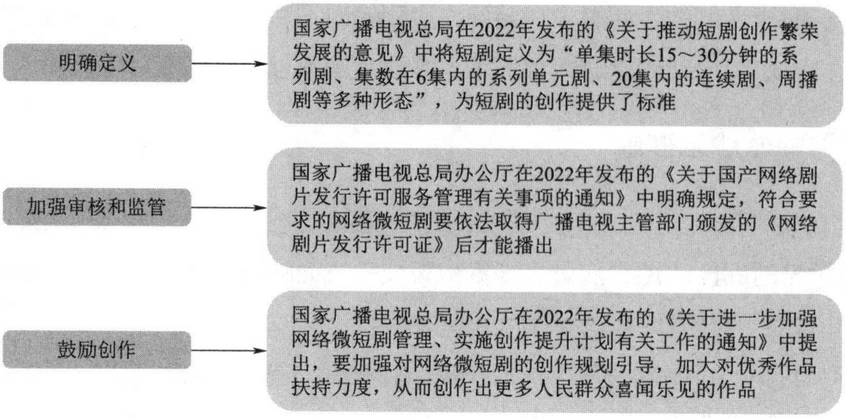

| 明确定义 | 国家广播电视总局在2022年发布的《关于推动短剧创作繁荣发展的意见》中将短剧定义为"单集时长15~30分钟的系列剧、集数在6集内的系列单元剧、20集内的连续剧、周播剧等多种形态",为短剧的创作提供了标准 |
|---|---|
| 加强审核和监管 | 国家广播电视总局办公厅在2022年发布的《关于国产网络剧片发行许可服务管理有关事项的通知》中明确规定,符合要求的网络微短剧要依法取得广播电视主管部门颁发的《网络剧片发行许可证》后才能播出 |
| 鼓励创作 | 国家广播电视总局办公厅在2022年发布的《关于进一步加强网络微短剧管理、实施创作提升计划有关工作的通知》中提出,要加强对网络微短剧的创作规划引导,加大对优秀作品扶持力度,从而创作出更多人民群众喜闻乐见的作品 |

图 1-1　体现政策对短剧的支持的三个方面

除了国家层面出台的政策文件之外,部分省市也采取了出台政策文件、召开座谈会、建立影视基地等举措,鼓励和扶持短剧产业的发展,如图 1-2 所示。

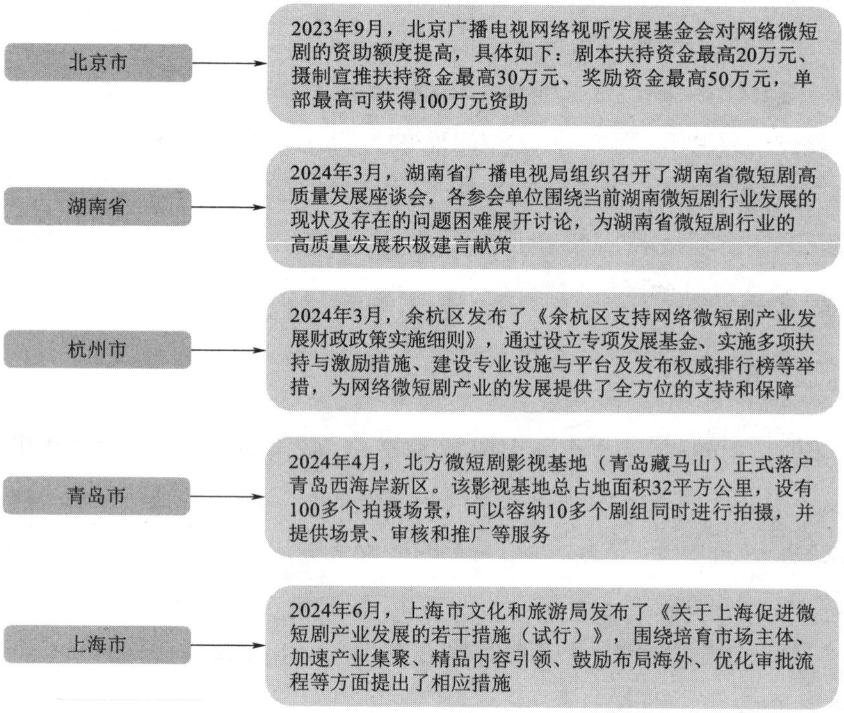

| 北京市 | 2023年9月,北京广播电视网络视听发展基金会对网络微短剧的资助额度提高,具体如下:剧本扶持资金最高20万元、摄制宣推扶持资金最高30万元、奖励资金最高50万元,单部最高可获得100万元资助 |
|---|---|
| 湖南省 | 2024年3月,湖南省广播电视局组织召开了湖南省微短剧高质量发展座谈会,各参会单位围绕当前湖南微短剧行业发展的现状及存在的问题困难展开讨论,为湖南省微短剧行业的高质量发展积极建言献策 |
| 杭州市 | 2024年3月,余杭区发布了《余杭区支持网络微短剧产业发展财政政策实施细则》,通过设立专项发展基金、实施多项扶持与激励措施、建设专业设施与平台及发布权威排行榜等举措,为网络微短剧产业的发展提供了全方位的支持和保障 |
| 青岛市 | 2024年4月,北方微短剧影视基地(青岛藏马山)正式落户青岛西海岸新区。该影视基地总占地面积32平方公里,设有100多个拍摄场景,可以容纳10多个剧组同时进行拍摄,并提供场景、审核和推广等服务 |
| 上海市 | 2024年6月,上海市文化和旅游局发布了《关于上海促进微短剧产业发展的若干措施(试行)》,围绕培育市场主体、加速产业集聚、精品内容引领、鼓励布局海外、优化审批流程等方面提出了相应措施 |

图 1-2　部分省市鼓励和扶持短剧产业的相关举措

## 1.1.2 爆款短剧的特点

爆款短剧，作为当下影视领域的一股强劲力量，之所以能够迅速走红并深入人心，离不开一系列共同的鲜明特点。这些特点不仅塑造了爆款短剧的独特魅力，也满足了现代观众对于高效、高质量娱乐内容的追求。以下是爆款短剧所展现的五大共同特点，如图 1-3 所示。

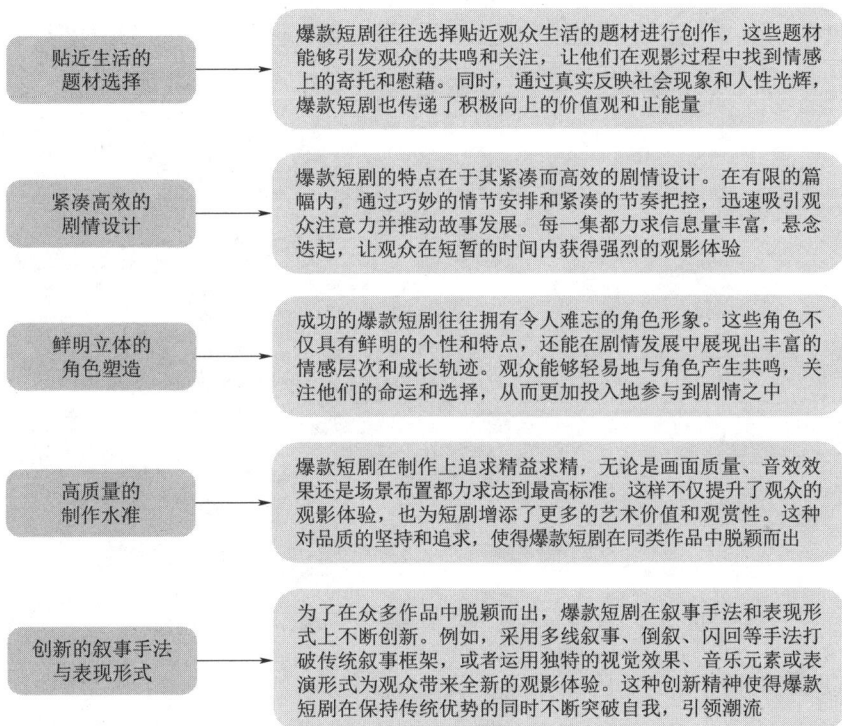

| 贴近生活的题材选择 | → | 爆款短剧往往选择贴近观众生活的题材进行创作，这些题材能够引发观众的共鸣和关注，让他们在观影过程中找到情感上的寄托和慰藉。同时，通过真实反映社会现象和人性光辉，爆款短剧也传递了积极向上的价值观和正能量 |
| --- | --- | --- |
| 紧凑高效的剧情设计 | → | 爆款短剧的特点在于其紧凑而高效的剧情设计。在有限的篇幅内，通过巧妙的情节安排和紧凑的节奏把控，迅速吸引观众注意力并推动故事发展。每一集都力求信息量丰富，悬念迭起，让观众在短暂的时间内获得强烈的观影体验 |
| 鲜明立体的角色塑造 | → | 成功的爆款短剧往往拥有令人难忘的角色形象。这些角色不仅具有鲜明的个性和特点，还能在剧情发展中展现出丰富的情感层次和成长轨迹。观众能够轻易地与角色产生共鸣，关注他们的命运和选择，从而更加投入地参与到剧情之中 |
| 高质量的制作水准 | → | 爆款短剧在制作上追求精益求精，无论是画面质量、音效效果还是场景布置都力求达到最高标准。这样不仅提升了观众的观影体验，也为短剧增添了更多的艺术价值和观赏性。这种对品质的坚持和追求，使得爆款短剧在同类作品中脱颖而出 |
| 创新的叙事手法与表现形式 | → | 为了在众多作品中脱颖而出，爆款短剧在叙事手法和表现形式上不断创新。例如，采用多线叙事、倒叙、闪回等手法打破传统叙事框架，或者运用独特的视觉效果、音乐元素或表演形式为观众带来全新的观影体验。这种创新精神使得爆款短剧在保持传统优势的同时不断突破自我，引领潮流 |

图 1-3　爆款短剧的特点

综上所述，这些特点相互交织、相互促进，共同构成了爆款短剧独特的影响力。未来，随着技术的不断进步和观众需求的日益多样化，爆款短剧将继续在影视市场中占据重要地位，为观众带来更多精彩纷呈的视听盛宴。

## 1.2　短剧的基础知识

在快节奏的现代生活中，短剧以其独特的魅力逐渐成为大众文化的重要组成部分。它不仅为观众提供了快速获取情感共鸣与思想启发的途径，还以其多样化的形式和灵活的创作方式，不断拓宽着艺术的边界。

本节主要介绍短剧的定义、分类、优点、制作流程和发展趋势这五个方面，帮助创作者了解短剧的相关知识，从而提升短剧的创作能力。

## 1.2.1 短剧的定义

"短剧"原本是一种戏剧形式，随着时代的进步和发展，短剧的定义和范围也不断扩展，除了传统短剧之外，出现了网络微短剧和小程序短剧等新形式，想掌握短剧的定义，创作者需要先了解它们的概念，如图 1-4 所示。

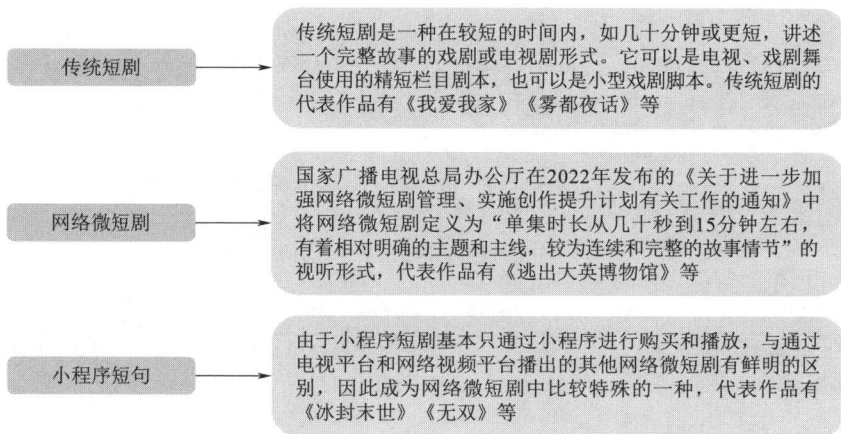

| 传统短剧 | → | 传统短剧是一种在较短的时间内，如几十分钟或更短，讲述一个完整故事的戏剧或电视剧形式。它可以是电视、戏剧舞台使用的精短栏目剧本，也可以是小型戏剧脚本。传统短剧的代表作品有《我爱我家》《雾都夜话》等 |
| 网络微短剧 | → | 国家广播电视总局办公厅在2022年发布的《关于进一步加强网络微短剧管理、实施创作提升计划有关工作的通知》中将网络微短剧定义为"单集时长从几十秒到15分钟左右，有着相对明确的主题和主线，较为连续和完整的故事情节"的视听形式，代表作品有《逃出大英博物馆》等 |
| 小程序短句 | → | 由于小程序短剧基本只通过小程序进行购买和播放，与通过电视平台和网络视频平台播出的其他网络微短剧有鲜明的区别，因此成为网络微短剧中比较特殊的一种，代表作品有《冰封末世》《无双》等 |

图 1-4  传统短剧、网络微短剧和小程序短剧的概念

从现状来看，传统短剧如今主要以电视剧的形式来播出，但作品数量比较少；网络微短剧的热度在近几年迅速上升，拥有了大量的爆款作品和观众基础；小程序短剧也曾红极一时，但由于缺乏审核与监管，多部作品出现违规内容，很快被相关部门进行下架和整治处理，热度也大不如前。

综上所述，短剧是一个包含传统短剧、网络微短剧和小程序短剧这三类形式，但以网络微短剧为主的复合概念，本书也以这个概念为基础，向创作者介绍短剧和短剧写作的相关知识。

## 1.2.2 短剧的分类

根据不同的标准，短剧可以分为不同的类别。常见的分类标准包括按内容主题分类、按剧本来源分类、按播出渠道分类等，如图 1-5 所示。

| 按内容主题分类 | → | 根据不同的内容主题，短剧可以分为爱情类、励志类、校园类、历史类、社会类、家庭类和科幻类 |
| 按剧本来源分类 | → | 短剧主要有两种剧本来源：一种是原创剧本，另一种是根据小说、漫画、民间故事、历史等内容改编成的剧本。因此，短剧也可以分为原创短剧和改编短剧 |
| 按播出渠道分类 | → | 短剧主要有电视平台和网络平台这两个播出渠道，其中在电视平台播出的是上星短剧，在网络平台播出的是网络短剧。不过，如果一部短剧一开始是在网络平台播出，后来被允许在电视平台播出，则也可以称为上星短剧 |

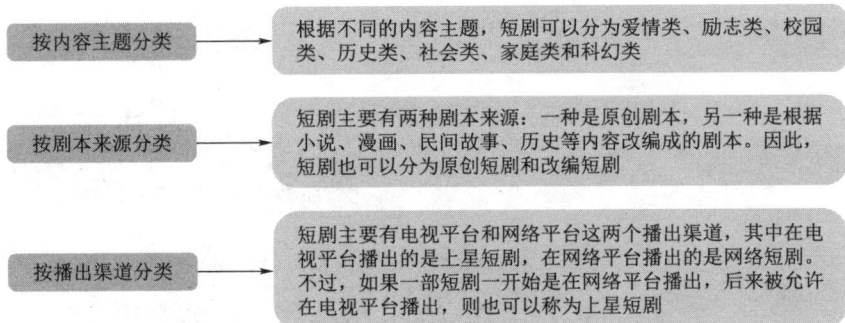

图 1-5 短剧的常见分类

>> 小贴士 >>>>>>

在广播电视领域中，"上星"指的是影视作品经过国家广播电视总局或省一级的广播电视部门审批后，被允许在星级卫视（通常指的是国内具有较高知名度和影响力的省级卫视平台）上播出的行为。

# 1.2.3　短剧的优点

短剧与快节奏的生活需求相契合，并凭借低廉的制作成本、多样化和创新性的题材，以及政策的支持，为观众带来了丰富多样的娱乐体验，让他们在忙碌的生活中也能享受到较高质量的视听盛宴。这既是短剧的优点，也是其爆火的原因。

另外，与长篇电视剧、电影相比，短剧还具有易于传播、市场反馈快和情节紧凑的优点，如图 1-6 所示。

短剧与短视频有一定的相似之处，如时长短小精悍、主要依赖网络平台传播、制作成本低和时效性强等，不过相比于短视频，短剧具有情节完整性更强、受众群体更广泛和商业模式更多样的优点，如图 1-7 所示。

| 易于传播 | 短剧可以通过长视频平台、短视频平台、小程序、社交平台等多个渠道进行快速传播，从而更容易吸引观众关注 |
| 市场反馈快 | 目前国内的长篇电视剧和电影基本是采用先拍摄剪辑再播出的方式，想获得市场反馈只能等播出后。但短剧的时长和制作周期短，可以边拍摄边播出，因此创作者可以根据市场反馈及时地调整创作方向和内容，提高作品质量和观众满意度 |
| 情节紧凑 | 短剧往往情节紧凑，聚焦核心冲突和情感，能够迅速吸引观众的注意力并留下深刻印象。另外，短剧可以去除冗长拖沓的部分，保留精华内容，使观众在有限的时间内获得最大的观赏体验 |

图 1-6  短剧相比于长篇电视剧和电影的优点

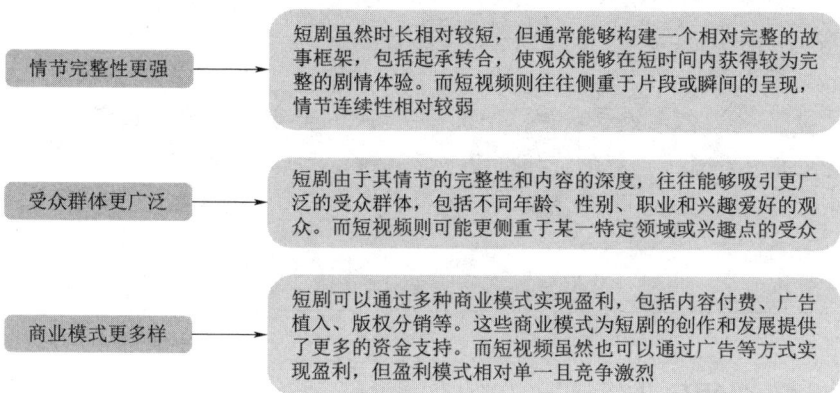

| 情节完整性更强 | 短剧虽然时长相对较短，但通常能够构建一个相对完整的故事框架，包括起承转合，使观众能够在短时间内获得较为完整的剧情体验。而短视频则往往侧重于片段或瞬间的呈现，情节连续性相对较弱 |
| 受众群体更广泛 | 短剧由于其情节的完整性和内容的深度，往往能够吸引更广泛的受众群体，包括不同年龄、性别、职业和兴趣爱好的观众。而短视频则可能更侧重于某一特定领域或兴趣点的受众 |
| 商业模式更多样 | 短剧可以通过多种商业模式实现盈利，包括内容付费、广告植入、版权分销等。这些商业模式为短剧的创作和发展提供了更多的资金支持。而短视频虽然也可以通过广告等方式实现盈利，但盈利模式相对单一且竞争激烈 |

图 1-7  短剧相比于短视频的优点

## 1.2.4  短剧的制作流程

短剧通过巧妙安排和精心挑选，将复杂的故事情节和人物形象浓缩在有限的时间和空间内。总的来说，短剧的制作流程包括前期筹备、剧本写作、演员选择、拍摄计划、后期制作、推广发布和优化改进这七个方面，如图 1-8 所示。

| 前期筹备 | 前期筹备是短剧制作的首要阶段，它涵盖了确定短剧的主题与目标受众、制定详细的预算和时间安排，组建一支高效且专业的制作团队。这一阶段的工作为后续的创作与制作奠定了坚实的基础，确保整个项目能够有条不紊地推进 |
| 剧本写作 | 剧本写作是短剧制作的核心环节，它要求创作者通过巧妙的构思和精湛的文笔，将生活中的点滴故事或灵感转化为引人入胜的故事情节，塑造出鲜明的人物形象，并通过对话和行动展现人物性格与情感，为短剧提供坚实的文学基础 |

| | |
|---|---|
| 演员选择 | 演员选择是短剧制作中至关重要的一环，它涉及根据剧本角色的需求，通过试镜和面谈等方式，从众多候选人中挑选出最符合角色形象、具备出色表演能力的演员，以确保短剧中的角色能够鲜活呈现，增强观众的代入感与产生情感共鸣 |
| 拍摄计划 | 拍摄计划是短剧制作过程中的关键环节，它涉及对拍摄场景、时间、角色安排及拍摄顺序的详细规划，旨在确保拍摄工作能够高效有序地进行，同时充分利用有限的资源，捕捉最佳的画面效果，为后期制作提供高质量的素材 |
| 后期制作 | 后期制作涵盖了素材整理与剪辑、配乐与音效处理、特效与字幕添加等多个环节，后期制作团队通过专业技术和创意思维，将原始素材转化为具有吸引力和感染力的短剧作品，为观众带来视觉和听觉的双重享受 |
| 推广发布 | 推广发布是将短剧推向市场、吸引观众的关键步骤。在这一阶段，制作方会选择合适的发布平台，如视频网站、社交媒体等，通过精心策划的推广策略，如预告片发布、话题互动等，提升短剧的曝光度和话题度 |
| 优化改进 | 短剧发布前，制作团队会根据内部评审和观众反馈对剧情、画面、音效等进行微调，以提升作品质量；发布后，团队会持续监测观众反馈和市场反应，针对观众提出的意见和建议进行必要的修正和补充，确保短剧能够更好地满足观众需求，增强市场竞争力 |

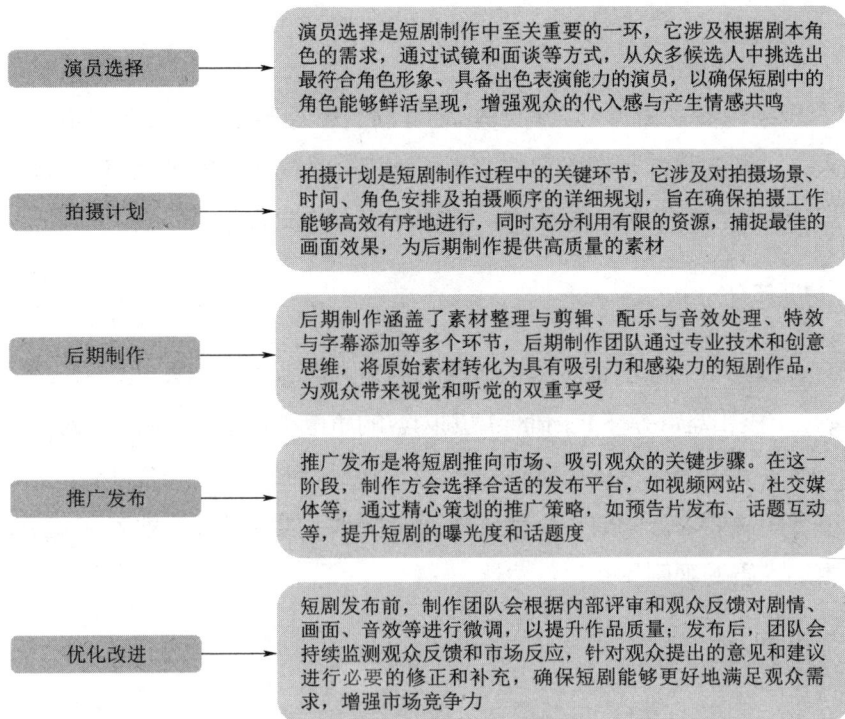

图 1-8 短剧的制作流程

## 1.2.5 短剧的发展趋势

短剧正步入一个前所未有的变革与繁荣时代。随着观众需求的日益多样化和技术的飞速发展，短剧不仅在题材与内容上实现了前所未有的多元化探索，更在制作品质、行业规范及商业化模式上迈出了坚实的步伐。这一系列的变革，不仅预示着短剧行业正逐步走向成熟与精致，更为其未来的发展奠定了坚实的基础。下面介绍短剧的发展趋势。

### ▶▶ 1. 多元化

随着观众口味的不断分化，短剧在题材和内容上将继续探索多元化。悬疑、喜剧、奇幻、家庭等传统题材将进一步丰富，同时，警匪、青春、乡村全面振兴、传统文化传承等新赛道也将诞生更多代表作。这种多元化趋势将满足不同观众群体的需求，推动短剧市场的繁荣。

## ▶▷ 2. 精品化

随着越来越多主流影视公司、知名导演、影视明星、互联网平台及政府机构的加入，短剧的整体制作水平将得到显著提升。高质量的内容将成为短剧市场的核心竞争力，推动短剧从野蛮生长向精品化方向发展。

## ▶▷ 3. 规范化

未来，国家将继续加强对短剧行业的监管力度，完善相关法规和政策。通过加强备案、审核和监管等环节，确保短剧内容的质量和安全，保护观众的合法权益。

而各大平台将积极响应监管政策，加强自查自纠力度，确保平台上线的短剧内容符合相关要求。同时，平台还将通过技术手段提升审核效率和质量，为观众提供更加优质的观剧体验。

## ▶▷ 4. 商业化

未来，短剧的盈利模式将更加多样化，例如用户付费、广告收入、品牌定制、平台分账、电商带货等。其中，用户付费将成为短剧最主流的盈利方式之一，随着观众付费意愿的提升和付费习惯的养成，付费短剧市场规模将持续扩大。

另外，短剧将与更多品牌和行业进行深度商业合作，通过植入广告、品牌定制短剧等方式实现商业价值最大化。同时，短剧创作者也将获得更多商业机会和收益来源，推动整个行业的持续发展。

# 1.3 短剧写作的介绍

短剧写作要求在极其有限的篇幅内，通过精妙的情节构建、深刻的人物塑造，以及富有智慧的对话设计，展现出一个完整而引人入胜的故事框架。创作者需要具备卓越的叙事技巧，能够迅速而有效地铺设背景、推动情节发展，并在有限的空间内营造出强烈的情感共鸣和戏剧冲突。

本节介绍学习短剧写作的意义、短剧写作的基本步骤和常见问题，帮助创作者了解短剧写作的相关知识。

## 1.3.1  学习短剧写作的意义

作为一名短剧创作者，学习短剧写作具有深远的意义，这不仅关乎个人技能的提升，也涉及艺术表达、情感共鸣、文化传播，以及行业发展的多个层面，具体如图 1-9 所示。

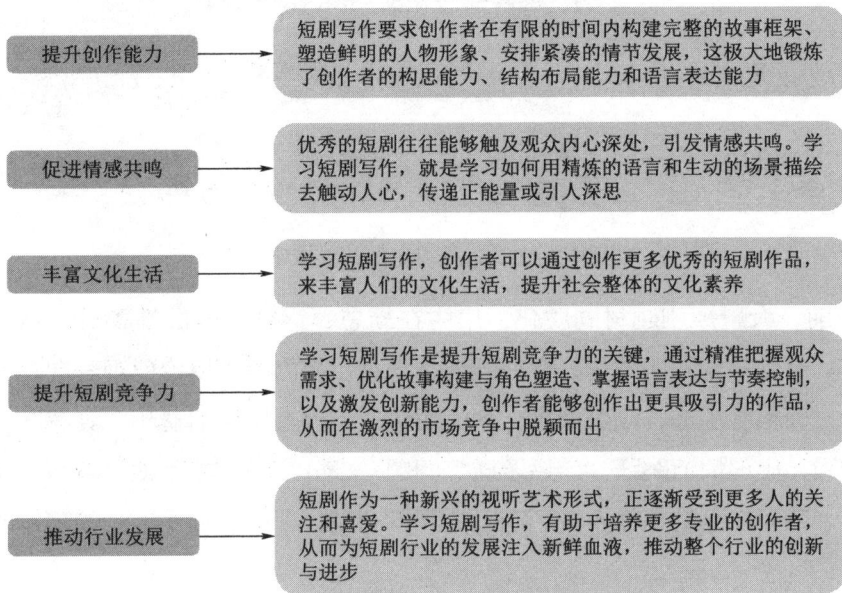

| | |
|---|---|
| 提升创作能力 | 短剧写作要求创作者在有限的时间内构建完整的故事框架、塑造鲜明的人物形象、安排紧凑的情节发展，这极大地锻炼了创作者的构思能力、结构布局能力和语言表达能力 |
| 促进情感共鸣 | 优秀的短剧往往能够触及观众内心深处，引发情感共鸣。学习短剧写作，就是学习如何用精炼的语言和生动的场景描绘去触动人心，传递正能量或引人深思 |
| 丰富文化生活 | 学习短剧写作，创作者可以通过创作更多优秀的短剧作品，来丰富人们的文化生活，提升社会整体的文化素养 |
| 提升短剧竞争力 | 学习短剧写作是提升短剧竞争力的关键，通过精准把握观众需求、优化故事构建与角色塑造、掌握语言表达与节奏控制，以及激发创新能力，创作者能够创作出更具吸引力的作品，从而在激烈的市场竞争中脱颖而出 |
| 推动行业发展 | 短剧作为一种新兴的视听艺术形式，正逐渐受到更多人的关注和喜爱。学习短剧写作，有助于培养更多专业的创作者，从而为短剧行业的发展注入新鲜血液，推动整个行业的创新与进步 |

图 1-9  学习短剧写作的意义

## 1.3.2  短剧写作的基本步骤

短剧写作是一个系统而复杂的过程，需要创作者具备敏锐的洞察力、丰富的想象力，以及扎实的文字功底，通过明确主题与定位、构建故事框架、细化剧本内容及打磨与修改等步骤的共同努力，才能创作出既具艺术价值又深受观众喜爱的短剧作品。图 1-10 为短剧写作的基本步骤。

另外，虽然拍摄与后期制作并不直接涉及剧本写作，但它是短剧创作过程中不可或缺的一环。在拍摄阶段，团队需要根据剧本内容进行演绎与呈现；而在后期制作阶段，则需要团队对拍摄素材进行剪辑、配音、配乐等处理，以形成最终的短剧作品。这一过程需要团队间的紧密协作与默契配合，以确保作品能够忠实于剧本意图并呈现出最佳的艺术效果。

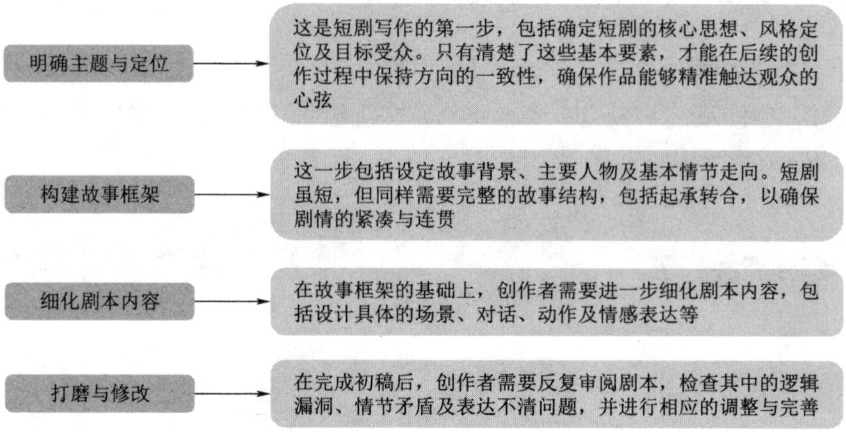

| 明确主题与定位 | 这是短剧写作的第一步，包括确定短剧的核心思想、风格定位及目标受众。只有清楚了这些基本要素，才能在后续的创作过程中保持方向的一致性，确保作品能够精准触达观众的心弦 |
|---|---|
| 构建故事框架 | 这一步包括设定故事背景、主要人物及基本情节走向。短剧虽短，但同样需要完整的故事结构，包括起承转合，以确保剧情的紧凑与连贯 |
| 细化剧本内容 | 在故事框架的基础上，创作者需要进一步细化剧本内容，包括设计具体的场景、对话、动作及情感表达等 |
| 打磨与修改 | 在完成初稿后，创作者需要反复审阅剧本，检查其中的逻辑漏洞、情节矛盾及表达不清问题，并进行相应的调整与完善 |

图 1-10　短剧写作的基本步骤

目前，大量短剧题材同质化，集中在霸总、穿越、复仇等题材，剧情套路化严重；部分短剧为博眼球，存在低俗、拜金、暴力等不良价值观导向。大量短剧制作方面粗制滥造，场景简陋，画面质量差；为追求快节奏和"爽感"，忽视剧情逻辑，出现情节跳跃、前后矛盾等问题；部分演员演技生硬，表情、动作不自然，影响了作品的整体质量和观众的观剧感受，下面讲解一下短句写作的常见问题。

## 1.3.3　短剧写作的常见问题

短剧写作是一项需要综合考量的任务，它不仅要求创作者具备扎实的文字功底，还需要对观众心理和市场趋势等方面有深入的了解。下面介绍短剧写作中的常见问题和对应的解决措施。

### ▶▶1. 主题不明确或过于宽泛

创作者在写作短剧时，没有明确的主题或目的，容易导致剧情内容杂乱无章，观众难以理解和产生共鸣。因此，创作者在写作前就要明确短剧的主题和目的，为整个创作过程提供一个清晰的方向，并确保剧情内容紧密围绕主题展开，避免偏离主题或内容过于宽泛。

## ▶▷ 2. 剧情结构不紧凑或混乱

如果剧情结构松散、节奏拖沓，或者结构混乱，就会导致观众无法跟上故事情节，从而影响观众的观看体验。因此，创作者在写作时要构建紧凑的剧情结构，合理安排情节发展的节奏和冲突点，以确保剧情推进有序，高潮部分果断释放。

## ▶▷ 3. 忽视情感共鸣和观众体验

如果创作者过于注重剧情的复杂性和技巧性，忽视了情感共鸣和观众体验的重要性，那么创作出的短剧很难获得观众的喜爱。因此，创作者在写作过程中要注重情感线索的融入和观众体验的提升，通过细腻的情感描绘和真实的人物塑造来引发观众的情感共鸣和代入感。

## ▶▷ 4. 违反平台规则或法律法规

创作者在创作前应该了解并遵守平台的规则和法律法规，确保作品内容符合平台要求和社会道德规范，从而避免出现作品被限流、下架，甚至账号被封禁等情况。

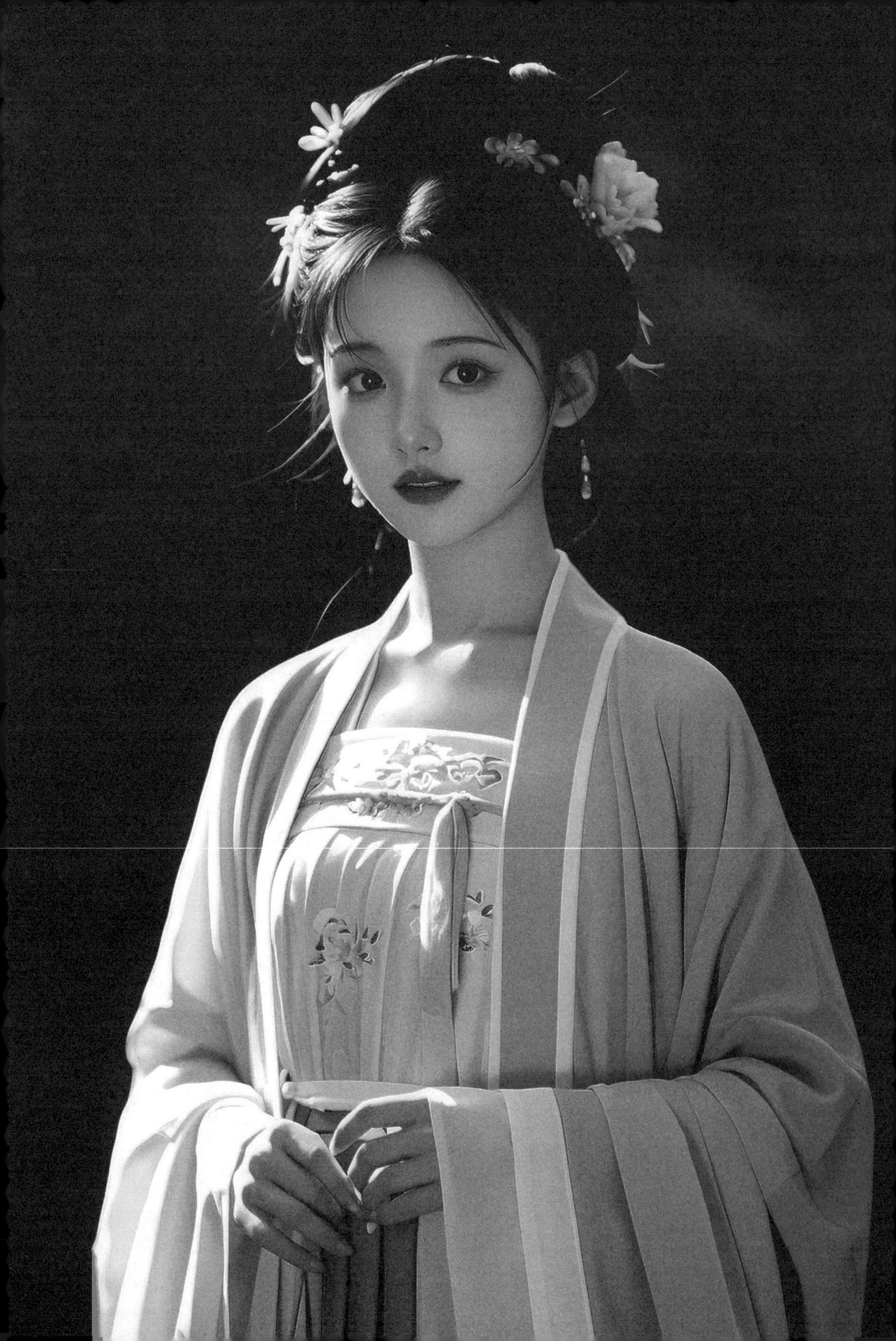

# 第 **2** 章
# 灵感：构思
# 短剧主题

俗话说："好的开始是成功的一半。"一个独特且引人入胜的主题，正是短剧最好的"开始"。创作者要善于捕捉那些稍纵即逝的灵感，并通过不同的构思方法，将其转化为引领观众思绪、触动心灵深处的短剧主题。本章介绍灵感与主题的基础知识，以及构思短剧主题的方法。

## 2.1 短剧的灵感与主题

短剧的灵感与主题是相互依存、相互启发的关系，灵感作为创作的起点，激发创作者探索并提炼出核心思想——主题，而主题的明确又进一步激发新的灵感，共同推动短剧的创作深度和吸引力。本节介绍灵感的来源与积累、短剧主题的分类和作用。

### 2.1.1 灵感的来源与积累

灵感是创作短剧的起点，它可能来源于真实事件、文学作品，以及创作者的个人经验、观察、想象或感悟，可以是一个具体的场景、一种强烈的情感、一个引人深思的问题，或者是一个富有创意的想法。它激发了创作者想要表达或探索的欲望，为短剧的创作提供了动力和方向。

**案例 1：**

1912 年，当时世界上体积最庞大、内部设施最豪华的客运轮船泰坦尼克号在首次航行中与冰山发生猛烈的撞击，导致船体断裂并完全沉没，造成了 1500 多人遇难，直至 1985 年，泰坦尼克号的残骸才被发现。

受到这一事件的影响，某著名导演亲自编写剧本并指导拍摄了《泰坦尼克号》（*Titanic*），该影片以泰坦尼克号沉船事件为背景，通过讲述一个爱情故事，展现了爱情的力量和生命的美好。影片中既有对历史事件的真实再现，又蕴含着对人性的深刻探讨，让观众在欣赏艺术的同时也思考了人生和社会的现实问题。

电影《泰坦尼克号》的灵感来源于真实的沉船事件和导演的个人思考。其中，真实的沉船事件构成了影片的主要情节，而导演的个人思考增加了影片的人文关怀。

短剧的灵感来源并不是单一的，多样化的灵感来源可以深化短剧的意蕴。不过，很多灵感是瞬间产生且一闪而过的，创作者需要采用合适的方法来积累灵感，以便随时取用，如图 2-1 所示。

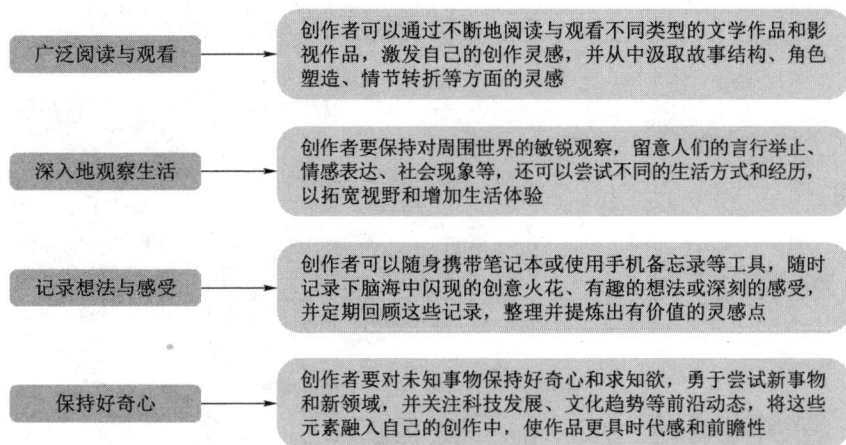

| | |
|---|---|
| 广泛阅读与观看 → | 创作者可以通过不断地阅读与观看不同类型的文学作品和影视作品，激发自己的创作灵感，并从中汲取故事结构、角色塑造、情节转折等方面的灵感 |
| 深入地观察生活 → | 创作者要保持对周围世界的敏锐观察，留意人们的言行举止、情感表达、社会现象等，还可以尝试不同的生活方式和经历，以拓宽视野和增加生活体验 |
| 记录想法与感受 → | 创作者可以随身携带笔记本或使用手机备忘录等工具，随时记录下脑海中闪现的创意火花、有趣的想法或深刻的感受，并定期回顾这些记录，整理并提炼出有价值的灵感点 |
| 保持好奇心 → | 创作者要对未知事物保持好奇心和求知欲，勇于尝试新事物和新领域，并关注科技发展、文化趋势等前沿动态，将这些元素融入自己的创作中，使作品更具时代感和前瞻性 |

图 2-1　积累灵感的方法

灵感的积累是一个持续且多样化的过程，涉及观察、学习、体验、反思和创造力等多个方面。通过不断观察、思考、实践和反思，创作者可以不断激发自己的创造力和想象力，从而创作出优秀的短剧作品。

>> 小贴士 >>>>>>

　　剧本创作的基本方法和技巧是相通的，因此，为了让读者更形象地理解短剧创作的相关知识，本书选取了部分经典的影视作品进行举例。

## 2.1.2　短剧主题的作用

创作者在获得和积累一定的灵感后，会进一步思考这些灵感背后所蕴含的意义和价值，从而提炼出短剧的主题。主题是短剧所要传达的核心思想或中心议题，它贯穿整部短剧，通过故事情节、角色塑造、对话和场景设置等方式得以体现，可以引导观众在欣赏短剧的过程中产生共鸣、思考和感悟。

一个好的短剧主题，可以起到引导情节构建、精准塑造角色、传递价值观、增强艺术感染力和促进文化交流的作用，如图 2-2 所示。

| 引导情节构建 | 主题是构建短剧情节的指南针，它决定了故事的主要冲突、转折点和结局，确保所有情节都紧密围绕主题展开，从而形成连贯且富有张力的叙事结构。在主题引导下构建的情节，能够让观众更好地理解故事的核心意义 |
| --- | --- |
| 塑造角色 | 主题不仅定义了短剧的背景和目标，还深刻影响着角色的性格塑造和行为选择。通过角色在追求或对抗主题时所展现出的态度、情感和行动，观众能够更深入地理解和感受角色的内心世界，增强角色的立体感和真实感 |
| 传递价值观 | 短剧的主题往往蕴含着创作者想要表达的思想、观点和情感态度，通过故事的讲述和角色的演绎，主题将这些思想和价值观传递给观众，引导他们思考社会、人生、道德等问题。这种传递不仅具有教育意义，还能激发观众的共鸣和反思 |
| 增强艺术感染力 | 一个鲜明且有力的主题能够赋予短剧更强的艺术感染力。它使得作品在情感表达、氛围营造和视觉呈现等方面更加出色，能够更深入地触动观众的心灵，从而达到吸引观众、留住观众的目的 |
| 促进文化交流 | 短剧主题具有跨文化交流的潜力，不同文化背景下的观众可以通过短剧主题所传递的普遍价值和情感共鸣，增进对彼此文化的理解和尊重。这种文化交流不仅丰富了观众的视野和认知，还有助于构建更加和谐、包容的社会环境 |

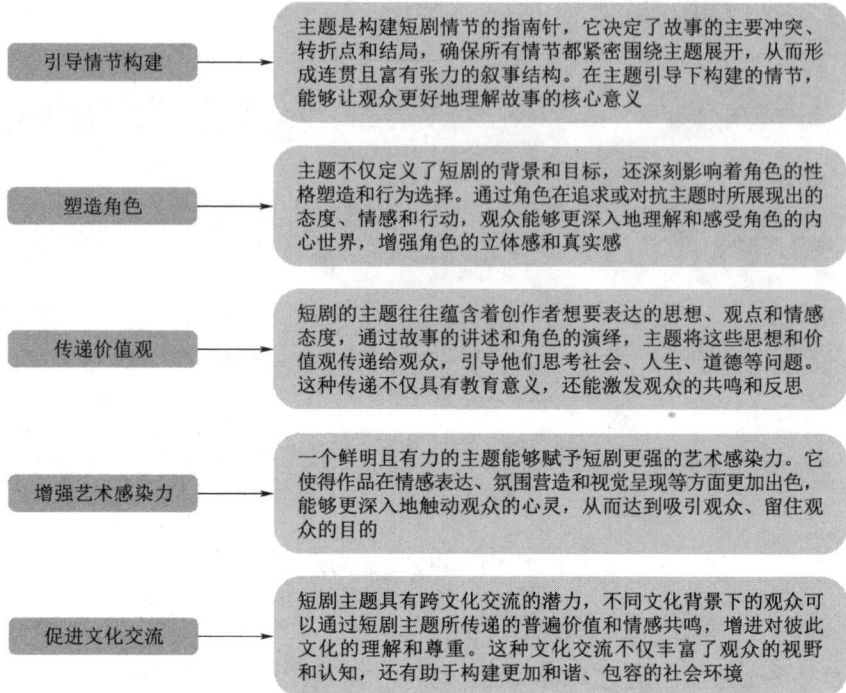

图 2-2　短剧主题的作用

## 2.1.3　短剧主题的分类

　　短剧作为一种深受观众喜爱的影视形式，其主题的多样性是吸引不同观众群体的关键。从深刻的情感探索到引人入胜的剧情发展，从奇幻的想象世界到历史的深度挖掘，短剧主题涵盖了广泛而丰富的领域。

　　图 2-3 为一些常见的短剧主题分类，它们不仅满足了观众多样化的需求和兴趣，也为创作者提供了无限的创作灵感和广阔的想象空间。

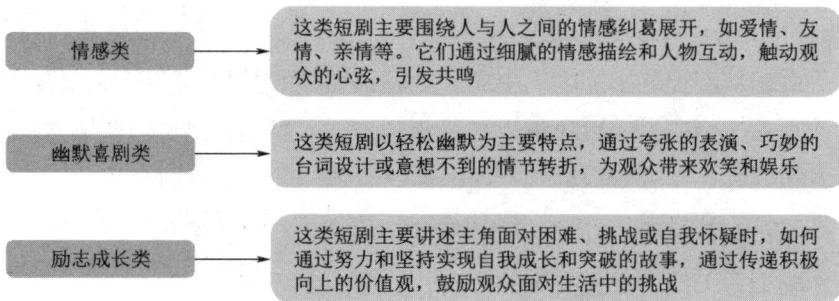

| 情感类 | 这类短剧主要围绕人与人之间的情感纠葛展开，如爱情、友情、亲情等。它们通过细腻的情感描绘和人物互动，触动观众的心弦，引发共鸣 |
| --- | --- |
| 幽默喜剧类 | 这类短剧以轻松幽默为主要特点，通过夸张的表演、巧妙的台词设计或意想不到的情节转折，为观众带来欢笑和娱乐 |
| 励志成长类 | 这类短剧主要讲述主角面对困难、挑战或自我怀疑时，如何通过努力和坚持实现自我成长和突破的故事，通过传递积极向上的价值观，鼓励观众面对生活中的挑战 |

| 社会现实类 | 这类短剧主要关注社会热点问题，如职场压力、家庭矛盾、教育问题等，通过短剧的形式呈现并探讨这些现实问题。它们往往具有一定的教育意义，引发观众对社会现象的思考 |

| 奇幻科幻类 | 这类短剧通常包含超自然元素、未来科技或时空穿越等奇幻设定，通过丰富的想象力和创新的视觉效果，吸引观众进入一个充满奇幻色彩的叙事空间 |

| 悬疑推理类 | 这类短剧以悬疑情节和推理过程为核心，通过一系列线索和谜团的设置，引导观众跟随剧情发展进行思考和猜测，给观众带来极大的满足感 |

图 2-3　常见的短剧主题分类

## 2.1.4　选择和构思主题的技巧与禁忌

在选择和构思短剧主题时，创作者掌握一定的技巧并避免相关禁忌是至关重要的。这样做不仅能够帮助短剧更有效地吸引观众，提升短剧的观赏价值，还能确保创作的顺利进行，避免不必要的争议和负面影响。下面从选择和构思短剧主题的技巧与禁忌这两个方面进行介绍。

### ▶▷ 1. 选择和构思短剧主题的技巧

一个好的短剧主题应当是独特、有深度且能够引发观众共鸣的，为了达到这一目标，创作者可以从以下几个方面入手，如图 2-4 所示。

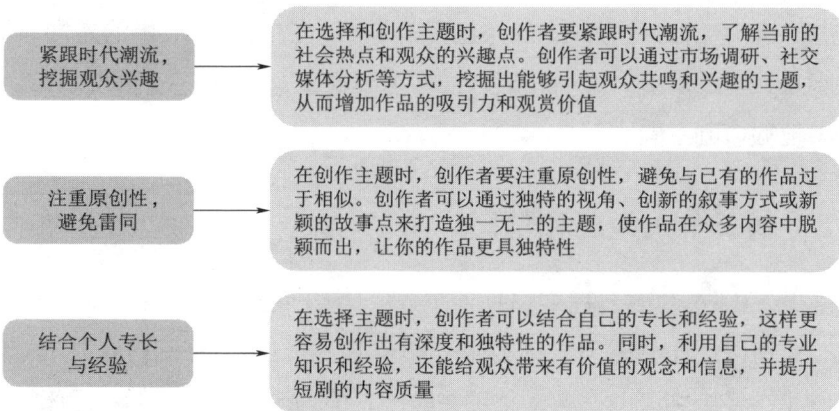

| 紧跟时代潮流，挖掘观众兴趣 | 在选择和创作主题时，创作者要紧跟时代潮流，了解当前的社会热点和观众的兴趣点。创作者可以通过市场调研、社交媒体分析等方式，挖掘出能够引起观众共鸣和兴趣的主题，从而增加作品的吸引力和观赏价值 |

| 注重原创性，避免雷同 | 在创作主题时，创作者要注重原创性，避免与已有的作品过于相似。创作者可以通过独特的视角、创新的叙事方式或新颖的故事点来打造独一无二的主题，使作品在众多内容中脱颖而出，让你的作品更具独特性 |

| 结合个人专长与经验 | 在选择主题时，创作者可以结合自己的专长和经验，这样更容易创作出有深度和独特性的作品。同时，利用自己的专业知识和经验，还能给观众带来有价值的观念和信息，并提升短剧的内容质量 |

图 2-4　选择和构思短剧主题的技巧

选择和构思短剧主题是一个既充满挑战又极具创造性的过程，这些技巧不仅能够帮助创作者写作的短剧内容更好地与观众产生共鸣，还能提升创作者的创作能力和品牌价值，为短剧的成功打下坚实的基础。

▶▷2. 选择和构思短剧主题的禁忌

在掌握了选择和构思短剧主题的技巧之后，创作者还需要注意避免一些潜在的禁忌，以确保作品的质量和观众的接受度，如图 2-5 所示。

| 避免涉及敏感或争议性话题 | 在选择和创作主题时，创作者要尽量避免涉及敏感或争议性较大的话题。这些话题容易引起观众的分歧和争议，甚至可能触犯某些群体的感情，从而影响作品的接受度和传播效果 |
|---|---|
| 避免内容低俗或不良导向 | 主题的选择应远离低俗或不良导向的内容，如暴力、色情等。这些内容不仅可能触犯法律法规，也会损害作品的声誉和观众缘，甚至对社会造成负面影响。因此，创作者在创作过程中要坚守道德底线和法律法规，确保作品的内容健康、积极 |
| 避免忽视观众的需求和喜好 | 在选择和创作主题时，创作者不能忽视观众的需求和喜好。如果主题过于冷门或不符合观众的口味，可能导致作品缺乏观众缘和传播力。因此，了解并迎合观众的喜好是选择和构思主题的重要考虑因素之一 |

图 2-5　选择和构思短剧主题的禁忌

## 2.2　构思短剧主题的方法

构思一部短剧的主题，是创作过程的基石，它决定了故事的走向、情感的深度和观众共鸣的广度。本节介绍六种构思短剧主题的方法，帮助创作者打造出新奇、有趣的短剧主题。

### 2.2.1　基于个人经历和情感

在构思短剧主题的过程中，基于个人经历和情感的方法是一种深刻且直接的方式，它可以让作品充满了真实感和情感共鸣。这种方法的核心在于，创作者从自己的生活经历中汲取灵感，将那些触动心灵的瞬间、深刻的情感体验或是生命中的转折点转化为艺术表达，以此触动观众的心弦。

**案例 2：**

　　导演比尔·道格拉斯拍摄的"童年三部曲"——《我的童年》（*My Childhood*）、《亲人们》（*My Ain Folk*）、《回家的路》（*My Way Home*）不仅三次斩获柏林电影节大奖，还荣获了威尼斯银狮奖等重要奖项，成为电影史上探讨童年经历与人性救赎的经典之作，对后世电影创作产生了深远的影响。

　　比尔·道格拉斯的个人经历为这三部影片提供了丰富的素材和深刻的情感基础，使得作品在展现个人记忆的同时，也触及了普遍的人性主题。这种将个人经历与电影艺术相融合的创作方式，不仅赋予了影片独特的魅力和深度，也让观众在观影过程中感受到了导演对过去生活的深刻反思和对人性的深刻洞察。

　　创作者可以通过回忆、反思自己的成长经历、人际关系、情感波折等，找到那些具有普遍意义或深刻内涵的片段进行提炼和升华。这些片段可能是一个难忘的事件、一段深刻的对话、一种复杂的情感体验，甚至是某个瞬间的心理变化。通过艺术加工，这些个人经历被转化为短剧中的情节、角色和冲突，从而展现出更加广阔的人生图景。

**案例 3：**

　　《天堂电影院》以意大利西西里岛的一个小镇为背景，通过主人公多多的视角，讲述了他与放映师艾佛特之间深厚的友谊，以及他在电影世界中的成长与追寻梦想的故事。影片以其温馨感人的叙事、细腻真实的表演和富有时代感的场景设计，打动了无数观众的心，成为一部值得反复品味的经典之作，并荣获了第 62 届奥斯卡奖最佳外语片等多项大奖。

　　这部影片不仅是导演对意大利西西里岛童年时光的深情回望，更是他对电影艺术的热爱与致敬的集中体现。影片中充满了对电影技术的探索、对观众情感的把握及对时代变迁的敏锐洞察，这些都与导演早年从事摄影工作和纪录片导演的经历密不可分。

　　另外，影片中的乡愁情绪也是导演个人经历的一种体现。导演在远离家乡后，对故乡的思念和怀念在影片中得到了深刻的表达。通过主人公多多的视角，观众能够感受到那份深深的乡愁和对过去的怀念。

基于个人经历和情感构思短剧主题，其显著的好处在于能够深入挖掘并展现创作者内心深处的真实体验与情感世界，为作品注入鲜活的生命力与情感深度。这种方法不仅让作品拥有了独特的真实感，使观众能够跨越屏幕感受到那份真挚与纯粹，还能引发强烈的情感共鸣，让观众在角色的喜怒哀乐中找到自己的影子。

同时，个人经历和情感作为独一无二的创作源泉，赋予了作品新颖独特的视角和创新性，使其在众多作品中脱颖而出，成为触动人心、引人深思的艺术佳作。

## 2.2.2 借鉴流行文化和社会现象

在构思短剧主题时，借鉴流行文化和社会现象是一种既富有创意又贴近观众生活的方式。这种方法不仅能够吸引观众的注意力，还能引发共鸣，促进对当代社会问题的深入思考。图 2-6 为借鉴流行文化和社会现象来构思短剧主题的步骤。

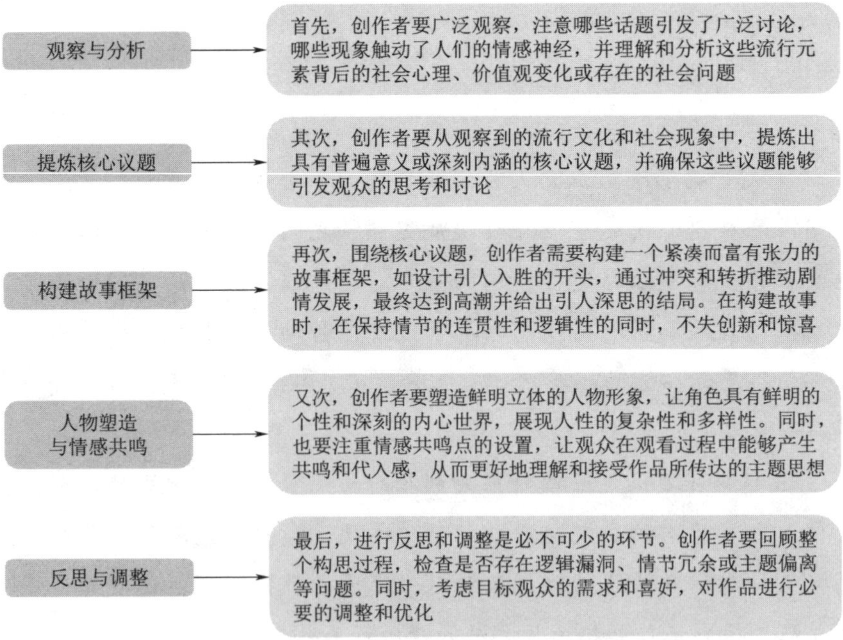

图 2-6　借鉴流行文化和社会现象来构思短剧主题的步骤

**案例 4：**

　　短剧《大妈的世界》以樱桃小区的两位退休大妈王于田和杨得馥为主角，通过她们丰富多样的晚年生活，呈现了中国大妈硬核、机智、开放、潮流的全新群像，同时细腻关注了老年群体在数字生活大潮流之下的种种境遇，引人深思。

　　这部剧通过融入现代网络梗、年轻化思维及热门社交媒体现象，不仅让内容贴近年轻观众的喜好，也展现了中老年群体积极融入现代社会的态度。同时，它还深刻反映了老年保健品推销、网络诈骗等社会痛点问题，以及代际沟通等普遍存在的社会现象。

　　这种构思方式不仅增强了剧情的趣味性和现实感，还通过幽默与讽刺的手法引发了观众对社会问题的关注和思考。因此，《大妈的世界》成功地将流行文化和社会现象转化为短剧主题，实现了艺术与现实的有机结合，赢得了广泛的社会共鸣和好评。

　　不过，借鉴流行文化和社会现象虽然能激发创意，但创作者仍需避免几个关键禁忌与误区。首先，切勿侵犯版权或侵犯他人隐私，直接照搬流行元素而不加创新，不仅违法，也损害了原创精神。其次，创作者要避免过度依赖潮流而失去作品深度，流行易逝，唯有深刻的主题和独特的视角才能长久吸引观众。 最后，创作者要注意平衡社会现象的展现，不要为了博眼球而过度渲染负面或争议性内容，忽视了对正面价值观和社会责任的传递。在借鉴的同时，更要注重创新与深度，确保作品既贴近时代又富有内涵。

## 2.2.3　设置特定的场景或情境

　　在构思短剧主题的过程中，巧妙地设置特定的场景或情境是激发创意、深化主题、增强观众共鸣的关键步骤。一个精心设计的场景不仅能够立即抓住观众的注意力，还能为故事的展开提供丰富的背景和情感色彩，使得主题更加鲜明、深刻。

**案例 5：**

　　电影《楚门的世界》（*The Truman Show*）讲述了楚门作为一档热门肥皂剧的主人公，他的生活被完全虚假地构建，身边的亲人和朋友全都是演员，而他自己对此一无所知。在经历了多年的疑惑和尝试逃离后，楚门最终发现了这个惊人的真相，并勇敢地冲破了这个虚拟世界的牢笼，追求真正的自由和真实的生活。

影片构建了一个巨大的摄影棚作为主角楚门生活的世界，这个世界充满了精心设计的街道、建筑、人物和情节。从楚门的家到工作场所，再到他每天经过的街道和遇到的"熟人"，每一个场景都是为了满足电视节目的需要而精心打造的。

影片通过对比楚门生活的这个虚假世界与真实世界，探讨了真相与虚幻、自由与控制的主题。楚门在发现真相后的挣扎与反抗，象征着人类对自由和真实的渴望与追求。影片通过这一独特的场景设置，引发了观众对于现实与虚幻之间界限的深刻思考。

下面介绍通过设置特定场景或情境来构思短剧主题的策略。

▶▷1. 选择具有象征意义的场景

象征性是构建场景时不可忽视的元素。选择一个能够代表主题核心意义的场景，可以让观众在视觉和情感上立刻与故事产生共鸣。

例如，如果要探讨孤独与自我救赎的主题，可以选择一个废弃的图书馆或孤岛作为场景，这些地点本身就蕴含着隔绝、独处与寻找的意象，能够自然地引导故事向主题靠近，如图 2-7 所示。

▶▷2. 创造对比强烈的情境

对比是展现冲突、深化主题的有效手段。通过设置两个或多个在视觉上、情感上或道德上形成鲜明对比的情境，可以强化短剧的主题表达。

例如，在探讨社会差异的短剧中，创作者可以设计一边是繁华都市的灯火阑珊，另一边是偏远乡村的质朴生活，通过两个截然不同场景的切换，展现人物在不同环境下的选择与成长，从而凸显主题。

▶▷3. 利用限制性场景激发创意

有时，限制性的场景反而能激发更多的创意火花。例如，将短剧设定在一

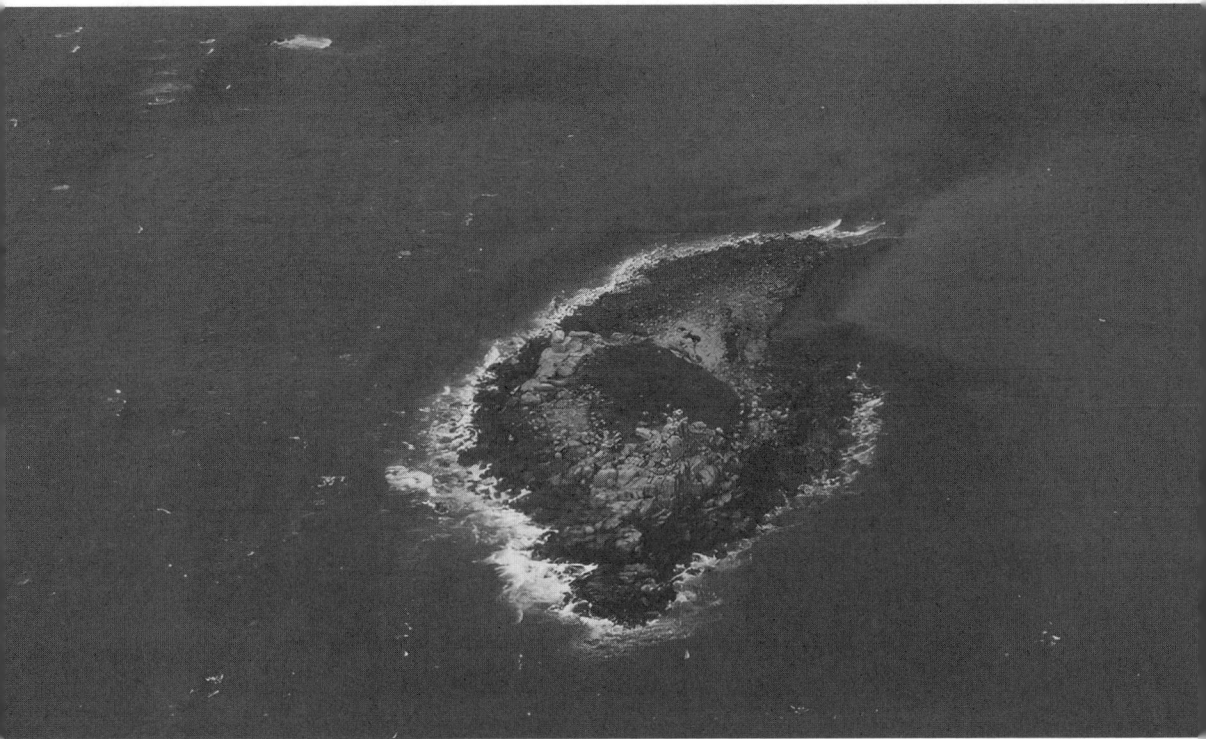

图 2-7　孤岛

个狭小的房间内，如电梯、密室或一辆车中，这样的空间限制迫使编剧和导演在有限的条件下探索人物关系、心理变化和情节发展，从而挖掘出更加深刻的主题。而且，这样的场景设计往往能带来意想不到的戏剧效果，让观众在紧凑的叙事中感受到强烈的情感冲击。

## ▶▷4. 结合时代背景与文化特色

将短剧的场景设定在特定的历史时期或文化背景下，不仅可以为故事增添独特的韵味，还能通过时代的变迁和文化的碰撞来探讨更广泛的社会议题。例如，将短剧放在第二次世界大战期间的欧洲小镇，通过展现战争对人性的考验和人与人之间的温情，可以深刻反映战争与和平、爱与牺牲的主题。

## ▶▷5. 构建梦幻或超现实场景

有时，为了表达更为抽象或富有哲理的主题，创作者可以构建梦幻、超现实或科幻的场景。这类场景不受现实逻辑的束缚，能够自由地展现人物的内心世界、幻想或对未来社会的想象，为观众提供全新的视角和思考空间。例如，通过构建一个由记忆碎片构成的迷宫来探讨记忆、身份与存在的主题。

## 2.2.4　结合社会问题或历史事件

在构思短剧的主题时，将社会问题或历史事件融入其中，不仅能够赋予作品深刻的社会意义，还能激发观众对现实世界的反思与共鸣。这种创作方式要求创作者具备敏锐的社会洞察力、深厚的历史素养及创新的想象力。

**案例 6：**

电影《可可西里》根据 1985 年在可可西里发生的藏羚羊被屠杀这一真实事件改编而成，影片通过讲述巡山队员与盗猎者之间的斗争，揭示了人类贪婪对自然生态的破坏，以及为了保护这片净土和生灵，有人所做出的巨大牺牲。

影片不仅是对 20 世纪末可可西里地区藏羚羊盗猎现象的纪实性再现，更是对人类贪婪欲望与自然环境保护之间矛盾冲突的深刻反思。它以其震撼人心的画面和真实感人的故事，唤起了社会对野生动物保护及生态平衡问题的广泛关注。

电影上映后，不仅提高了公众对藏羚羊盗猎问题的认识，还激发了人们对自然保护事业的关注和参与。同时，影片也以其独特的艺术魅力和深刻的思想内涵，赢得了国内外多个重要电影奖项的认可。

可以看出，结合社会问题或历史事件来构思短剧主题，有助于提升公众对社会问题的关注度，激发人们的思考和行动。其次，通过艺术化的表现手法，将历史事件生动再现，有助于观众更深入地了解历史，感悟历史的教训和启示。

不过，在结合社会问题或历史事件来构思短剧主题时，创作者需要掌握一定的技巧，并规避一些容易出现的误区。

## ▶▷ 1. 需要掌握的技巧

在短剧的创作中，将社会问题或历史事件融入主题，是提升作品深度与广度的关键。下面介绍五个结合社会问题或历史事件构思短剧主题的技巧。

（1）深入调研，精准选材

在构思短剧的主题时，创作者可以选择那些具有普遍性、时效性和争议性的社会问题或历史事件作为素材，以确保短剧主题的吸引力和影响力。另外，创作者最好通过查阅文献、采访专家、分析数据等方式，对所选题材进行广泛而深入的调研，确保对其有全面而深刻的理解。

（2）情感共鸣，人性探索

在构思短剧的主题时，创作者可以注重挖掘其中蕴含的人性光辉与阴暗面，通过细腻的情感刻画，让观众在故事中看到自己的影子，感受到共鸣。无论是家庭伦理的纠葛、社会不公的抗争，还是历史人物的抉择与牺牲，都应聚焦于人物内心的挣扎与成长，展现人性的复杂与深刻。

（3）创新视角，独特叙事

在构思短剧的主题时，创作者要避免老生常谈，尝试从新颖、独特的视角出发，对熟悉的社会问题或历史事件进行解构与重构。例如，通过小人物的视角展现大时代的变迁，或是用现代思维重新审视历史事件，都能为观众带来新鲜感与惊喜。另外，创作者还可以运用非线性叙事、多线叙事等手法来增加故事的层次感和趣味性。

（4）平衡真实与虚构

在结合社会问题或历史事件时，创作者需要巧妙平衡真实性与艺术虚构。一方面，要尊重历史事实，确保基本信息的准确无误；另一方面，创作者可以合理发挥想象力，通过艺术加工使故事更加生动、紧凑。

（5）积极导向，传递正能量

虽然探讨的是社会问题或历史事件中的阴暗面，但短剧的主题应该最终导向积极、正面的价值观。创作者可以通过展现人物的成长、社会的进步或历史的教训来激励观众思考、反思并行动起来，共同推动社会向更加美好的方向发展。传递正能量，是短剧在结合社会问题或历史事件时不可或缺的责任与使命。

▶▷ 2. 需要规避的误区

在构思短剧的主题时，将社会问题或历史事件融入其中，不仅能够丰富作品内涵，提升观众的共鸣与思考深度，也是艺术创作中一种重要的社会责任体现。然而，这一过程中若处理不当，也容易陷入误区，影响作品的真实性与艺术性。下面介绍三个创作者在构思过程中需要规避的误区。

（1）过度渲染或塑造刻板印象

在反映社会问题或历史事件时，创作者应该避免过度渲染情绪或塑造过于单一的刻板形象。真实的社会是复杂多面的，因此，人物角色也应该丰富多彩，创作者既要体现人物鲜明的个性特征，也应展现其背后的复杂心理与社会背景。如果过度简化或夸大，只会削弱故事的真实感，甚至引发误解与偏见。

（2）煽情与消费苦难

追求情感共鸣是合理的，但创作者不应当以煽情为目的，刻意制造悲情场景或夸大苦难，以博取眼球或赚取同情。这种做法不仅削弱了作品的艺术价值，还可能对观众造成心理负担，甚至加剧社会撕裂。真正有深度的作品应该通过细腻的情感描绘和理性的思考来引导观众反思与成长。

（3）忽视历史真实性与时代背景

在改编历史事件时，如果创作者为了剧情需要而随意篡改历史事实，或是对时代背景进行肤浅处理，就容易导致作品失去真实性，无法让观众产生信服感。

因此，创作者要尊重历史，严谨考证。在创作前进行充分的历史研究，确保基本事实的准确性。同时，还需要注重时代氛围的营造，通过细节描写和场景布置，让观众能够身临其境地感受到那个时代的风貌与气息。

## 2.2.5 改编已有的作品

在短剧创作的广阔天地里，改编已有的作品成为主题创作的一个重要源泉。这种创作方式不仅能够借助原作的影响力快速吸引观众注意，还能通过现代视角、创新叙事手法或技术革新等方法，为经典故事注入新的活力与深度。下面介绍改编已有的作品来构思短剧主题的相关知识。

## ▶▷ 1. 改编是什么

改编，简而言之，就是将一种形式的艺术作品转换成另一种形式或媒介的过程，其中最常见的是将文学作品改编为新的影视作品。

**案例 7:**

　　《乱世佳人》（*Gone with the Wind*）改编自玛格丽特·米切尔的小说《飘》，影片以美国南北战争为背景，讲述了塔拉庄园的千金小姐斯嘉丽与风度翩翩的商人白瑞德之间复杂而动人的爱情故事。该片在奥斯卡金像奖上获得了包括最佳影片在内的多个奖项，并被广泛认为是电影史上的经典之作。

　　小说《飘》以其深刻的文学底蕴和引人入胜的故事情节，为电影《乱世佳人》的成功奠定了坚实的基础。它不仅为电影提供了丰富的人物设定和情感线索，还通过细腻的笔触描绘了美国南北战争期间南方社会的巨大变迁，使得电影在展现历史背景与人物成长方面更加饱满和动人。

另外，创作者也可以选择民间故事、神话传说、戏剧、漫画、电影或电视剧等作品进行改编。

**案例 8:**

　　白蛇传是中国四大爱情传说之一，讲述了白蛇化身的白素贞与书生许仙相识相爱，结为夫妻，后遭法海阻挠，白蛇水漫金山救夫，终被压在雷峰塔下，多年后其子救母出塔团聚的故事。（不同版本的故事略有差异）

　　白蛇传不仅作为民间故事广为流传，还被改编成多种文学、影视、动画及舞台剧等作品，例如小说《青蛇》、戏剧《白蛇传》、电影《白蛇传说》、电视剧《新白娘子传奇》和动画电影《白蛇：缘起》等。

## ▶▷ 2. 为什么要改编

在短剧创作领域，改编是基于市场考量、文化传承、技术创新及个性化表达等多方面因素的综合决策。下面介绍改编已有作品这一方法的原因。

（1）受众基础与市场潜力

改编作品往往拥有广泛的受众基础，这是其市场吸引力的核心所在。原作经过了时间的沉淀和市场的检验，已经积累了大量的忠实粉丝和广泛的认知度。这些受众对原作有着深厚的情感连接和期待，因此，改编作品能够迅速吸引他们的关注，降低市场风险，并有望通过口碑传播进一步扩大影响力。

（2）创意资源的再利用与深化

原作中的故事情节、人物设定、世界观等元素，为改编作品提供了丰富的创意资源。创作者可以在保留原作精髓的基础上，进行深度挖掘和再创造，使作品在保持原有意图的同时，融入新的时代背景和审美观念，从而焕发新的生命力。

这种创意资源的再利用与深化，不仅丰富了短剧创作的题材和风格，也满足了观众对多元化内容的追求。

（3）技术革新与视觉表达的升级

随着影视制作技术的飞速发展，改编作品能够充分利用先进的拍摄手法、特效技术和后期制作手段，为观众带来更加震撼和逼真的视觉体验。这种技术革新不仅提升了作品的观赏性和艺术性，也为创作者提供了更多表达创意和情感的途径。

通过改编，原作中的场景、动作、氛围等元素可以得到更加生动和细腻的呈现，使观众更加沉浸于故事之中。

（4）文化传承与价值观的传播

改编作品在传承原作文化元素和价值观方面发挥着重要作用。通过将原作中的文化符号、历史背景、价值观念等融入短剧中，改编作品能够在新时代语境下重新诠释和传播这些文化精髓。这种文化传承不仅有助于观众了解和认同原作所代表的文化传统，也促进了文化的多样性和交流互鉴。

▶▷ 3. 通过改编来构思短剧主题的技巧

通过改编已有的作品来构思短剧主题是一种既充满挑战又极具创意的方法。这种方法不仅能够借助原作的基础受众群体和故事框架，还能通过新的视角、时代背景和表现手法，为观众带来耳目一新的观影体验。图 2-8 为通过改编已有作品来构思短剧主题的关键技巧。

| | |
|---|---|
| 挖掘原作精髓，寻找新视角 | 创作者应该深入研读原作，理解其核心主题、情感基调及人物关系，并在此基础上尝试从一个全新的角度或人物视角出发，重新解读故事。例如，将原著中的配角提升为主角，通过他们的视角展现不同的故事线 |
| 融入现代元素，创新时代背景 | 创作者可以将原作的故事背景置于现代或未来，通过不同的时代背景和社会环境的融合，创造出独特的叙事氛围。这种改编不仅能让故事更加贴近当代观众的生活体验，还能通过对比和冲突，强化原作主题的表达 |
| 适当删减内容，调整叙事节奏 | 在改编过程中，创作者可以根据短剧的特点，对原作进行必要的删减和增补，并通过调整叙事节奏，使短剧更加紧凑、引人入胜。例如，在改编长篇小说时，可以选取几个关键章节或情节点进行重点呈现，从而形成连贯且有力的故事脉络 |
| 尊重原作精神，保持独特创意 | 在改编过程中，创作者既要尊重原作的基本框架和精神内核，又要敢于突破传统束缚，融入个人的创意和见解，要避免简单复制或过度改编导致原作精髓丧失。通过巧妙的平衡和创新，使改编作品既具有原作的魅力，又具备独特的艺术价值 |

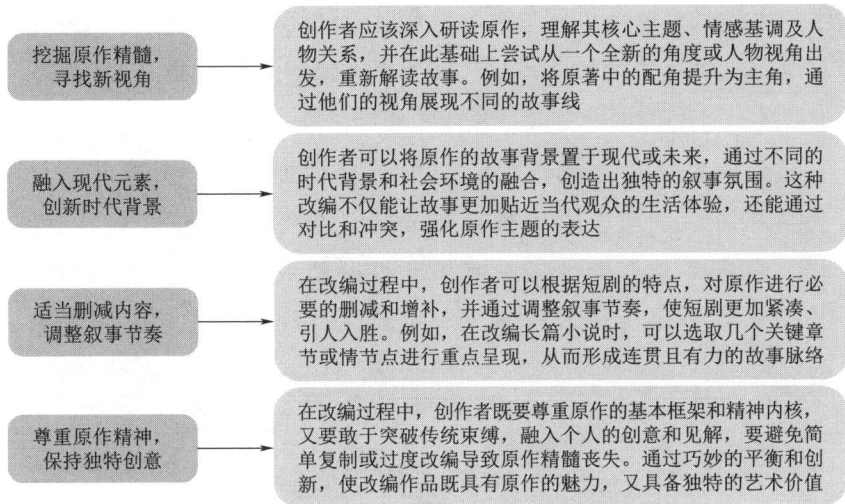

图 2-8　通过改编已有作品来构思短剧主题的关键技巧

## 2.2.6　逆向思维和创新

在短剧的创作领域，逆向思维和创新是激发独特故事主题、吸引观众眼球的关键驱动力。逆向思维，是指对司空见惯的事物或观点进行反向思考，从而找到新的解决方案或创作灵感。而创新则是以现有思维模式为基础，提出新颖、独特的见解，创造出具有价值的新事物。

通过运用逆向思维和创新，可以打破常规框架，赋予作品深刻的内涵与新颖的视角，让短剧在浩瀚的娱乐海洋中脱颖而出。下面介绍利用逆向思维与创新来构思短剧主题的技巧。

### ▷▷ 1. 设置角色反转

角色设定是故事的核心之一，逆向思维要求创作者将传统角色形象进行颠覆性重塑。例如，在常见的英雄救美故事中，可以尝试将角色性别反转，讲述一位女性英雄如何拯救陷入困境的男性；或者将反派角色赋予复杂的内心世界和合理的动机，让观众对其产生共情，从而挑战"非黑即白"的单一道德评判。

**案例 9：**

电影《黑天鹅》（*Black Swan*）讲述了一个芭蕾舞演员妮娜在竞争《天

鹅湖》中的黑天鹅与白天鹅两个角色时，逐渐走向精神崩溃的故事。影片通过妮娜从纯洁的白天鹅到复杂黑天鹅的角色反转，深刻展现了人性的多面性和内心世界的挣扎与觉醒。

妮娜在追求舞蹈完美的过程中，面对自我认知的模糊、外界的竞争压力，以及内心的恐惧与欲望，最终通过挑战自我、释放压抑，实现了舞台上的完美演绎和内心的成长蜕变。这一角色反转不仅展现了妮娜内心的挣扎和蜕变，也揭示了艺术追求背后的残酷和牺牲。

不过，在设置角色反转时，创作者要注意确保反转合理且逻辑自洽。例如，可以通过充分铺垫和微妙暗示来引导观众，并在最后通过合理的解释巩固反转效果。

### ▶▶ 2. 情境置换

将熟悉的故事情境置于全新的背景之下，是激发创意的有效方法。例如，创作者可以将经典的都市爱情故事移至外太空，探讨在宇宙飞船上的爱情纠葛与生存挑战；或是将侦探悬疑片设置在未来科技高度发达的社会，利用高科技手段解决犯罪案件，同时探讨科技与人性之间的冲突。

## 案例10：

《寻秦记》作为一部经典的穿越电视剧，其成功之处在于巧妙地运用了多种叙事技巧，其中情景置换技巧的运用尤为突出。

首先是时空与身份双重置换。主角项少龙，由一个现代人穿越成战国时期的秦国"特使"，这一设定本身就是对传统叙事的一次大胆挑战。时空的跨越不仅为故事铺设了宏大的背景，更让现代元素与古代社会产生了激烈的碰撞，而身份的转变让主角在陌生的环境中既感到迷茫又充满机遇。

其次是文化观念的置换。项少龙所持有的现代思维，在战国时代显得尤为前卫和格格不入。这种观念的冲突不仅为故事增添了戏剧张力，也引发了观众对于古今文化差异的深刻思考。

最后是情感共鸣与深刻内涵的置换。项少龙在战国时代的孤独与挣扎、对现代生活的怀念与向往，以及他与战国时代人们之间建立的深厚友情与爱情，都让观众在欢笑与泪水中感受到了人性的温暖与力量。这种情感共鸣的置换，使得《寻秦记》不仅仅是一部娱乐作品，更是一部能够触动人心的文化佳作。

不过，创作者在进行情境置换时要明确置换目的，并合理构建符合逻辑且细节丰富的新情境，以保持故事核心，确保情感共鸣与角色塑造的连贯性。另外，创作者也要注重叙事节奏的紧凑与起伏，合理安排情节的起承转合，使故事在发展过程中既有高潮也有低谷，吸引观众持续关注。

## ▶▷3. 时间线倒叙或平行宇宙

时间线倒叙，是电影制作中常用的一种叙述手法。它指的是将故事的顺序打乱，从中间或后面的情节开始讲述，然后逐渐回到过去的时间线，揭示出事件的起因和经过。这种叙述方式能够增加故事的复杂性和深度，让观众对事件有更深入的理解。

**案例 11：**

《阿甘正传》（*Forrest Gump*）是一部经典的电影作品，其倒叙手法的使用是影片叙事的一大特色。影片一开始，并没有直接按照时间顺序讲述阿甘的一生，而是从一根随风飘舞的羽毛开始，这根羽毛从树梢飘向天空，最终落在坐在公交车站长椅上的阿甘脚下。这一画面不仅为观众营造出一种静谧祥和的氛围，还巧妙地引出了阿甘的回忆。

随着羽毛的飘落，阿甘开始用稍显笨拙但简单平和的语言，向来往的人群讲述自己的经历，从而正式拉开了影片倒叙叙事的序幕。影片通过阿甘的回忆，将过去与现在、历史与现实巧妙地融合在一起，形成了一种独特的叙事风格。这种风格不仅使得影片的叙事更加紧凑有力，还增强了影片的艺术感染力。

倒叙手法使得影片的叙事更加具有悬念感和吸引力，阿甘的坚韧不拔、乐观向上的人生态度，以及他对爱情的执着追求，都在影片的倒叙叙事中得到了充分的展现和升华。

平行宇宙，又称平行世界、平行时空、平行次元等，是一个理论上的无限个或有限个可能的宇宙的集合。这些宇宙与原宇宙平行存在，既相似又不同，包含了不同的物理定律、物理常数，以及可能存在的不同历史、事件和生物。

在短剧的主题构思中，创作者可以将平行宇宙作为故事背景，或者设计角色在不同平行宇宙之间穿梭的剧情，也可以通过展示不同宇宙间的对比和冲突来探讨短剧的主题。

## 案例12：

在电影《彗星来的那一夜》（*Coherence*，也译为《相干性》）中，平行宇宙不仅是影片的核心设定，也是推动剧情发展、深化主题思想的关键。

首先，平行宇宙为影片构建了一个复杂而独特的叙事框架。随着米勒彗星的接近，主角们发现自己被卷入了一个个不同的平行宇宙中，每个宇宙都呈现出细微但关键的差异。这种设定打破了传统叙事的线性结构，使观众跟随主角们一同在多个宇宙间穿梭，体验不同选择带来的不同结果。

其次，平行宇宙的存在直接推动了剧情的发展。主角们在发现自己处于不同宇宙后，开始尝试寻找回到原本世界的方法，这一过程中充满了紧张刺激的情节和意想不到的反转。平行宇宙之间的交错和冲突为影片增添了丰富的戏剧张力，使观众始终保持着高度的关注。

再次，平行宇宙的运用还深化了影片的主题思想。通过展现不同宇宙中主角们的不同选择和命运，影片探讨了关于命运、选择、自由意志及人与人之间的关系等深刻问题。观众在观影过程中会被引导去思考：在无限可能的平行宇宙中，我们的选择是否真的有意义？我们的身份和命运又是由什么决定的？这些思考不仅增加了影片的哲学深度，也提升了观众的观影体验。

最后，平行宇宙的概念本身就充满了神秘感和想象力，它在影片中的巧妙运用极大地增强了观众的观影体验。观众在跟随主角们穿梭于不同宇宙的同时，也能感受到平行宇宙带来的新奇感和刺激感。这种独特的观影体验使《彗星来的那一夜》在众多科幻影片中脱颖而出，成为一部备受赞誉的佳作。

不过，虽然时间线倒叙和平行宇宙可以为短剧带来新意，创作者在运用时也要注意方法。例如，运用时间线倒叙时，需要避免突兀切换、冗长回忆、逻辑混乱及缺乏新意；而平行宇宙的运用则需要保持概念清晰，避免过度复杂或缺乏平行世界之间的联系，并防止逻辑悖论，以确保故事既引人入胜又逻辑严密。

## ▶▷4. 选取社会议题的新视角

选取当前社会热点或长期存在的议题，但采用非传统的视角进行解读，是展现创新思维的又一途径。例如，通过科幻元素探讨环境保护问题，让外星文明成为地球的守护者，警示人类珍惜资源；或是以儿童视角审视成人世界的复杂情感与权力斗争，用纯真无邪的眼光揭露社会的种种不公。

## 案例 13：

电视剧《山海情》选取了一系列深刻且富有时代意义的社会议题，通过新颖的视角展现了中国扶贫历程的艰辛与辉煌，以及社会变迁的复杂图景。该剧不仅聚焦于城乡与区域协调发展，揭示了通过东西部协作实现共同富裕的努力与成效；还反映了个人命运与国家政策的相互影响，展现了在政策引导下，个体如何通过奋斗改变命运的感人故事。

同时，《山海情》探索了生态移民与可持续发展的平衡之道，在保护生态环境的前提下推动经济社会发展，为观众呈现了绿色发展的新思路。此外，该剧还全面呈现了多维度的社会问题，如教育、医疗、留守儿童等，引发观众对社会现实的深刻反思与关注。这些新视角的选取与呈现，让《山海情》不仅是一部感人至深的扶贫剧，更是一部反映中国社会变迁与发展的重要作品。

选取社会议题的新视角进行解读和构思短剧主题，要求创作者不仅要有敏锐的洞察力，能够捕捉到社会热点和痛点，还要有能力以新颖、独特的角度进行阐述和表达。

在这一过程中，创作者需要遵守平台规则，避免盲目跟风、刻板印象、过度煽情和夸大其词，并注重观众的体验和感受。只有这样，才能创作出既有深度又有广度的优秀作品，为观众带来更加丰富和有意义的观影体验。

## ▶▷ 5. 进行元素混搭

混搭原指时尚界中将不同风格、材质、身价的单品按照个人口味拼凑在一起，形成个性化风格的做法。在短剧创作中，混搭元素则是指将不同风格、类型、题材、文化或艺术形式的元素融合在一起，创造出新颖独特的故事世界和视觉呈现。

将看似不相关的元素或风格进行混搭，往往能碰撞出意想不到的火花。例如，创作者可以将古装剧与科幻元素结合，讲述古代人物穿越到未来世界的故事；或是将喜剧与惊悚元素融合，创造出既紧张刺激又不失幽默感的独特氛围。这种混搭不仅丰富了故事的层次感，也满足了观众对新鲜感的追求。

**案例 14：**

《白蛇传·情》作为一部融合传统戏曲与现代影视技术的创新之作，其在混搭元素上的运用堪称精妙。影片将经典的民间传说《白蛇传》进行了现代化与视觉化的重塑，巧妙地将古典戏曲的精髓与现代电影语言相结合，形成了独特的艺术风格。

在音乐与唱腔上，《白蛇传·情》保留了传统粤剧的韵味，如悠扬的唱腔、精致的板式变化，同时融入现代音乐元素，使得旋律更加灵动多变，既能让老戏迷感受到熟悉的味道，又能吸引年轻观众的注意。这种传统与现代的混搭，让音乐成为连接古今的桥梁。

在视觉呈现上，影片采用了先进的视觉效果技术，如水墨画风格的动画背景、精细的特效制作，将传统戏曲的写意美学与现代电影的写实手法相融合。这种混搭不仅让舞台场景更加宏大壮丽，也让观众仿佛置身于一个既古典又梦幻的世界之中，极大地增强了观影体验。

综上所述，《白蛇传·情》通过音乐、视觉、剧情与表演等多方面的混搭创新，成功地将传统戏曲与现代电影艺术相融合，为观众呈现了一场跨越时空的视觉盛宴。

　　在运用混搭元素对短剧主题进行创新时，创作者需要保持敏锐的洞察力与判断力，在尊重文化、坚持主题、注重内容、适度混搭及尊重原创与版权的基础上，不断探索与实践，以创作出既具创新性又具艺术价值的短剧作品。

# 第 **3** 章
## 结构：搭建
## 短剧框架

　　一个优秀的短剧结构不仅是情节紧凑、逻辑清晰的保障，更是塑造人物、深化主题的关键。通过精巧的布局，短剧能迅速抓住观众的注意力，激发情感共鸣，使故事更加引人入胜。因此，掌握并灵活运用短剧结构，对于提升作品质量有着不可忽视的重要性。

# 3.1　短剧结构的基本要素

对于短剧而言，一个设计精巧的结构不仅能够紧凑地铺陈故事情节，快速吸引并维持观众的注意力，还能在有限的时间内深刻地刻画人物性格，展现情感冲突与剧情转折，使故事层次分明、节奏感强。

一般来说，短剧与其他影视艺术形式一样，其结构包含开头、主体、高潮和结尾这四个基本要素。

## 3.1.1　开　头

开头是短剧的起始部分，它标志着故事的正式开始，并且开头的好坏往往直接影响到观众是否愿意继续观看下去。因此，在这一阶段，创作者需要迅速吸引观众的注意力，并奠定短剧故事的基础。下面介绍开头部分的作用、内容和设计一个有吸引力的开头的技巧。

▶▷ 1. 开头部分的作用

开头部分的作用是多方面的，它不仅是故事的起点，更是吸引观众注意力、设定故事基调、奠定故事框架和展示初步矛盾的关键环节，如图 3-1 所示。

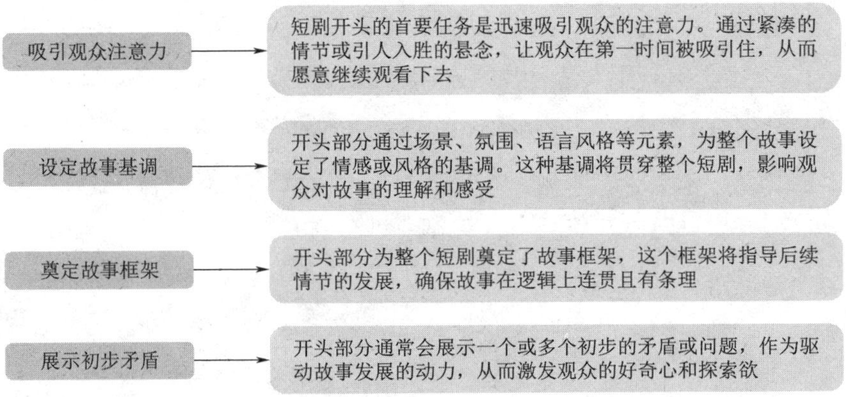

| 吸引观众注意力 | 短剧开头的首要任务是迅速吸引观众的注意力。通过紧凑的情节或引人入胜的悬念，让观众在第一时间被吸引住，从而愿意继续观看下去 |
| 设定故事基调 | 开头部分通过场景、氛围、语言风格等元素，为整个故事设定了情感或风格的基调。这种基调将贯穿整个短剧，影响观众对故事的理解和感受 |
| 奠定故事框架 | 开头部分为整个短剧奠定了故事框架，这个框架将指导后续情节的发展，确保故事在逻辑上连贯且有条理 |
| 展示初步矛盾 | 开头部分通常会展示一个或多个初步的矛盾或问题，作为驱动故事发展的动力，从而激发观众的好奇心和探索欲 |

图 3-1　开头的作用

## ▶▷ 2. 开头部分的内容

开头部分的作用决定了其需要将短剧的背景、角色和冲突交代清楚，并适当地进行情感铺垫，具体包含的内容如下。

（1）背景设置

开头部分需要将短剧的背景设置交代清楚，具体包括时间背景、空间背景和社会背景这三个方面，相关内容如下。

- 时间背景。说明短剧发生的时间，可以是具体的年代、季节或一天中的某个时段。

- 空间背景。描述短剧发生的地点，包括环境、氛围和场景布置等。

- 社会背景。简要介绍短剧所处的社会环境、文化背景或历史背景等。

（2）角色介绍

在开头部分对角色进行介绍也是非常必要的，在介绍角色时，可以从角色的外貌、性格和关系这三个方面展开，具体内容如下。

- 外貌描述。通过语言或视觉元素简要描绘角色的外貌特征。

- 性格特征。通过角色的行为、对话或与其他角色的互动，展现其性格特点和内心世界。

- 关系设定。明确角色之间的关系，如家庭、朋友、敌人等，为后续的故事发展奠定基础。

（3）冲突引入

创作者在短剧的开头，就要将故事的冲突展现给观众，具体可以从初步冲突和悬念设置这两个方面展开，具体内容如下。

- 初步冲突。展示一个或多个初步的矛盾或问题，这些问题将驱动角色采取行动并推动故事发展。

- 悬念设置。在开头部分设置一些悬念或未解之谜，以激发观众的好奇心和探索欲。

（4）情感铺垫

在开头部分通过氛围、语言或场景等元素，为观众营造出一种特定的情感氛围，如喜悦、悲伤、紧张等，从而为短剧设定情感基调。另外，通过角色的情感表达或遭遇，也可以引发观众的共鸣和情感投入。

▶▷ 3. 设计一个有吸引力的开头的技巧

设计一个有吸引力的短剧开头是获得观众注意力、激发他们兴趣并让他们渴望继续观看的关键，创作者可以运用设置悬念、安排强烈的对比、保持快节奏、增强视觉冲击力和安排留白等技巧来进行设计，如图 3-2 所示。

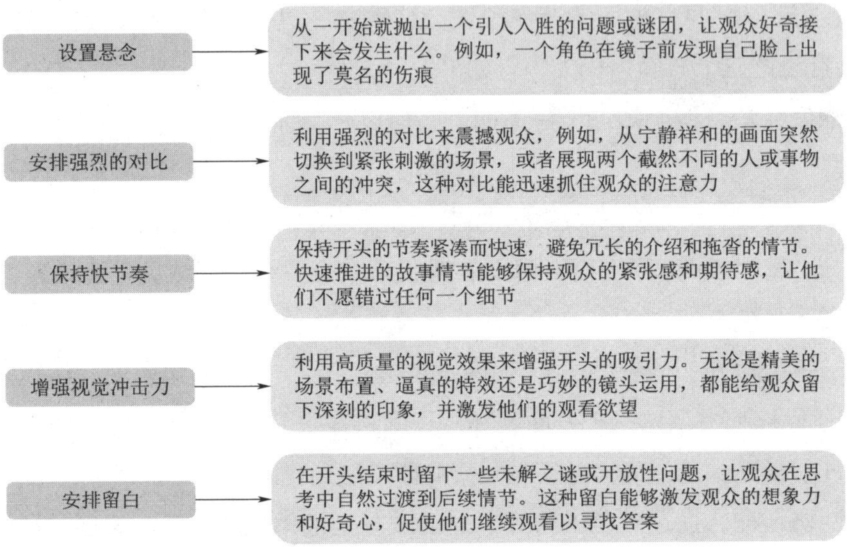

|  |  |
| --- | --- |
| 设置悬念 | 从一开始就抛出一个引人入胜的问题或谜团，让观众好奇接下来会发生什么。例如，一个角色在镜子前发现自己脸上出现了莫名的伤痕 |
| 安排强烈的对比 | 利用强烈的对比来震撼观众，例如，从宁静祥和的画面突然切换到紧张刺激的场景，或者展现两个截然不同的人或事物之间的冲突，这种对比能迅速抓住观众的注意力 |
| 保持快节奏 | 保持开头的节奏紧凑而快速，避免冗长的介绍和拖沓的情节。快速推进的故事情节能够保持观众的紧张感和期待感，让他们不愿错过任何一个细节 |
| 增强视觉冲击力 | 利用高质量的视觉效果来增强开头的吸引力。无论是精美的场景布置、逼真的特效还是巧妙的镜头运用，都能给观众留下深刻的印象，并激发他们的观看欲望 |
| 安排留白 | 在开头结束时留下一些未解之谜或开放性问题，让观众在思考中自然过渡到后续情节。这种留白能够激发观众的想象力和好奇心，促使他们继续观看以寻找答案 |

图 3-2  设计一个有吸引力的开头的技巧

综合运用这些技巧，创作者可以设计出一个既吸引人又富有深度的短剧开头，为整个故事奠定坚实的基础。

## 3.1.2  主  体

在短剧的结构中，主体是故事发展的核心部分，位于开头和高潮之间。它是故事情节的展开阶段，通过一系列的事件、对话和冲突，逐步揭示角色的内心世界、推动故事向前发展，并为高潮的到来做好铺垫。下面介绍主体部分的作用和把握剧情节奏的技巧。

▶▷ 1. 主体部分的作用

在短剧的结构中，主体部分扮演着至关重要的角色，它是连接开头与高潮的桥梁，也是整个故事情感、情节和角色发展的核心区域，其作用如图 3-3 所示。

| | |
|---|---|
| 推进情节发展 | 主体部分是故事情节展开和推进的主要阶段，它揭示了故事的背景、主要冲突及角色之间的复杂关系，并保持了故事的连续性和逻辑性 |
| 深化角色形象 | 在主体部分中，角色的性格、情感和内心世界得到了更加全面和深入的展现，从而增强观众对角色的认同感，并使故事更加具有感染力和共鸣力 |
| 加剧情节冲突 | 主体部分是情节冲突逐渐加剧的关键阶段。随着故事的推进，主要冲突可能变得更加复杂和激烈，同时也可能引入新的次要冲突或矛盾点，从而增加故事的紧张感和吸引力 |
| 铺垫高潮 | 主体部分的最终目的是为高潮的到来做好铺垫，因此，主体部分的铺垫是否充分和合理，将直接影响到高潮部分的震撼力和感染力 |

图 3-3　主体部分的作用

## ▶▶ 2. 把握剧情节奏的技巧

在短剧的主体部分中，把握好剧情节奏可以确保故事的连贯性与流畅性，显著增强故事的张力和戏剧，从而提升观众的代入感，并优化观众的观赏体验。不过，想精准地把握剧情节奏，创作者还需要掌握以下技巧。

（1）明确节奏基调

在开始编写主体部分之前，创作者要明确整部短剧的节奏基调，是轻松幽默、紧张刺激还是温馨感人等。这将为后续的节奏控制提供指导方向。在编写的过程中，创作者要尽量保持节奏基调的一致性，避免插入突兀的变化，以确保观众能够顺畅地跟随故事的发展。

（2）合理安排情节节奏

主体部分的情节应该紧凑有序，避免冗长和拖沓。每个情节节点都应有明确的目的和推动作用，使故事能够迅速向前发展。

另外，在保持紧凑的同时，创作者也要注重情节的起伏变化，可以通过设置高潮、低谷和转折点等方法，使故事充满张力和悬念，吸引观众的注意力。

（3）控制角色的行动速度

在角色的行动上，创作者可以采用快慢结合的方式来控制节奏。例如，在紧张刺激的情节中，可以加快角色的行动速度，营造紧迫感；在温馨感人的情节中，则可以放慢角色的行动速度，增强情感的表达。

而对于关键情节或重要角色，创作者可以适当放慢节奏，给予更多的镜头和细节描写，以突出其重要性和影响力。

（4）利用音乐与音效

创作者可以选择适合情节发展的背景音乐，通过音乐的节奏和旋律来增强故事的氛围和情感表达。例如，在紧张刺激的情节中，可以使用快节奏的音乐来营造紧迫感；在温馨感人的情节中，则可以使用柔和的音乐来增强情感的传递。

另外，音效也是控制节奏的重要手段之一。通过合理的音效配合，可以强化情节的表现力和感染力。例如，在打斗场景中，加入拳拳到肉的音效可以使观众更加身临其境；在悲伤场景中，加入轻柔的哭泣声或风声等自然音效可以增强情感的表达。

# 3.1.3 高　潮

高潮是指故事情节中最紧张、最激动人心、冲突最激烈的阶段。在这个阶段，故事中的矛盾达到顶点，角色面临最大的挑战，冲突双方进行最后的较量或决战，并往往伴随着情感的爆发和转变。

因此，高潮部分是短剧中最为关键和紧张的部分，它决定了故事的走向，也最能引发观众的共鸣和情感投射。在短剧中，高潮部分可以起到加速情节发展、激发情感共鸣、升华主题思想、满足观众期待的作用，如图3-4所示。

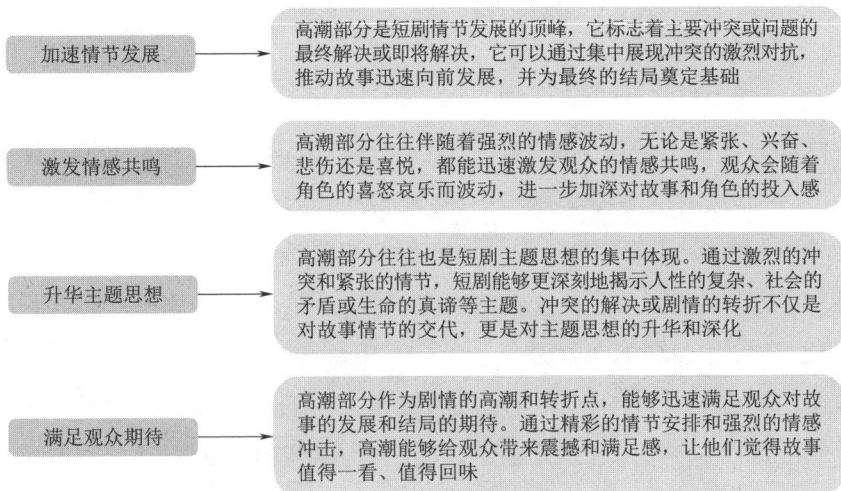

**加速情节发展** → 高潮部分是短剧情节发展的顶峰，它标志着主要冲突或问题的最终解决或即将解决，它可以通过集中展现冲突的激烈对抗，推动故事迅速向前发展，并为最终的结局奠定基础

**激发情感共鸣** → 高潮部分往往伴随着强烈的情感波动，无论是紧张、兴奋、悲伤还是喜悦，都能迅速激发观众的情感共鸣，观众会随着角色的喜怒哀乐而波动，进一步加深对故事和角色的投入感

**升华主题思想** → 高潮部分往往也是短剧主题思想的集中体现。通过激烈的冲突和紧张的情节，短剧能够更深刻地揭示人性的复杂、社会的矛盾或生命的真谛等主题。冲突的解决或剧情的转折不仅是对故事情节的交代，更是对主题思想的升华和深化

**满足观众期待** → 高潮部分作为剧情的高潮和转折点，能够迅速满足观众对故事的发展和结局的期待。通过精彩的情节安排和强烈的情感冲击，高潮能够给观众带来震撼和满足感，让他们觉得故事值得一看、值得回味

图 3-4　高潮部分的作用

# 3.1.4　结　尾

结尾是短剧的最终部分，它标志着故事的结束。在这一阶段，创作者会解决之前提出的主要冲突，展示角色的最终命运，还可能通过某种方式深化故事的主题或寓意。下面介绍结尾部分的作用和常见的结尾方式。

## ▶▶1. 结尾部分的作用

结尾不仅是对整个故事脉络的总结，更是情感高潮后的余韵悠长，让观众在故事的尾声中体验到一种独特的满足感与深思，其作用如图 3-5 所示。

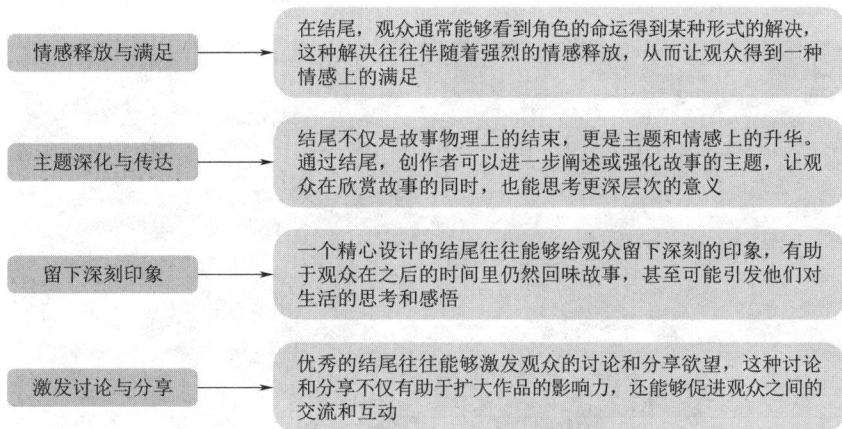

| | |
|---|---|
| 情感释放与满足 | 在结尾，观众通常能够看到角色的命运得到某种形式的解决，这种解决往往伴随着强烈的情感释放，从而让观众得到一种情感上的满足 |
| 主题深化与传达 | 结尾不仅是故事物理上的结束，更是主题和情感上的升华。通过结尾，创作者可以进一步阐述或强化故事的主题，让观众在欣赏故事的同时，也能思考更深层次的意义 |
| 留下深刻印象 | 一个精心设计的结尾往往能够给观众留下深刻的印象，有助于观众在之后的时间里仍然回味故事，甚至可能引发他们对生活的思考和感悟 |
| 激发讨论与分享 | 优秀的结尾往往能够激发观众的讨论和分享欲望，这种讨论和分享不仅有助于扩大作品的影响力，还能够促进观众之间的交流和互动 |

图 3-5　结尾部分的作用

## ▶▶2. 常见的结尾方式

结尾的方式多种多样，每种方式都能为观众带来不同的情感体验和思考。下面介绍一些常见的结尾方式。

（1）圆满式结尾

在圆满式结尾中，主要冲突得到了圆满解决，角色也实现了个人目标或愿望，观众往往会感受到满足和喜悦。

例如，在电影《肖申克的救赎》的结尾，主角安迪不仅重获自由，还成功地为监狱带来变革，影响了许多人的命运，而瑞德也获得假释，两人在墨西哥团聚，这就是一个象征着希望与重生的圆满结局。

（2）悲剧式结尾

悲剧式结尾通过展现角色面临的不幸或失败来引发观众的深思和情感共鸣。例如，电影《忠犬八公物语》以八公在风雪中孤独地等待主人，最终老死在车站旁的画面作为结尾，这个结尾让观众深刻感受到了忠诚与等待的力量，同时也为八公的命运感到悲伤。

（3）开放式结尾

开放式结尾并不会给故事一个明确的结论，而是留给观众自行想象和解读的空间。例如，电影《盗梦空间》的结尾以主角科布的陀螺是否停止旋转作为悬念，如图 3-6 所示，留给观众去判断科布是否最终回到了现实世界，而这种模糊的处理方式也让观众对故事的真实性产生了持续的讨论和猜测。

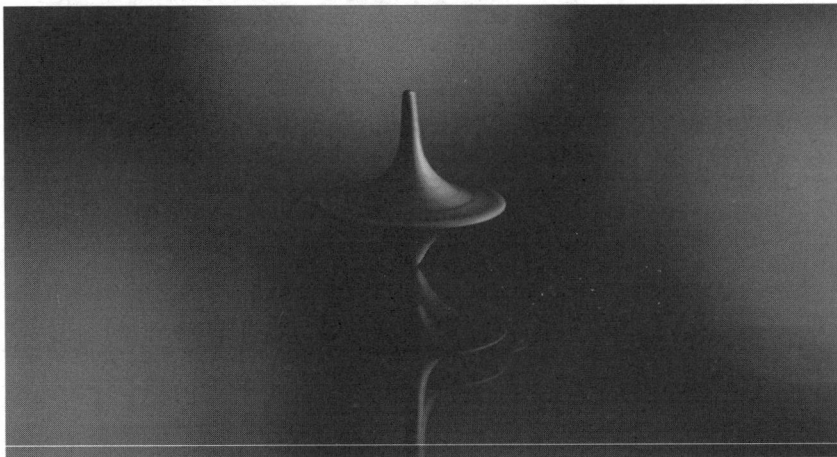

图 3-6  《盗梦空间》

此外，反转式结尾、留白式结尾等方式也是短剧中常见的结尾。不过，创作者在设计结尾时，不能为了追求新奇、反转、说教和煽情的效果而牺牲了故事的逻辑性和完整性。虽然一个出人意料的结局能够吸引读者的眼球，但如果它无法与前面的情节自然衔接，或者导致故事的核心冲突没有得到妥善解决，那么这样的结尾只会让读者感到困惑和失望。

因此，创作者在追求创新的同时，必须确保结尾与整个故事的脉络紧密相连，既符合逻辑又充满力量，这样才能真正打动人心，给观众留下深刻的印象。

# 3.2　常见的短剧剧本结构

　　短剧的剧本结构是指创作者在创作过程中，为了将故事有效地转化为视觉叙事而设计的文本布局和叙述方式。它详细规划了故事的每一个细节，包括场景的设置、角色的对话、动作的描述，以及情节发展的时间顺序和逻辑关联。

　　而故事结构则更侧重于故事本身的内在框架和叙述逻辑，它关注于如何有效地传达主题、塑造人物、设置冲突与解决冲突，以吸引并引导观众的情感投入与理解。

　　剧本结构和故事结构在短剧中是相互依存、相辅相成的。剧本结构为故事结构的实现提供了具体的文本支持和视觉呈现方式；而故事结构则为剧本结构的创作提供了内在的逻辑框架和叙事动力。两者共同作用于短剧的创作过程，使观众能够在观看过程中获得深刻的情感体验和审美享受。

　　本节介绍五种常见的短剧剧本结构，为创作者的写作提供参考。

## 3.2.1　三幕式结构

　　三幕式结构，顾名思义，即将剧本分为三幕：第一幕（设定）、第二幕（冲突）、第三幕（解决）。这种结构有助于创作者组织故事，确保情节连贯，节奏合理，使观众能够跟随故事的发展。下面介绍三幕式结构的内容、优点和相关案例。

▶▶ 1. 三幕式结构的内容

　　三幕式结构的内容即第一幕（设定）、第二幕（冲突）和第三幕（解决）需要具备的关键元素，具体内容如下。

　　（1）第一幕

　　第一幕一般需要介绍主要人物、背景设定，并引出故事的主要问题或冲突，具体介绍如下。

　　•介绍主要人物。通过对话、行为、外貌等细节，展示主要角色的性格、动机和关系等。

　　•介绍背景设定。描述故事发生的时间、地点、社会环境等，为故事的发展提供基础。

•引出问题。通过某个事件或情境，打破主角原本的生活状态，引出故事的主要问题和冲突。

在第一幕结束时，创作者应该设置一个钩子，即一个引人入胜的悬念或冲突，以吸引观众继续观看。

（2）第二幕

通过第一幕的铺垫，观众对后续的故事发展产生了期待和好奇心，而第二幕就需要持续保持观众的好奇心，创作者可以通过加剧冲突、体现角色成长和铺垫高潮的内容来避免情节拖沓或无聊，具体内容如下。

•加剧冲突。主要人物面临越来越多的挑战和困难，冲突不断升级，情节逐渐紧张。

•体现角色成长。在冲突中，主要人物经历变化，展现出成长和进步，包括技能的提升、心态的转变等。

•铺垫高潮。通过一系列事件和冲突，为第三幕的高潮部分做铺垫，积累足够的情感和能量。

（3）第三幕

第三幕主要包含高潮和结局这两个部分，其中高潮部分是整个故事的精华所在，创作者要精心设计，确保情节紧凑、情感充沛；而结局部分需要与前面的情节相呼应，并符合逻辑和情理，避免突兀或牵强。

因此，在设计第三幕的内容时，创作者需要让主要冲突得到解决，从而引导故事达到高潮并走向结局。

▶▷2. 三幕式结构的优点

三幕式结构的优点在于其提供了一种清晰、紧凑且引人入胜的叙事框架，并适用于多种类型的影视作品和文学作品，如图3-7所示。

▶▷3. 三幕式结构的相关案例

三幕式结构作为最基础的剧本结构之一，为其他更复杂的结构提供了框架基础，许多剧本结构都是在三幕式结构的基础上进行扩展或变形的，如五幕式结构、七幕式结构等。而且三幕式结构中的某些元素，如设定、冲突、高潮等，在其他结构中也有体现，只是可能以不同的形式或顺序出现。

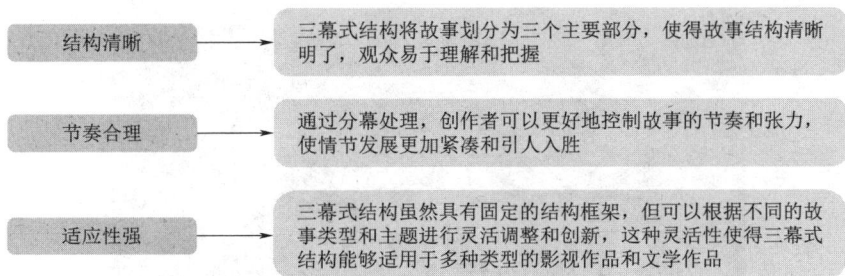

| 结构清晰 | → | 三幕式结构将故事划分为三个主要部分，使得故事结构清晰明了，观众易于理解和把握 |
| 节奏合理 | → | 通过分幕处理，创作者可以更好地控制故事的节奏和张力，使情节发展更加紧凑和引人入胜 |
| 适应性强 | → | 三幕式结构虽然具有固定的结构框架，但可以根据不同的故事类型和主题进行灵活调整和创新，这种灵活性使得三幕式结构能够适用于多种类型的影视作品和文学作品 |

图 3-7 三幕式结构的优点

因此，三幕式结构广泛运用在短剧、长篇电视剧、电影、小说、戏剧等文艺作品中。下面以《星球大战 4：新希望》和《大白鲨》为例，分析它们每一幕的内容，帮助创作者熟悉三幕式结构的运用。

**案例 15：**

《星球大战 4：新希望》（Star Wars：Episode IV-A New Hope）作为科幻电影经典之作，其叙事结构巧妙地运用了三幕式结构，使得故事紧凑、引人入胜。下面是对该影片三幕式结构的详细分析。

第一幕，设定背景与引入冲突。观众随卢克·天行者进入塔图因星球的平凡生活，随后帝国势力威胁显现，莱娅公主携带重要信息逃亡，激发卢克踏上冒险。

第二幕，发展与升级冲突。卢克与汉·索洛、欧比旺等伙伴集结，历经重重困难，包括对抗达斯·维达等帝国势力，逐渐揭开"死星"的秘密。

第三幕，高潮与解决冲突。卢克在决战中凭借勇气与智慧摧毁死星，拯救银河系于危难，完成从平凡青年到英雄的蜕变，同时留下对未来故事的无限遐想。

**案例 16：**

1975 年上映的电影《大白鲨》（Jaws）不仅开创了好莱坞夏季大片的先河，也是运用三幕式结构讲述故事的经典范例，如图 3-8 所示。下面是对该电影三幕式结构的详细分析。

图 3-8  《大白鲨》

第一幕为引子，介绍了艾米蒂岛的海滨度假小镇背景，并引出鲨鱼袭击的初步威胁。

第二幕为发展，具体内容为随着鲨鱼不断袭击游客，警长、市长及海洋生物学家等人展开行动，尝试捕捉鲨鱼，但遭遇重重困难。

第三幕为高潮，讲述了最终警长、生物学家与老船长合作，成功猎杀了食人大白鲨，解决了威胁。这种三幕式结构使得剧情紧凑、层次分明，有效地引导观众随着情节发展而逐步深入紧张刺激的氛围中。

## 3.2.2  线性结构

线性结构，顾名思义，就是像一条直线那样，前后紧密相接，顺时而不间断地展开叙事。它是影视作品中最传统、最常见的剧本结构形式之一，一般遵循现实时间的顺序，通过"开端—发展—高潮—结尾"的线性流程来讲述故事。

线性结构强调故事的完整性、时间的连贯性和情节的因果性。在这种结构中，事件按照发生的时间顺序逐一呈现，观众可以清晰地看到故事的起因、经过和结果。下面介绍线性结构的优势与局限性及相关案例。

▶▷1. 线性结构的优势与局限性

线性结构不仅符合观众的观看习惯，还具备一系列独特的优势，具体内容如下。

（1）易于理解和接受

线性结构以时间顺序为轴，事件发展一目了然，观众无须过多思考即可轻松跟随剧情发展。这种直接性使得观众能够迅速进入故事情境，与角色产生共鸣，提高观看体验。

（2）情感连贯性强

通过时间线索的串联，线性结构能够自然地展现角色的情感变化和发展过程。观众可以随着剧情的推进，逐步感受到角色的喜怒哀乐，增强情感投入和代入感。

（3）情节紧凑有序

线性结构有助于创作者合理安排情节，确保每个事件都按照逻辑顺序发生，避免了剧情的混乱和跳跃。这种紧凑有序的情节安排使得故事更加引人入胜，观众能够始终保持对剧情的关注。

（4）便于观众预测和期待

由于线性结构遵循固定的时间顺序，观众往往能够根据已知信息预测接下来的剧情发展。这种预测和期待感能够激发观众的好奇心，促使他们继续观看下去。

不过，线性结构也存在着悬念感不足，人物呈现缺乏冲击力，难以处理复杂情节和创新性受限的局限性，具体内容如下。

（1）悬念感不足

线性结构在保持情节连贯性的同时，也削弱了悬念的营造。由于观众能够大致预测剧情走向，因此难以产生强烈的惊喜和意外感，降低了故事的吸引力。

（2）人物呈现缺乏冲击力

线性结构往往注重情节的连贯性，而在人物塑造上可能显得较为平淡。由于故事发展遵循固定的时间顺序，人物的性格、行为和内心变化往往难以在短时间内得到充分的展现，导致人物形象缺乏深度和冲击力。

（3）难以处理复杂情节

对于涉及多个时间线、多重身份或复杂关系的情节，线性结构可能显得力不从心。它难以在有限的时间内清晰地呈现所有信息，容易导致观众产生困惑和不解。

（4）创新性受限

线性结构作为一种传统的叙事方式，其形式相对固定。在追求创新和个性化的今天，这种结构可能难以满足观众对于新颖、独特故事的需求。

因此，创作者在创作过程中应根据故事主题、情节复杂度和观众需求等因素综合考虑，灵活选择适合的剧本结构。

## ▶▶ 2. 线性结构的相关案例

一般来说，为了丰富故事内容，影视作品中很少单独使用线性结构进行叙事，而是采用线性结构和其他结构相结合的形式。下面以《美丽心灵》为例，介绍影片中线性结构的运用。

**案例 17:**

《美丽心灵》（*A Beautiful Mind*）作为一部传记电影，通过线性结构的运用，成功地呈现出了约翰·纳什的生平故事。在剧本结构上巧妙地运用了线性结构，同时穿插了非线性元素以增强叙事效果。下面对《美丽心灵》中线性结构的运用进行分析。

（1）时间线索的清晰呈现

《美丽心灵》的线性结构首先体现在时间线索的清晰呈现上。电影从约翰·纳什的青年时代开始讲起，按照时间顺序逐步展开他的生活轨迹。从他在普林斯顿大学的学习生活，到他在博弈论领域的杰出贡献，再到他遭遇精神分裂症的挑战及最终的康复和成功，每一个关键的时间节点和事件都被精心安排，使得观众能够清晰地跟随约翰·纳什的人生轨迹。

（2）情节发展的连贯性

线性结构为《美丽心灵》提供了情节发展的连贯性。电影通过一系列紧密相连的事件，构建了约翰·纳什从成功到挫折，再到最终战胜困难的完整故事线。这些事件包括约翰·纳什的学术突破，与艾丽西亚的爱情故事，精神疾病的爆发，治疗过程中的挣扎与坚持，以及最终获得诺贝尔奖的荣耀时刻。这些情节环环相扣，推动故事不断向前发展，使观众能够沉浸其中，感受约翰·纳什的喜怒哀乐和人生起伏。

（3）角色塑造的完整性

在线性结构的框架下，《美丽心灵》成功地塑造了约翰·纳什这一复杂而深刻的角色形象。观众可以随着剧情的发展，逐步了解约翰·纳什的才华、智慧、坚韧，以及他面对精神疾病时的痛苦和挣扎。电影通过细腻的表演和深刻的心理刻画，展现了约翰·纳什作为一个数学天才和普通人的双重身份，以及他在面对困境时所展现出的勇气和毅力。这种角色塑造的完整性得益于线性结构对时间线索和情节发展的有效控制。

（4）情感共鸣的营造

线性结构还帮助《美丽心灵》营造了强烈的情感共鸣。由于电影遵循了现实时间的顺序，观众可以更加容易地沉浸在约翰·纳什的世界中，感受他的内心世界和情感变化。当约翰·纳什在学术上取得突破时，观众会为他感到自豪和喜悦；当他遭遇精神疾病的困扰时，观众会为他感到担忧和痛苦；当他最终战胜困难时，观众会为他感到振奋和鼓舞。这种情感共鸣使得观众与角色之间建立了深厚的情感联系，增强了电影的感染力和观赏性。

## 3.2.3　实时结构

实时结构是一种特殊的叙事方式，它以不间断的时间流来呈现故事，为观众营造出一种紧张、真实的观影体验，让他们仿佛与角色一同经历每一个关键时刻。下面介绍实时结构的特点和相关案例。

### ▶▷ 1. 实时结构的特点

实时结构在剧本创作中是一种极具挑战性的叙事方式，它以不间断的时间流为核心，强调故事发展的即时性和紧迫性，其特点如图 3-9 所示。

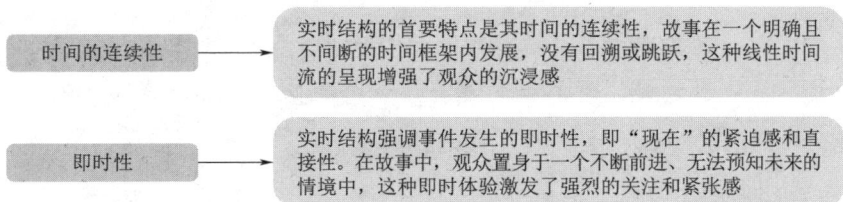

| 时间的连续性 | 实时结构的首要特点是其时间的连续性，故事在一个明确且不间断的时间框架内发展，没有回溯或跳跃，这种线性时间流的呈现增强了观众的沉浸感 |
| --- | --- |
| 即时性 | 实时结构强调事件发生的即时性，即"现在"的紧迫感和直接性。在故事中，观众置身于一个不断前进、无法预知未来的情境中，这种即时体验激发了强烈的关注和紧张感 |

| 紧凑型 | → | 由于时间的限制，实时结构要求情节紧凑，每一个场景、每一个对话都需要承载推动故事发展的功能。这种紧凑性不仅避免了冗长和拖沓，还提高了故事的节奏感和观赏性 |
| 真实性 | → | 实时结构追求的是一种接近现实的叙事体验，它减少了人为的叙事技巧，使故事更贴近生活的原貌。这种真实性不仅增强了观众的代入感，还提高了故事的可信度 |

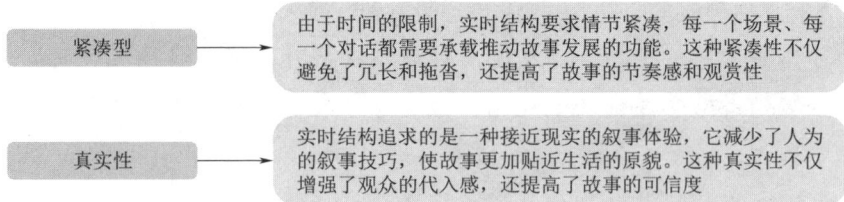

图 3-9　实时结构的特点

## ▶▷ 2. 实时结构的相关案例

实时结构，顾名思义，是指影片中的时间流逝与观众所经历的时间基本一致，或者说影片中的事件几乎是在同一时间段内连续发生的。这种结构要求影片具有高度的紧凑性和紧张感，因为观众会感受到与角色同步的时间压力。下面以《十二怒汉》为例，分析实时结构在影片中的运用。

### 案例 18：

1957 年上映的电影《十二怒汉》（*Twelve Angry Men*）是一部经典的法律题材电影，其独特的实时结构表现在单一空间结构的设置、时间的连贯性和一致性、紧凑的叙事节奏、镜头语言的运用及环境氛围的营造这五个方面，具体内容如下。

（1）单一空间结构的设置

《十二怒汉》的主要场景几乎全部发生在陪审团会议室这一单一空间内。从电影开始到结束，观众几乎没有离开过这个密闭的小空间。这种设置不仅增强了影片的紧凑感，还使得观众能够全神贯注地关注陪审团成员之间的讨论和辩论，从而更加深入地理解剧情。

（2）时间的连贯性和一致性

影片严格遵循了"三一律"原则，即时间一致、地点一致、行动目标一致。整个故事发生在短短的几十分钟内，从陪审团开始讨论到最终达成一致意见，时间上的连贯性和一致性使得观众能够清晰地感受到时间的紧迫性和事件的发展过程。

（3）紧凑的叙事节奏

影片通过紧凑的叙事节奏和激烈的辩论场面，营造出一种紧张的氛围。观众随着陪审团成员之间的讨论和辩论，不断被新的信息和观点吸引，从而保持了对影片的持续关注。

（4）镜头语言的运用

导演通过精妙的镜头语言，将陪审团会议室的狭小空间展现得淋漓尽致。他运用长镜头和景深镜头，捕捉人物之间的互动和情绪变化，使得观众能够更加深入地了解角色的内心世界。同时，他还通过镜头的切换和移动，营造出一种身临其境的感觉，让观众仿佛置身于陪审团会议室之中。

（5）环境氛围的营造

影片还通过环境氛围的营造来强化实时结构的效果。例如，开场时打不开的电扇和闷热的天气，预示着事情不会轻易解决；暴雨的来临则象征着场面的焦灼和激烈。这些环境氛围的变化不仅增强了影片的视觉效果，还使得观众能够更加深刻地感受到时间的流逝和事件的发展。

《十二怒汉》中的实时结构不仅增强了影片的紧凑感和紧张感，还使得观众能够更加深入地理解剧情和角色。这种独特的叙事方式不仅为影片增色不少，也为后来的电影创作提供了有益的借鉴和启示。

## 3.2.4　多线结构

多线结构是指通过多条相互关联但又各自独立的叙事线索来共同构建故事的结构方式。这种结构能够丰富故事的层次，增加叙事的复杂性和深度，让观众从多个角度理解和体验故事。

多线结构的核心在于设置多条叙事线索，这些线索可以是不同人物的经历、不同时间点的故事或者不同空间中的事件，这些线索相互交织，共同推动故事的发展。下面介绍多线结构的优势与缺点及相关案例。

### ▶▶ 1. 多线结构的优势与缺点

多线结构在影视作品中的运用，不仅为故事叙述提供了丰富的层次和深度，还带来了诸多独特的优势，这些优势从多个方面提升了观众的观影体验和作品的艺术价值，如图 3-10 所示。

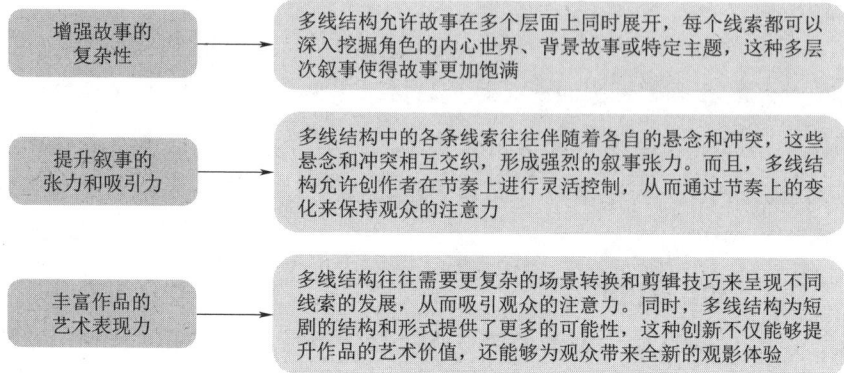

图 3-10　多线结构的优势

不过，多线结构虽然具有诸多优势，但也存在一些明显的缺点，例如，容易导致理解困难、叙事节奏难以把握、观众参与度变低，以及制作难度和成本增加，具体内容如下。

（1）容易导致理解困难

多线结构中的每一条线索都需要观众去关注和追踪，当线索过多时，可能会让观众感到信息过载，难以理清各条线索之间的关系和故事的整体脉络。

而且，在多线结构中，角色之间的关系往往更加复杂，涉及多个角色之间的交错关系。这种复杂性可能会让观众感到困惑，难以理解和记忆角色之间的关系。

（2）叙事节奏难以把握

由于多线结构中的各条线索可能发展得并不均衡，有些线索可能进展迅速，而有些则可能相对缓慢。这种节奏上的不一致可能会让作品的叙事节奏显得杂乱无章，难以把握。

另外，多线结构中的多条线索可能会同时或相继达到高潮，如果处理不当，可能会导致作品的情感张力过于分散，难以形成强烈的冲击力和感染力。

（3）观众参与度变低

多线结构的复杂性可能会提高观众的理解门槛，使得一些观众因为难以理解和追踪故事而放弃继续观看。而当观众需要同时关注多条线索时，他们的注意力可能会被分散，难以集中在某一条线索或角色上，从而影响对作品的深入理解和感受。

（4）制作难度和成本增加

多线结构要求创作者具备更高的叙事能力和掌控能力，以确保各条线索之间的连贯性和整体故事的合理性，这增加了创作者的工作难度和创作压力。同时，由于多线结构需要呈现多个场景、角色和情节，因此，在制作过程中可能需要投入更多的资金、人力和时间来确保作品的质量和效果。

▶▷2. 多线结构的相关案例

多线结构是影视作品中常见的一种复杂叙事方式，它通过多个故事线的交织和并行，构建出丰富、深入且多维度的情节。下面以《云图》为例，介绍多线结构在影片中的运用。

**案例 19：** ··························································································

电影《云图》（*Cloud Atlas*）剧本中的多线结构运用是其叙事手法的核心，这种结构不仅增加了影片的复杂性和深度，还通过不同时间线和角色的交织，探讨了命运和人性等深刻主题，如图 3-11 所示。下面对《云图》中多线结构的运用进行分析。

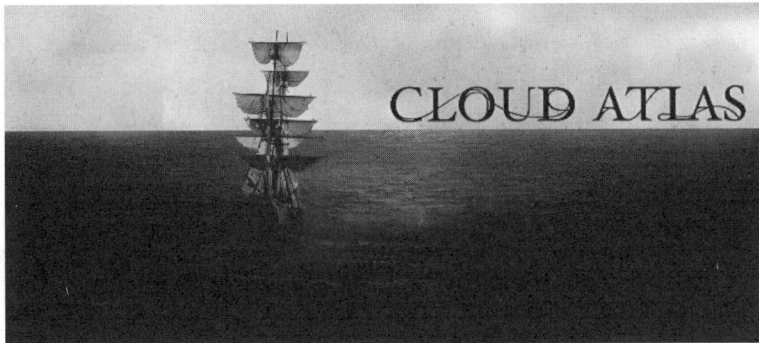

图 3-11　《云图》

（1）多线交织的叙事框架

《云图》剧本将六个来自不同时间和地点的故事线索紧密交织在一起，形成了一个错综复杂的叙事网络。这些故事虽然时间、地点和人物各不相同，但通过共同的主题和符号（如"云图""星星"等）相互关联，形成了一个统一的整体。

（2）跨时空的角色扮演与呼应

电影中的演员在不同时间线和角色中扮演多个不同的角色，甚至性别和种族也发生了变化。这种跨越时空的角色扮演和呼应，不仅增添了故事的神秘感和吸引力，还通过角色的相似性和差异性探讨了人性的多样性和变化。

（3）叙事结构的创新与复杂性

《云图》的叙事结构极具创新性，打破了传统线性叙事的局限。它采用了跳跃的叙事手法和多重角色的设定，创造了一个富有层次和深度的电影世界。这种叙事结构上的大胆尝试，不仅增加了影片的复杂性和观赏性，还激发了观众对命运和人性的深刻思考。

（4）主题与符号的贯穿

影片中有很多符号和主题贯穿不同的时间线和故事，如"云图""星星"等。这些符号在不同的语境下被赋予了不同的含义，成为连接不同故事和角色的桥梁。同时，这些符号也代表了影片所要探讨的主题，如命运、人性等。通过符号的贯穿和主题的深化，影片传达了一种超越时间和空间的哲学思考。

（5）情感共鸣与思考引导

电影通过多线结构的运用，不仅展现了人类历史的方方面面和复杂而真实的人性，还通过情感共鸣和思考引导带领观众深入探索命运、人性和生命的意义。观众在观影过程中会被不同故事的情感打动，同时也会被引导去思考。这种情感共鸣和思考引导使得影片具有更强的感染力和启发性。

综上所述，《云图》中的多线结构运用是其叙事手法的精髓所在。它不仅丰富了影片的层次和深度，还通过跨时空的角色扮演与呼应、叙事结构的创新与复杂性、主题与符号的贯穿及情感共鸣与思考引导等方面展现了影片的独特魅力和深刻内涵。

## 3.2.5　罗生门结构

罗生门结构源自导演黑泽明的经典电影《罗生门》，这种结构从不同的角度讲述同一个故事，每个角度都提供了对故事的不同解读，从而引发观众对故事真相的思考和探讨。下面介绍罗生门结构的特点、影响和相关案例。

## ▶▷ 1. 罗生门结构的特点

罗生门结构作为一种独特的叙事手法，其精髓在于构建一个多维度的故事世界，通过多视角叙述的巧妙布局，深刻揭示人性的多面性与真相的相对性，进而激发观众深刻的思考与情感共鸣，其特点如图 3-12 所示。

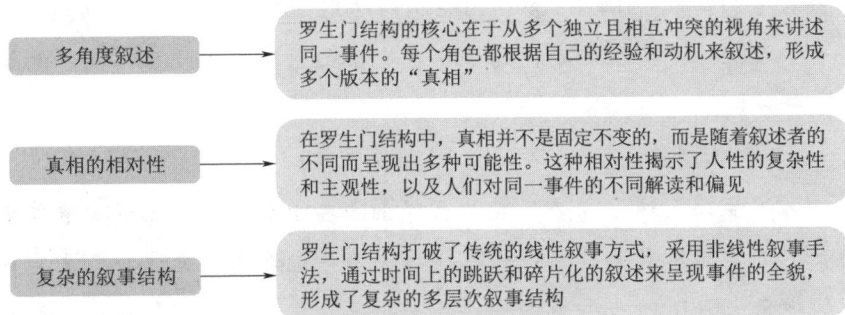

| 多角度叙述 | 罗生门结构的核心在于从多个独立且相互冲突的视角来讲述同一事件。每个角色都根据自己的经验和动机来叙述，形成多个版本的"真相" |
| --- | --- |
| 真相的相对性 | 在罗生门结构中，真相并不是固定不变的，而是随着叙述者的不同而呈现出多种可能性。这种相对性揭示了人性的复杂性和主观性，以及人们对同一事件的不同解读和偏见 |
| 复杂的叙事结构 | 罗生门结构打破了传统的线性叙事方式，采用非线性叙事手法，通过时间上的跳跃和碎片化的叙述来呈现事件的全貌，形成了复杂的多层次叙事结构 |

图 3-12　罗生门结构的特点

## ▶▷ 2. 罗生门结构的影响

罗生门结构在影视创作领域的影响深远而广泛，它不仅挑战了传统的叙事模式，还为创作者提供了新的叙事思路和表达方式，如图 3-13 所示。

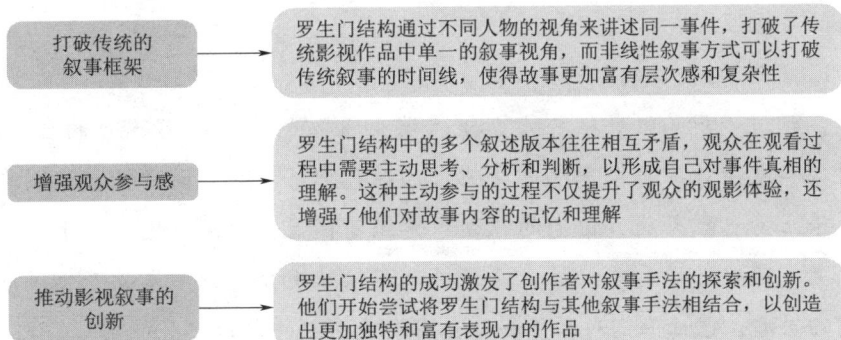

| 打破传统的叙事框架 | 罗生门结构通过不同人物的视角来讲述同一事件，打破了传统影视作品中单一的叙事视角，而非线性叙事方式可以打破传统叙事的时间线，使得故事更加富有层次感和复杂性 |
| --- | --- |
| 增强观众参与感 | 罗生门结构中的多个叙述版本往往相互矛盾，观众在观看过程中需要主动思考、分析和判断，以形成自己对事件真相的理解。这种主动参与的过程不仅提升了观众的观影体验，还增强了他们对故事内容的记忆和理解 |
| 推动影视叙事的创新 | 罗生门结构的成功激发了创作者对叙事手法的探索和创新。他们开始尝试将罗生门结构与其他叙事手法相结合，以创造出更加独特和富有表现力的作品 |

图 3-13　罗生门结构的影响

### ▶▷ 3. 罗生门结构的相关案例

罗生门结构以其独特的叙事方式和深刻的主题表达，对电影艺术、文学创作乃至更广泛的叙事领域产生了深远的影响。下面以电影《罗生门》为例，介绍罗生门结构在影片中的运用。

**案例 20：**

在电影《罗生门》中，罗生门结构的运用极大地丰富了故事的层次，揭示了人性的复杂性和事件的多样性。下面对影片中罗生门结构的运用进行分析。

（1）多视角叙事

《罗生门》通过强盗多襄九、武士的妻子真砂、借死者魂来作证的女巫（实际是武士灵魂的转述）及作为旁观者的樵夫这四个主要角色的视角来讲述同一个事件——武士的死亡，每个角色都根据自己的主观立场和利益动机，对同一事件进行了不同的描述。

（2）主观重构与真相的模糊性

每个角色的叙述都基于自己的主观经验和心理动机，对事件进行了不同程度的重构。这些重构的叙述相互矛盾，使得真相变得扑朔迷离。观众在听取这些不同的版本时，无法确定哪一个才是绝对的真实。这种模糊性正是罗生门结构的核心所在，它揭示了人性的复杂性和事件的多样性。

（3）对人性的深刻揭示

通过多视角叙事和主观重构，《罗生门》深刻地揭示了人性的自私、虚伪和复杂性。每个角色都在为自己的行为寻找合理的解释，试图在道德上为自己开脱。他们的叙述中充满了谎言、偏见，使得整个故事充满了不确定性和争议性。这种揭示不仅让观众对故事本身产生了深刻的思考，也让他们对人性和社会有了更深刻的认识。

罗生门结构的运用使得《罗生门》成为一部具有强烈叙事效果和观众体验的电影。观众在观看过程中需要不断思考、分析和判断每个角色的叙述是否可信。这种参与感和互动性使得观众更加深入地投入到故事中去，同时也增强了他们对故事和人物的理解和共鸣。

# 3.3　搭建短剧框架的关键步骤

在影视创作领域，无论是鸿篇巨制还是精悍短剧，一个清晰、紧凑且引人入胜的结构都是成功的关键。对于短剧而言，由于其时长限制，如何在有限的时间内完整展现一个故事，同时保持观众的注意力，显得尤为重要。本节介绍搭建短剧结构的四个关键步骤，帮助创作者更好地规划故事情节，塑造人物形象，以及把握剧情节奏。

## 3.3.1　明确主题和故事线

在短剧创作的初始阶段，明确主题和故事线是奠定整个作品基石的关键步骤。这不仅关乎作品的灵魂所在，也直接影响到后续创作的方向和质量。

### ▶▷1. 明确主题

主题是短剧创作的灵魂，它决定了作品的思想深度、情感色彩和价值取向。一个鲜明的主题，能够像磁石一样吸引观众，让他们在欣赏故事的同时，感受到作品所传递的思想力量。

在明确主题时，创作者需要深入挖掘内心的灵感，思考自己希望通过这部作品传达什么。这可以是对人性的深刻洞察，对社会的犀利批判，对情感的细腻描绘，或是对某个特定时代、文化、现象的独特见解。无论选择何种主题，都应当确保其具有深刻性、独特性和普遍性，能够触动人心，引发共鸣。

### ▶▷2. 明确故事线

故事线是短剧创作的骨架，它串联起所有的情节和角色，推动故事向前发展。在确立故事线时，创作者需要围绕主题，构思出一个清晰、连贯且引人入胜的故事脉络。这包括确定故事的起点、发展、高潮和结局，以及它们之间的逻辑关系。一个好的故事线应当具有以下几个特点，如图 3-14 所示。

| 紧凑性 | 由于短剧时长的限制，故事线必须紧凑而高效，避免冗长和拖沓的情节。每一个场景、每一个对话都应当有其存在的意义，能够推动故事向前发展或深化主题 |
| 逻辑性 | 故事线的发展应当符合逻辑，情节之间应当有合理的联系和过渡。观众在观看过程中能够清晰地理解故事的走向和角色的行为动机 |
| 有吸引力 | 故事线应当具有足够的吸引力，能够抓住观众的注意力并引发他们的好奇心。这可以通过设置悬念、制造冲突或展现独特的情节转折来实现 |
| 深刻性 | 故事线还应当具有一定的深刻性，要能够触及人心，引发观众对于主题的思考和感悟。这可以通过深入挖掘角色的内心世界、展现人性的复杂性或反映社会的现实问题来实现 |

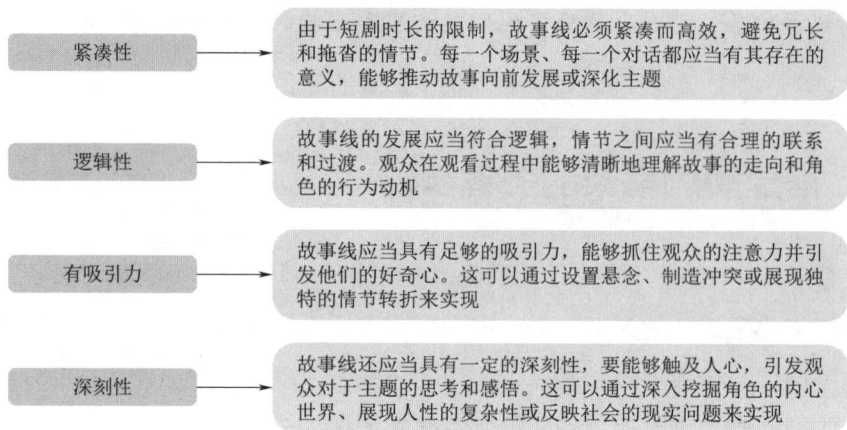

图 3-14　一个好的故事线应当具备的特点

总之，明确主题和故事线是短剧创作的第一步，也是至关重要的一步。只有在这一步做好了充分的准备和规划，后续的创作工作才能更加顺利和高效地进行。

## 3.3.2　设计角色和关系

在短剧的创作中，角色和关系的设计是构建故事框架的核心环节之一。一个成功的故事不仅依赖于引人入胜的情节，更依赖于鲜活、立体且相互交织的角色及其关系网络。下面介绍设计角色和关系的技巧。

### ▶▷1. 角色设计的多维性

每个角色都应当是多维的，而非单一标签的集合。这意味着角色应当拥有独特的性格特征、背景故事、动机和成长轨迹。创作者需要深入挖掘角色的内心世界，思考他们的欲望、恐惧、梦想及这些内心状态如何影响他们的行为和决策。通过丰富的角色层次，观众能够更真实地感受到角色的存在，与之产生共鸣。

### ▶▷2. 角色间的互动与对比

角色之间的关系是构建故事张力的关键。创作者应当设计一系列互动场景，让角色之间产生化学反应。这些互动可以是友好的交流、激烈的争执，也可以是微妙的眼神交换、无言的默契。通过这些互动，不仅可以展现角色的性格特点，还能揭示他们之间的深层关系。

同时，对比手法的运用也是增强角色间张力的有效方式。通过对比不同角色的性格、价值观或行为方式，可以更加鲜明地刻画出每个角色的独特性，使观众对角色产生更深刻的印象。

### ▶▷3. 角色关系的复杂性

在短剧中，由于时间有限，角色关系的设计需要更加紧凑和高效。创作者应当避免简单化的角色关系，如纯粹的善恶对立或单向的依赖关系。相反，应当追求复杂多变的角色关系网络，包括亲情、友情、爱情、师徒情等多种情感纽带。

这些复杂的关系不仅能够丰富故事的层次感，还能为角色提供更多的成长空间和冲突来源。通过角色之间的相互影响和改变，观众能够看到角色的成长和蜕变，从而更加投入地参与到故事中来。

### ▶▷4. 角色与主题的契合度

角色设计应当与主题紧密契合。每个角色都应当是主题表达的一部分，他们的行为、选择和命运都应当与主题密切相关。创作者应当思考如何通过角色的塑造来强化主题的表达，使观众在欣赏故事的同时，能够深刻地感受到主题的内涵和意义。

通过角色的经历和命运，观众能够更直观地理解主题所探讨的社会问题、人生哲理或情感纠葛，从而产生深刻的思考和感悟。

## 3.3.3　划分结构段落

在短剧的创作过程中，划分结构段落是至关重要的一步。它不仅关乎故事的流畅性，还直接影响到观众对剧情的理解和感受。下面介绍划分结构段落的原则和常见的结构段落划分。

### ▶▷1. 划分结构段落的原则

短剧受限于时长，每一秒都显得尤为珍贵。因此，合理划分结构段落成为提高叙事效率、增强观赏体验的关键。通过划分结构段落，创作者能够有条不紊地展开故事，确保每个部分都服务于整体叙事，同时给予观众足够的喘息空间，以便更好地吸收和消化信息。不过，创作者不能随心所欲地进行划分，而是应该遵循一定的原则，如图 3-15 所示。

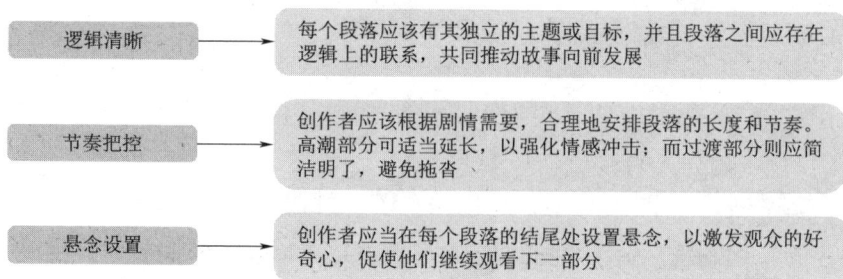

图 3-15 划分结构段落的原则

## ▶▷2. 常见的结构段落划分

合理地划分结构段落，可以为观众提供了一个清晰、易于理解的叙事框架，帮助他们更好地理解和感受故事所传达的主题和情感。因此，在创作过程中，创作者应充分重视结构段落的划分工作，力求做到精准、合理、富有创意。下面介绍常见的结构段落划分。

（1）引入段

作为故事的开篇，引入段的主要任务是吸引观众的注意力，介绍故事背景、主要角色及初步设定冲突。此部分应简洁明了，快速切入主题，同时留下足够的悬念，引发观众对后续剧情的期待。

（2）发展段

发展段是故事的主体部分，通过一系列事件和情节转折，逐步展现角色的成长、变化，以及他们之间的冲突与合作。在此阶段，创作者应围绕主题和故事线，精心设计情节，确保每个情节都服务于整体叙事。同时，注意保持节奏的紧凑和悬念的持续性，以维持观众的观看兴趣。

（3）高潮段

高潮段是故事发展的顶点，所有矛盾和冲突在此刻集中爆发。此部分应紧张激烈，充满戏剧性，给观众带来强烈的情感冲击。创作者应充分利用短剧的时长优势，通过紧凑的叙事和强烈的视觉表现，将故事推向高潮。

（4）结局段

结局段是故事的收尾部分，主要任务是解决主要冲突，为故事画上圆满的句号。在此阶段，创作者应注意避免突兀或潦草的结局，而应通过合理的情节安排和人物塑造，使结局既出乎意料又在情理之中。同时，给予观众一定的思考空间，让他们对故事产生深刻的共鸣和反思。

## 3.3.4　细化情节和强化冲突

在短剧的创作过程中，细化情节与强化冲突是将前期构思转化为具体、生动影像的关键环节。这一步骤不仅要求创作者具备丰富的想象力和创造力，还需要深厚的叙事技巧和敏锐的洞察力，以确保故事在紧凑的时间内展现出最大的吸引力和深度。

细化情节，就是将故事大纲中的每一个关键节点进行放大和丰富，使之成为一个个具体、连贯且充满张力的场景，这包括场景设置、人物动作、编写对话及情感表达等多个方面，如图 3-16 所示。

| 场景设置 | 创作者需要根据剧情需要，精心选择或设计场景，营造出符合情境的氛围，增强观众的代入感 |
| --- | --- |
| 人物动作 | 创作者可以通过细腻的动作描写，使角色更加鲜活、立体。同时，动作的设计也需与情节发展紧密相连，推动故事向前 |
| 编写对话 | 创作者需要根据角色的性格特点和情境需要，编写出真实、生动且富有深意的对话，使观众在聆听中感受到角色的情感 |
| 情感表达 | 创作者需要通过细腻的情感描写，将角色的内心世界展现给观众，使观众与角色产生共鸣，更加深入地理解故事的主题 |

图 3-16　细化情节包括的方面

强化冲突，意味着通过巧妙的设计和深入的挖掘，使故事中的对立与矛盾更加激烈、复杂和引人入胜。下面介绍强化冲突的方法。

（1）深入挖掘内在冲突。创作者需要深入挖掘角色的内心世界，揭示他们内心的恐惧、欲望、遗憾等情感元素，并通过情节的发展逐步展现这内在冲突。

（2）设置外部挑战与障碍。创作者可以为主角设置一系列看似难以逾越的难关和考验，通过展示主角与这些挑战和障碍的斗争过程，进一步体现他们的成长和变化。

（3）营造紧张氛围与悬念。创作者可以通过设置悬念点、加快节奏、运用音效和配乐等手段来营造紧张氛围。同时，在关键情节处留下悬念和伏笔，让观众对后续发展充满期待和好奇。

# 第 4 章

# 角色：塑造
# 人物形象

角色不仅是推动剧情发展的动力源泉，更是连接观众情感与作品主题的桥梁，一个成功的角色能够深入人心，成为观众心中的经典形象，甚至跨越时间与空间的界限，产生深远的社会影响。因此，角色塑造的成败直接关系到短剧的整体质量与观众反响，创作者需要掌握相关的方法和技巧。

## 4.1　短剧中的角色

角色主要是指在短剧中，由演员扮演的具有特定性格、行为和关系的人物（有些角色是动物、植物、物体和抽象概念，但一般都通过拟人化的手法来呈现）。通过角色的行动、决策和互动，故事得以展开和发展。本节介绍角色的特点、作用和分类。

### 4.1.1　角色的特点

在短剧中，角色是故事的核心和灵魂，他们的特点可以归纳为五个方面，即独特性、一致性、发展性、功能性和情感共鸣，如图 4-1 所示。

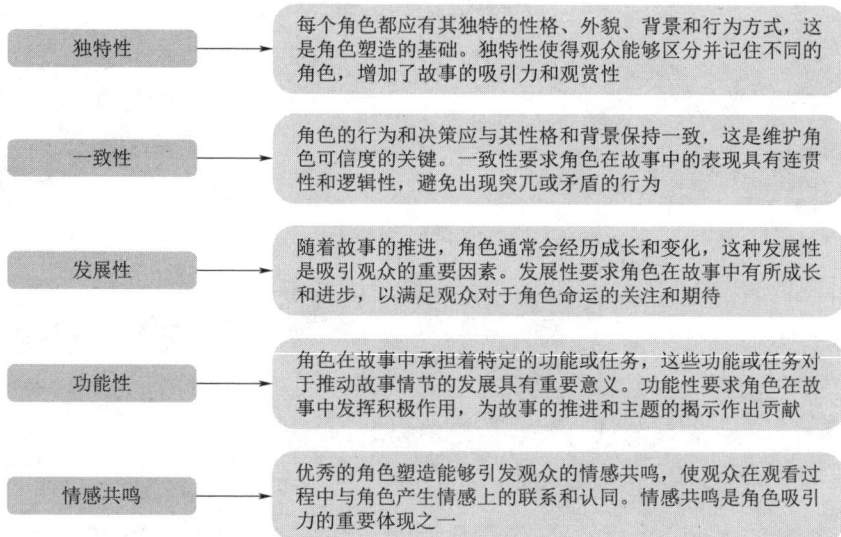

| 独特性 | 每个角色都应有其独特的性格、外貌、背景和行为方式，这是角色塑造的基础。独特性使得观众能够区分并记住不同的角色，增加了故事的吸引力和观赏性 |
| --- | --- |
| 一致性 | 角色的行为和决策应与其性格和背景保持一致，这是维护角色可信度的关键。一致性要求角色在故事中的表现具有连贯性和逻辑性，避免出现突兀或矛盾的行为 |
| 发展性 | 随着故事的推进，角色通常会经历成长和变化，这种发展性是吸引观众的重要因素。发展性要求角色在故事中有所成长和进步，以满足观众对于角色命运的关注和期待 |
| 功能性 | 角色在故事中承担着特定的功能或任务，这些功能或任务对于推动故事情节的发展具有重要意义。功能性要求角色在故事中发挥积极作用，为故事的推进和主题的揭示作出贡献 |
| 情感共鸣 | 优秀的角色塑造能够引发观众的情感共鸣，使观众在观看过程中与角色产生情感上的联系和认同。情感共鸣是角色吸引力的重要体现之一 |

图 4-1　角色的特点

### 4.1.2　角色的作用

角色的作用在于通过其独特的性格、行为和命运轨迹，推动故事情节的发展，展现作品的主题思想，同时丰富故事的层次，传递特定的价值观和道德观，具体如图 4-2 所示。

| | |
|---|---|
| 推动情节发展 | 角色是故事情节的驱动力。他们的行动、决策和互动构成了故事的基本框架，促使故事不断向前发展，形成紧凑而富有张力的叙事结构 |
| 展现主题思想 | 角色通过他们的经历、选择和命运，传达出作品的主题思想。无论是关于人性、爱情、勇气、正义还是社会问题的探讨，角色都是这些主题的具象化体现 |
| 丰富故事层次 | 多样化的角色设置丰富了故事的层次和内涵。不同的角色代表着不同的社会阶层、文化背景和价值观念，他们的存在和互动使得故事更加立体和多元 |
| 传递价值观与道德观 | 角色在故事中的行为和决策往往传递出特定的价值观和道德观。这些价值观和道德观不仅引导着角色的行动方向，也影响着观众的价值取向和道德判断 |

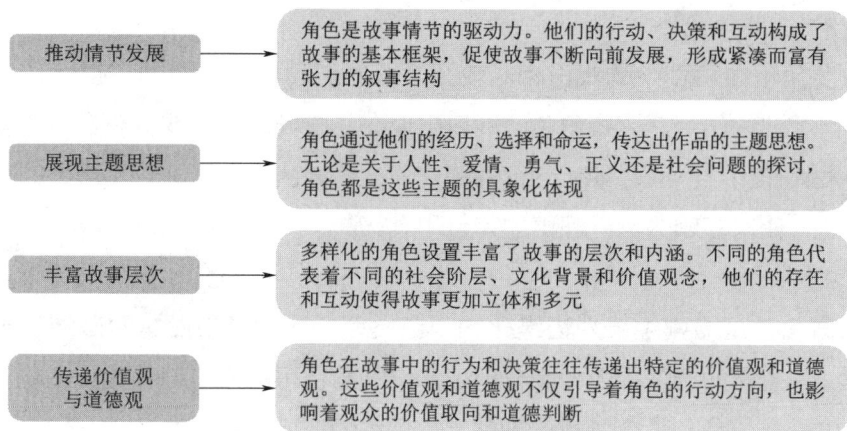

图 4-2　角色的作用

## 4.1.3　角色的分类

　　角色的分类可以帮助创作者和观众理解并区分不同角色在特定环境或情境下的作用、地位及相互关系。下面介绍三种常见的分类标准。

▶▷1. 按角色在剧情中的重要性分类

　　角色在剧情中的重要性主要是指角色在故事情节中的参与度、影响力及其对剧情发展的推动作用，根据这个标准可以将角色分为主演、配角、次要角色和背景角色，具体内容如下。

　　（1）主演

　　主演是短剧中的核心人物，他们的存在和行动是推动整个剧情发展的关键。主演通常具有鲜明的个性特征、复杂的内心世界和深刻的情感变化，能够吸引观众的注意力并引发共鸣。

　　（2）配角

　　配角在短剧中虽然不如主演那么突出，但同样对剧情发展起着重要的作用。他们通常与主演有着紧密的联系，通过与主演的互动来推动剧情的发展。配角可以是主角的朋友、家人、同事、对手或助手等，他们的存在丰富了剧情的层次和维度，使得故事更加生动有趣。在某些情况下，配角甚至可能超越主演，成为观众关注的焦点。

（3）次要角色

次要角色在短剧中的戏份相对较少，但他们同样对剧情的完整性和连贯性起着不可或缺的作用。这些角色可能只出现在几个场景中，或者只在某个特定的情节中发挥作用。然而，他们的行为和言语，为剧情的发展提供了必要的背景信息和铺垫，使得短剧的世界观更加完整和真实。

（4）背景角色

背景角色是短剧中最为边缘化的角色类型，他们通常没有明确的身份和性格特征，只是作为场景中的一部分出现。这些角色可能只是简单地走过镜头，或者作为群众演员参与某个场景的拍摄。尽管他们在剧情中的存在感很低，但他们的存在为短剧营造了一种真实感和生活气息，使得观众更容易沉浸在故事之中。

## ▶▷ 2. 按角色形象的虚实性分类

按角色形象的虚实性分类是指根据角色是否基于现实存在或完全由创造者创造来进行划分，一般可以分为真实人物角色和虚拟人物角色，如图 4-3 所示。

真实人物角色 → 真实人物角色是指基于现实生活中的真实人物进行创作的角色。这些角色可能来自历史事件、社会名人或是普通人的真实故事，例如，《我在故宫修文物》中的文物修复师

虚拟人物角色 → 虚拟人物角色是指完全由编剧创造出来的角色，他们在现实中并不存在，而是基于编剧的想象力和创作需求而诞生的，例如，《阿凡达》中的纳美族人

图 4-3　按角色形象的虚实性分类

## ▶▷ 3. 按角色立场分类

在短剧中，角色的立场分类主要基于他们在故事中所持的价值观、道德观念，以及他们在情节发展中所扮演的角色。尽管没有一个绝对的标准来划分角色的立场，但可以根据常见的分类方式，将角色大致分为正面角色、反面角色和中立、复杂角色这三大类，如图 4-4 所示。

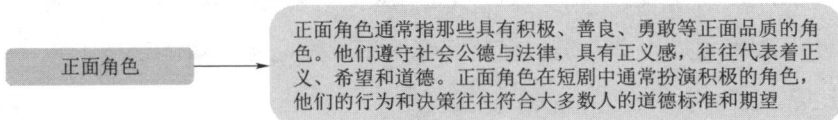

正面角色 → 正面角色通常指那些具有积极、善良、勇敢等正面品质的角色。他们遵守社会公德与法律，具有正义感，往往代表着正义、希望和道德。正面角色在短剧中通常扮演积极的角色，他们的行为和决策往往符合大多数人的道德标准和期望

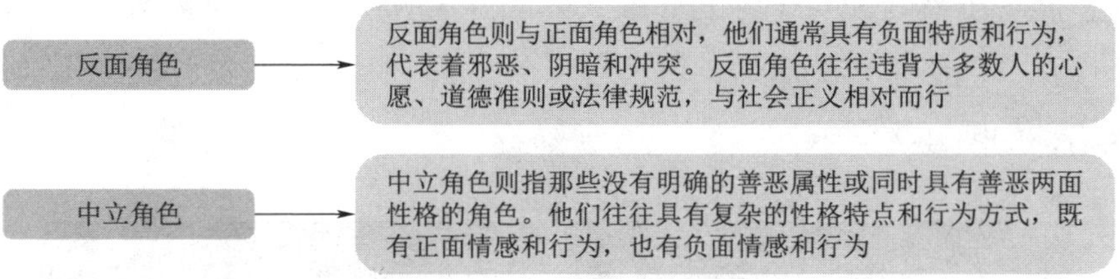

| 反面角色 | → | 反面角色则与正面角色相对，他们通常具有负面特质和行为，代表着邪恶、阴暗和冲突。反面角色往往违背大多数人的心愿、道德准则或法律规范，与社会正义相对而行 |
| 中立角色 | → | 中立角色则指那些没有明确的善恶属性或同时具有善恶两面性格的角色。他们往往具有复杂的性格特点和行为方式，既有正面情感和行为，也有负面情感和行为 |

图 4-4　按角色立场分类

## 4.2　塑造人物形象的方法

在短剧中，塑造鲜活而深刻的人物形象是吸引观众、传递故事情感与主题思想的关键所在。一个成功的人物形象不仅能够让观众产生共鸣，还能使作品更加饱满和具有感染力。本节介绍五个塑造人物形象的方法。

### 4.2.1　从外在特征进行塑造

从外在特征进行塑造，是短剧中构建人物形象的首要且直观的方式。外在特征不仅限于角色的外貌，还包括服饰、妆容、发型乃至体态等多个方面，它们共同构成了观众对角色的第一印象，为后续深入了解角色性格和故事背景奠定基础。

#### ▶▷ 1. 外貌设计

外貌是人物最直接的视觉呈现，包括脸型、五官、身材等。根据角色的性格特点和故事背景，创作者会精心选择适合的妆容和造型来强化这些特征。

例如，一个英勇无畏的男性角色可能拥有坚毅的眼神和棱角分明的脸型，而一个温柔细腻的女性角色则可能拥有柔和的面部轮廓和温柔的眼神，如图 4-5 所示。这些外貌特征在视觉上给予观众强烈的冲击，帮助他们快速识别并记住角色。

#### ▶▷ 2. 服饰搭配

服饰是反映角色身份、地位、性格和时代背景的重要元素，服饰的质地、颜色、款式和搭配，可以清晰地传达出角色的职业属性及个人风格。

例如，一位职场精英可能身着剪裁合体的西装套装，搭配简洁大方的领带或衬衫，展现出其专业、干练的形象，如图 4-6 所示；而一位艺术家则可能选择更加个性化、色彩丰富的服装，以及独特的配饰，以表达其独特的艺术追求和不羁的性格，如图 4-7 所示。

图 4-5　英勇无畏的男性角色和温柔细腻的女性角色

图 4-6　一位职场精英的服装示例　　　图 4-7　一位艺术家的服装示例

　　另外，服饰的颜色和图案也常常被用来暗示角色的情绪状态或内心世界。例如，在现代都市题材的短剧中，一些职场精英或成功人士可能会选择穿着带有简洁几何图案的服饰，如条纹衬衫、格子西装等，如图 4-8 所示。这些图案不仅

展现了他们的专业与干练，也暗示了他们内心的理性与冷静。

图 4-8　职场精英或成功人士的服装示例

## ▶▷3. 妆容和发型

　　妆容和发型是塑造角色外在形象的重要细节。它们不仅能够美化角色的外貌，还能够强化角色的性格特点。例如，一个善良正直的主角则可能拥有清新自然的妆容和整洁利落的发型，传递出一种积极向上、阳光健康的气息，如图 4-9 所示。

图 4-9　主角的妆容与发型示例

## ▶▷ 4. 体态和动作

体态和动作是人物外在特征中不可忽视的一部分，它们不仅反映了角色的身体状况和健康状况，还能够传达出角色的性格特点和心理状态。

例如，角色倚靠在墙上、沙发或桌子旁，身体呈现出放松的姿态，这种体态表明角色当前处于轻松、自在的状态，如图4-10所示，它常见于朋友间的聚会、家庭聚会或休息时刻。

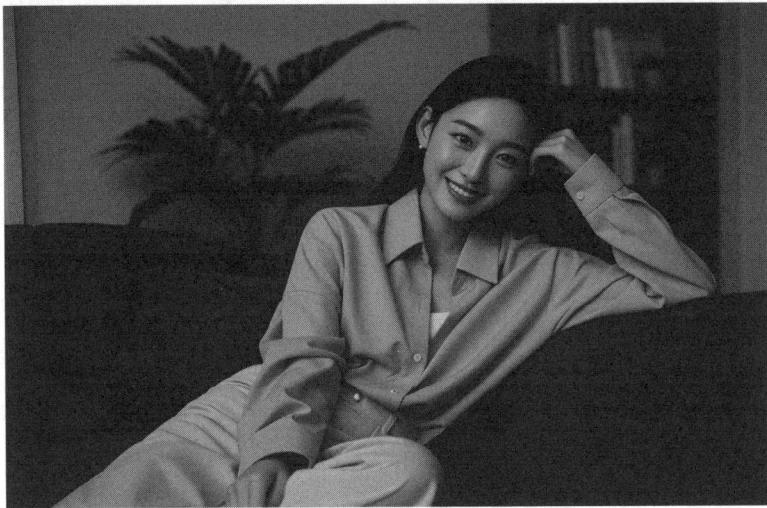

图 4-10　处于轻松、自在状态的角色体态示例

需要注意的是，在通过外在特征进行角色塑造时，创作者应当避免固定使用相同的外在特征来塑造同一类角色，以免导致角色形象趋于模板化，从而削弱角色的独特性和吸引力。相反，创作者可以适当在角色设计中融入反差元素，通过打破常规的外在特征设定，创造出既出人意料又富有深意的角色形象。

## 4.2.2　从内在特质进行塑造

内在特质是人物灵魂的体现，包括性格、情感、价值观等。创作者可以通过刻画性格特征、描绘感情状态、展现价值观、挖掘信念和动机及揭示欲望和冲突等方法，对人物形象进行塑造，具体内容如下。

## ▷▷ 1. 刻画性格特征

性格是内在特质的核心，它决定了角色如何与外界互动，以及面对挑战时的反应方式。创作者可以通过细致入微的描写，如角色的坚韧不拔、温柔体贴、机智幽默或是冷漠孤僻等来塑造其独特的性格特征。这些特征在剧情的推进中不断被强化和展现，使观众能够清晰地感受到角色的个性魅力。

## ▷▷ 2. 描绘感情状态

情感是连接角色与观众的重要纽带，创作者可以通过细腻的表演和情节安排，展现角色在不同情境下的情感变化，如喜悦、悲伤、愤怒、恐惧等。这些情感的真实流露，不仅让观众感受到角色的真实与生动，也激发了观众的情感共鸣。同时，情感的起伏也推动了剧情的发展，使故事更加引人入胜。

## ▷▷ 3. 展现价值观

价值观是角色内在特质的重要组成部分，它反映了角色的道德观念、人生追求和信仰体系。创作者可以通过角色的言行举止和选择决策来展现其独特的价值观。这些价值观可能是对正义的追求、对家庭的守护、对梦想的坚持或是对社会的责任感等。它们不仅为角色提供了行动的动力和方向，也为观众提供了思考和反思的空间。

## ▷▷ 4. 挖掘信念和动机

信念是角色内心深处的坚定信仰，它驱动着角色不断前行；而动机则是角色行为背后的真正原因。创作者可以通过深入挖掘角色的信念与动机，揭示其行为的内在逻辑和深层次的心理活动。这种挖掘不仅使角色形象更加丰满和立体，也让观众能够更深入地理解角色的选择和决策背后的原因。

## ▷▷ 5. 揭示欲望和冲突

潜意识中的欲望与冲突是角色内在特质中更为隐蔽但也更为真实的一部分。它们可能源于角色的童年经历、心理创伤或是对未来的渴望与恐惧。创作者通过细腻的心理描写和巧妙的情节设置，揭示角色内心深处的欲望与冲突，使其形象更加复杂和真实。这种揭示不仅增强了角色的吸引力，也让观众在共鸣中感受到人性的复杂与多样。

## 4.2.3 从语言习惯进行塑造

语言是人物交流的工具，也是展现其个性特征的重要窗口。创作者可以通过角色的语言风格、用词、语速和语调及口头禅等来塑造其独特的语言习惯，相关技巧如图4-11所示。

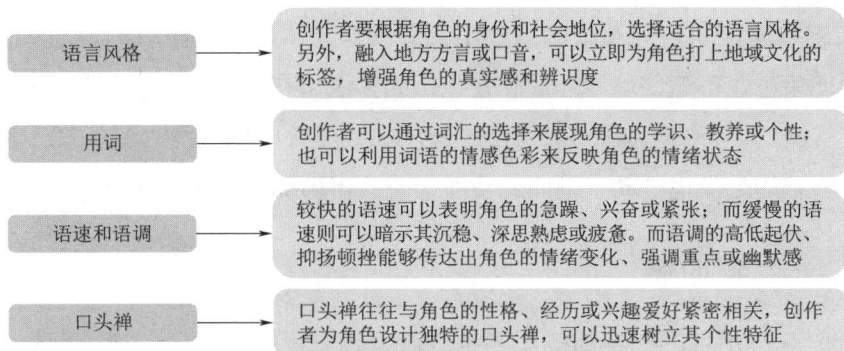

图 4-11 从语言习惯进行人物形象塑造的技巧

## 4.2.4 从背景和经历进行塑造

每个角色的成长背景和人生经历都是独一无二的，它们深刻影响着角色的性格和行为模式。创作者可以通过揭示角色的过往，提高角色行为和决策的合理性和可信度，并让观众理解其行为背后的原因，相关技巧如图4-12所示。

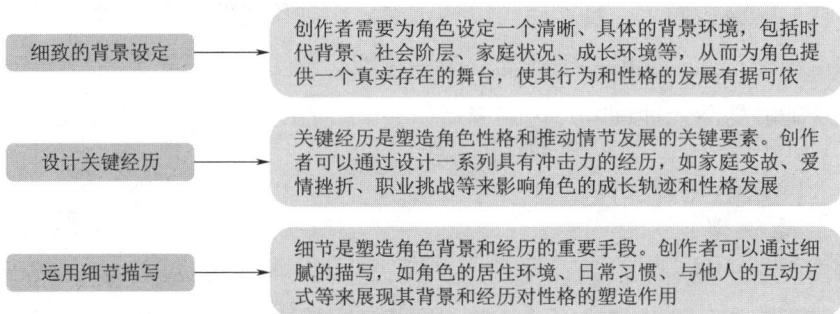

图 4-12 从背景和经历进行人物形象塑造的技巧

## 4.2.5　从心理描写进行塑造

　　心理描写是深入角色内心世界的直接手段。在短剧中，虽然时间有限，但创作者仍可以通过巧妙的叙事手法来展现角色的心理活动。这样的描写能够让观众更加贴近角色的情感世界，感受到其喜怒哀乐、恐惧与渴望，从而加深对角色的理解和同情。图 4-13 为从心理描写进行人物形象塑造的技巧。

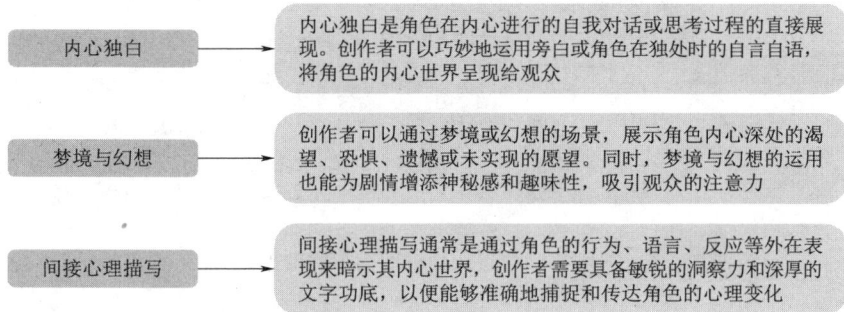

| | |
|---|---|
| 内心独白 | 内心独白是角色在内心进行的自我对话或思考过程的直接展现。创作者可以巧妙地运用旁白或角色在独处时的自言自语，将角色的内心世界呈现给观众 |
| 梦境与幻想 | 创作者可以通过梦境或幻想的场景，展示角色内心深处的渴望、恐惧、遗憾或未实现的愿望。同时，梦境与幻想的运用也能为剧情增添神秘感和趣味性，吸引观众的注意力 |
| 间接心理描写 | 间接心理描写通常是通过角色的行为、语言、反应等外在表现来暗示其内心世界，创作者需要具备敏锐的洞察力和深厚的文字功底，以便能够准确地捕捉和传达角色的心理变化 |

图 4-13　从心理描写进行人物形象塑造的技巧

# 4.3　塑造人物形象的要点

　　创作者在塑造人物形象时，需要综合考虑个性特征、剧情融合及持续性与一致性等多个方面。只有全面而深入地把握这些要点，才能创作出深入人心、令人难忘的角色形象。

## 4.3.1　塑造人物鲜明的个性

　　一个独特而鲜明的角色，不仅能够让观众在众多角色中一眼认出，还能加深观众对剧情的理解和情感体验。创作者可以通过保持角色的独特性和复杂性、对比与冲突，以及细节刻画等方法来塑造人物鲜明的个性，如图 4-14 所示。

## 4.3.2　注重角色与剧情的融合

　　在短剧的创作中，角色与剧情的融合是塑造深刻、立体人物形象的核心所在。这种融合不仅要求角色在故事中自然存在，推动情节发展，还需要通过角色的行为和情感，丰富剧情的内涵，使两者相互依存，共同构成引人入胜的故事世界。下面介绍将角色和剧情相融合的技巧。

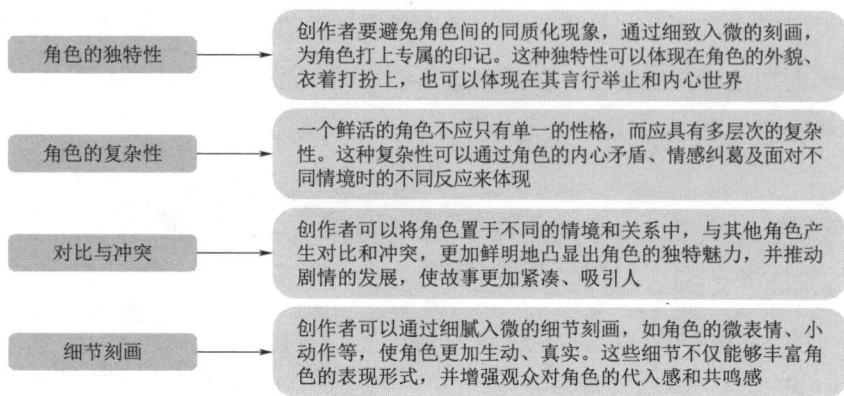

| | |
|---|---|
| 角色的独特性 | 创作者要避免角色间的同质化现象，通过细致入微的刻画，为角色打上专属的印记。这种独特性可以体现在角色的外貌、衣着打扮上，也可以体现在其言行举止和内心世界 |
| 角色的复杂性 | 一个鲜活的角色不应只有单一的性格，而应具有多层次的复杂性。这种复杂性可以通过角色的内心矛盾、情感纠葛及面对不同情境时的不同反应来体现 |
| 对比与冲突 | 创作者可以将角色置于不同的情境和关系中，与其他角色产生对比和冲突，更加鲜明地凸显出角色的独特魅力，并推动剧情的发展，使故事更加紧凑、吸引人 |
| 细节刻画 | 创作者可以通过细腻入微的细节刻画，如角色的微表情、小动作等，使角色更加生动、真实。这些细节不仅能够丰富角色的表现形式，并增强观众对角色的代入感和共鸣感 |

图 4-14 塑造人物鲜明的个性的方法

## ▶▷1. 角色设定与剧情需求紧密相连

角色设定必须紧密围绕剧情需求展开。创作者在构思角色时，需要明确该角色在故事中的位置、作用及发展目标。这一设定应该与整体剧情框架相契合，确保角色在推动剧情发展的同时，也能展现其独特的性格魅力和成长轨迹。

例如，一个复仇主题的短剧中，主角的设定应包含强烈的复仇欲望和相应的技能或智慧，以便在后续剧情中展开一系列精心策划的复仇行动。

## ▶▷2. 角色行为逻辑与剧情发展相协调

角色的行为逻辑是连接角色与剧情的桥梁。在短剧中，每一个角色的行为都应基于其性格特征、动机和所处的情境，同时与剧情的发展保持协调。这意味着创作者需要精心设计角色的行为路径，确保其行为既符合角色的内在逻辑，又能推动剧情向前发展。

例如，在解决悬疑案件的短剧中，侦探角色的行为应围绕收集线索、推理分析展开，每一步行动都为揭开真相铺平道路。

## ▶▷3. 角色情感与剧情氛围相呼应

情感是连接观众与角色的纽带，也是角色与剧情深度融合的重要表现。创作者要深入挖掘角色的内心世界，通过细腻的情感描写，展现角色在剧情发展中的喜怒哀乐。同时，这些情感应与剧情的氛围相呼应，共同营造出一种独特的情感氛围。

例如，在温馨感人的家庭短剧中，家庭成员之间的情感交流应充满温情与关怀，与剧情的温馨氛围相得益彰。

### ▶▶4. 角色成长与剧情发展同步推进

角色的成长是剧情发展的内在动力之一。在短剧中，随着剧情的推进，角色应该经历一系列的挑战和变化，从而实现自我成长和蜕变。这种成长不仅体现在角色技能或能力的提升上，更在于其内心世界的丰富和成熟。

创作者可以巧妙地将角色的成长轨迹融入剧情发展中，使两者相互交织、共同推进。例如，在励志题材的短剧中，主角通过不懈的努力和奋斗，最终克服重重困难实现梦想的过程，正是剧情发展的主线和角色成长的轨迹。

### ▶▶5. 角色互动促进剧情深化

角色之间的互动是展现剧情深度和复杂性的重要手段。在短剧中，通过角色之间的对话、冲突和合作等互动方式，可以揭示角色之间的关系和性格差异，进一步推动剧情的发展。

同时，这些互动还能为观众提供更多的信息点和思考空间，使剧情更加引人入胜。创作者要精心设计角色之间的互动场景和对话内容，确保它们既能推动剧情发展又能展现角色的独特魅力。

例如，在家族斗争题材的短剧中，各角色之间的权力斗争、爱恨情仇等互动情节不仅推动了剧情的发展，也展现了人性的复杂与多面。这些互动不仅让观众看到了家族内部的纷争与矛盾，也让他们对角色的命运产生了更深的关切和思考。

## 4.3.3　保持持续性与一致性

在塑造短剧角色时，保持角色的持续性与一致性是创作过程中至关重要的环节，它直接关系到观众对角色的认同感、情感投入及故事整体的连贯性。下面介绍保持持续性和一致性的相关内容。

## ▶▶ 1. 保持持续性

持续性指的是角色性格、行为动机、情感变化等核心特征在剧情发展中的连贯性和稳定性。它要求角色不是孤立地存在于某个场景或情节中，而是随着剧情的推进，其内在与外在的表现都能保持一种逻辑上的延续。实现角色持续性的方法主要有以下几种。

（1）明确角色弧

在创作初期，创作者要为角色设定一个清晰的成长轨迹或心理变化路径，即"角色弧"。这有助于确保角色在面对不同挑战时，其行为和反应都能沿着这一轨迹自然发展，避免突兀或矛盾。

（2）统一行为逻辑

创作者要确保角色在做出选择或行动时，其背后的动机、价值观或情感状态是一致的。这种一致性不仅体现在单个情节内，也需跨越多个场景，形成连贯的行为模式。

（3）渐进的情感深度

随着故事的深入，逐步揭示角色的内心世界，包括其未解的心结、隐藏的渴望或恐惧等。这些情感的展现应当是逐步递进、层层深入的，以增强观众对角色的认同感和共鸣。

## ▶▶ 2. 保持一致性

一致性强调的是角色在各个方面表现出的统一性和协调性，包括言行举止、外貌特征、价值观及信念体系等。它要求角色在整部作品中呈现出一种内在和谐，使观众能够清晰地识别并记住这个角色，相关方法如下。

（1）细致的角色设定

在创作初期，创作者要对角色的背景、性格、习惯、爱好等进行详尽的设定，确保这些元素在后续创作中能够相互支撑，共同构建出一个完整的角色形象。

（2）统一的视觉呈现

角色的服装、化妆、发型等，都需与角色的身份、性格及所处环境相协调，形成统一的视觉风格，这种视觉上的一致性有助于加深观众对角色的印象。

（3）言行一致

角色的言语和行为应相互映衬，反映出其真实的性格特点和价值观。避免角色说出的话与其行为相悖，以保持角色形象的完整性和可信度。

第 **5** 章

# 冲突：设计
# 故事矛盾

在短剧中，创作者精心设置的每一处冲突，不仅仅是为了制造紧张刺激的情节转折，更是为了挖掘故事背后的深刻内涵，引导观众在情感的跌宕起伏中产生共鸣与思考。本章主要介绍冲突的基础知识、分类标准和设计方法，帮助创作者深刻挖掘故事潜力，增强作品的吸引力与感染力。

## 5.1 短剧中的冲突

在短剧中，冲突的应用非常广泛。例如，在悬疑短剧中，通过设置一系列的谜题和线索，引发角色之间的猜疑 和对抗；在爱情短剧中，通过展现恋人之间的误会和矛盾，推动情感的发展和升华；在科幻短剧中，通过描绘人类与外星生物、未来科技之间的冲突，展现人类的勇气和智慧。

冲突，作为推动剧情发展、塑造人物性格、深化主题思想的关键力量，在短剧中扮演着至关重要的角色。本节介绍冲突的定义、特点、作用和原则，帮助创作者掌握冲突的基础知识。

### 5.1.1 冲突的定义

冲突，在短剧乃至所有戏剧与影视作品中，是构成故事张力的核心要素。它不仅仅是人物间的言语交锋或肢体冲突，更是深层次情感、价值观、欲望与现实之间不可调和的矛盾。

冲突在短剧中犹如一股无形的力量，推动着剧情的起伏跌宕，让观众在紧张与期待中体验故事的发展。它揭示了人性的多面性，展现了社会的复杂性，是作品能够触动人心、引发共鸣的关键所在。

**案例 21：**

1979 年上映的电影《异形》（*Alien*）是一部经典的科幻恐怖片，讲述了商业太空船"诺斯特罗莫号"的船员在接收求救信号后，发现了一艘外星飞船，飞船中有大量的外星生物遗迹，以及一个看似无害的卵状物，卵状物孵化出了一种恐怖的生物——异形，船员们被迫在封闭空间内与异形展开生死搏斗，试图在绝望中找到逃出生天的机会。

电影的核心冲突主要体现在两个层面。

首先，是船员们与异形之间的生存对抗。这是一场力量悬殊的较量，异形以其独特的生理构造和惊人的适应能力，成为船员们难以应对的噩梦。这种外部冲突不仅考验着船员们的勇气和智慧，也揭示了人类在极端环境下的脆弱与无助。

其次，影片还深刻探讨了人性中的恐惧、贪婪与牺牲精神。在生死存亡的关键时刻，船员们之间的信任与背叛、合作与争斗成为影片内部冲突的焦点。这些复杂的人际关系在极端环境下被无限放大，使得影片的冲突更加立体和深刻。

## 5.1.2　冲突的特点

冲突在短剧中展现出多样性、复杂性和动态性等多重特点，这些特点相互交织，共同构成了作品丰富的内涵和深刻的艺术价值。下面通过举例来对冲突的三个特点进行分析。

### ▶▷ 1. 多样性

冲突的形式多种多样，包括但不限于人物间的直接对抗、理想与现实的差距、个人欲望与道德伦理的冲突等。这种多样性使得每一部短剧都能呈现出独特的艺术风貌，满足不同观众的审美需求。

**案例 22：**

在戏剧《等待戈多》中，两个流浪汉在荒凉的乡间小道上等待一个名叫戈多的人，但戈多始终没有出现。这里的冲突不仅仅是人物之间的对话和期待，更是对存在意义、时间流逝等哲学问题的深刻探讨。这种非传统的冲突形式，展现了短剧在表达上的多样性和深度。

### ▶▷ 2. 复杂性

冲突往往不是单一维度的，而是交织着多种因素。它可能源于角色的性格缺陷、过去的经历、外部环境的压迫，或是社会背景的深刻影响。这种复杂性增加了冲突的层次感和深度，使得观众在思考冲突解决的同时，也能对人性、社会等问题有更深入的理解。

**案例 23：**

在《罗密欧与朱丽叶》（*Romeo and Juliet*）这部经典戏剧中，罗密欧与朱丽叶的爱情冲突不仅仅是两个年轻人之间的情感纠葛，更是两个家族世仇的延续和对抗。这种复杂的冲突不仅推动了剧情的发展，也深刻揭示了人性的复杂性和社会的残酷性。

▶▷ **3.** 动态性

冲突在短剧中是动态发展的，随着剧情的推进，旧的冲突可能得到解决，新的冲突又随之产生。这种动态变化不仅推动了剧情的连续性和节奏感，也促进了角色成长和故事主题的深化。

**案例 24：**

在莎士比亚创作的《哈姆雷特》（*Hamlet*）中，哈姆雷特对复仇的犹豫与行动之间的冲突贯穿全剧。起初，他深陷于对父亲死亡的悲痛和对母亲改嫁的愤怒之中；随着剧情的发展，他逐渐明确了自己的复仇计划，但内心的挣扎与矛盾却愈发激烈。这种动态的冲突不仅增加了剧情的紧张感，也让人物形象更加丰满和立体。

## 5.1.3　冲突的作用

冲突是短剧中不可或缺的灵魂，它贯穿于整个故事的始终，是情节发展的驱动力，角色性格的试金石，也是观众情感共鸣的桥梁。通过巧妙的冲突设置，创作者能够构建一个引人入胜、扣人心弦的故事世界，让观众在紧张与期待中享受观影的乐趣。图 5-1 为冲突的四个作用。

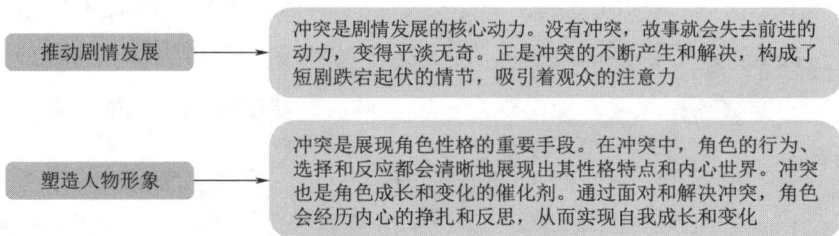

| 推动剧情发展 | → | 冲突是剧情发展的核心动力。没有冲突，故事就会失去前进的动力，变得平淡无奇。正是冲突的不断产生和解决，构成了短剧跌宕起伏的情节，吸引着观众的注意力 |
| --- | --- | --- |
| 塑造人物形象 | → | 冲突是展现角色性格的重要手段。在冲突中，角色的行为、选择和反应都会清晰地展现出其性格特点和内心世界。冲突也是角色成长和变化的催化剂。通过面对和解决冲突，角色会经历内心的挣扎和反思，从而实现自我成长和变化 |

| 深化主题思想 | 冲突不仅仅是表面的争斗，更是对人性、社会、道德等深层次问题的探讨。通过冲突，短剧能够引导观众思考这些问题，进而传达出作品的主题思想，实现艺术的教化功能 |

| 增强观众共鸣 | 冲突能够激发观众的情感共鸣，使观众与角色产生情感上的联系和认同。另外，冲突还制造了悬念和期待感，使观众对剧情的发展保持高度关注和好奇心，这种期待感促使观众持续观看下去 |

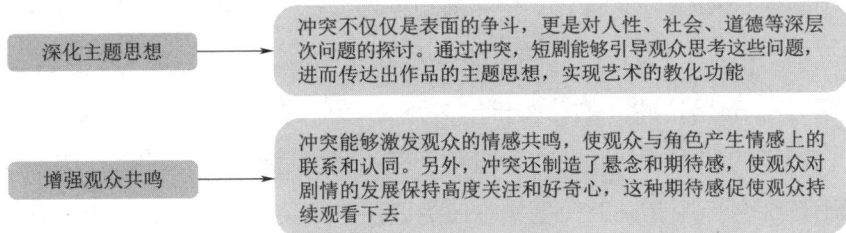

图 5-1　冲突的四个作用

## 5.1.4　设置冲突需要遵循的原则

在短剧创作中，创作者设置冲突应当遵循五大核心原则，即现实主义原则、紧张性原则、悬念性原则、深刻性原则和创新性原则，如图 5-2 所示。这些原则共同构成了冲突设计的基石，确保剧情既贴近现实又充满魅力，同时能够深刻反映人性与社会的复杂面貌。

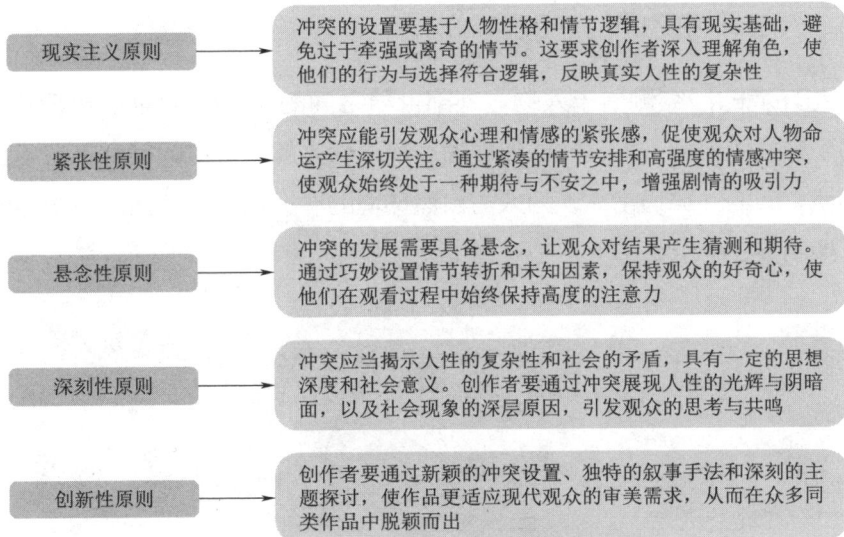

| 现实主义原则 | 冲突的设置要基于人物性格和情节逻辑，具有现实基础，避免过于牵强或离奇的情节。这要求创作者深入理解角色，使他们的行为与选择符合逻辑，反映真实人性的复杂性 |

| 紧张性原则 | 冲突应能引发观众心理和情感的紧张感，促使观众对人物命运产生深切关注。通过紧凑的情节安排和高强度的情感冲突，使观众始终处于一种期待与不安之中，增强剧情的吸引力 |

| 悬念性原则 | 冲突的发展需要具备悬念，让观众对结果产生猜测和期待。通过巧妙设置情节转折和未知因素，保持观众的好奇心，使他们在观看过程中始终保持高度的注意力 |

| 深刻性原则 | 冲突应当揭示人性的复杂性和社会的矛盾，具有一定的思想深度和社会意义。创作者要通过冲突展现人性的光辉与阴暗面，以及社会现象的深层原因，引发观众的思考与共鸣 |

| 创新性原则 | 创作者要通过新颖的冲突设置、独特的叙事手法和深刻的主题探讨，使作品更适应现代观众的审美需求，从而在众多同类作品中脱颖而出 |

图 5-2　设置冲突需要遵循的五大原则

## 5.2　冲突的分类标准

根据不同的分类标准，冲突可以被分为多种类型。了解冲突的分类可以帮助创作者更系统地构建故事情节，精准刻画人物关系，通过多样化的冲突形式增强剧情的吸引力和张力，从而打造出更加引人入胜、情感丰富且层次分明的短剧作品。

需要注意的是，冲突的分类标准并不是孤立的，它们之间往往存在交叉和重叠。在短剧的创作中，冲突的设置和处理需要根据作品的具体情况和需求进行灵活运用和综合运用。同时，创作者还需要注意保持冲突的合理性和逻辑性，确保剧情的连贯性和观众的接受度。

本节根据不同的分类标准来介绍冲突的不同类型。

## 5.2.1　冲突的对象

按冲突的对象进行分类是一种常见且有效的分类方式，有助于创作者更清晰地理解剧情的发展脉络和人物关系的演变。按照这个分类标准，短剧中的冲突主要可以分为人与环境的冲突、人物之间的冲突和人物内心的冲突这三类，具体内容如下。

### ▶▶1. 人与环境之间的冲突

人与环境的冲突侧重于人物与外部世界之间的关系。这种冲突不仅考验着人物的生存技能和意志力，也往往成为展现人性光辉与弱点的舞台。在短剧中，人与环境之间的冲突通常体现为人与自然环境的冲突和人与社会环境的冲突这两大类，如图 5-3 所示。

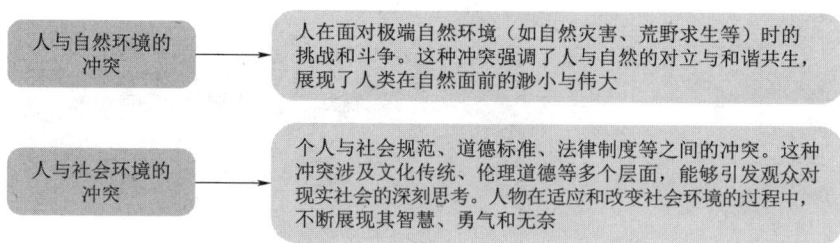

| 人与自然环境的冲突 | 人在面对极端自然环境（如自然灾害、荒野求生等）时的挑战和斗争。这种冲突强调了人与自然的对立与和谐共生，展现了人类在自然面前的渺小与伟大 |
| --- | --- |
| 人与社会环境的冲突 | 个人与社会规范、道德标准、法律制度等之间的冲突。这种冲突涉及文化传统、伦理道德等多个层面，能够引发观众对现实社会的深刻思考。人物在适应和改变社会环境的过程中，不断展现其智慧、勇气和无奈 |

图 5-3　人与环境之间的冲突的体现

## 案例 25：

1972 年上映的电影《海神号遇险记》（*The Poseidon Adventure*）

讲述了豪华邮轮"海神号"在跨年夜遭遇前所未有的极端天气与地震，导致船体倾覆，船上数千名乘客与船员瞬间陷入生死存亡的危机之中，如图 5-4 所示。影片以紧张刺激的剧情和震撼人心的视觉效果，展现了人类在自然灾害面前的渺小与坚韧，同时也深刻揭示了人与环境之间复杂而激烈的冲突。

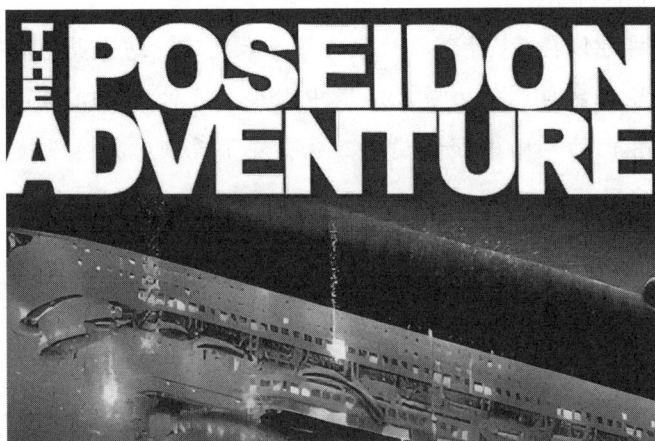

图 5-4　《海神号遇险记》

在《海神号遇险记》中，人与环境的冲突主要体现在两个方面：一是人与自然环境的直接对抗，即乘客们与暴风雨、地震、海啸等自然灾害的斗争；二是人与社会环境的间接冲突，表现为安全规范的忽视、救援机制的滞后等问题，这些问题在灾难中进一步加剧了人的困境，具体内容如下。

（1）人与自然环境的冲突（直接体现）

影片一开始，海神号便遭遇了前所未有的暴风雨和地震。这些自然灾害不仅考验着船体的坚固程度，更对乘客们的生命安全构成了直接威胁。随着海啸的到来，海神号被彻底颠覆，乘客们被迫在倾覆的船体中挣扎求生。这一场景生动地展现了人类在自然灾害面前的渺小与无力。

随着海神号的倾覆，船上的生存环境急剧恶化。海水涌入船舱、电力系统瘫痪、温度骤降、氧气供应不足……这些恶劣条件极大地考验着乘客们的生存意志和生存技能。他们必须迅速适应这种极端环境，寻找食物、水源和避难所，以维持生命的基本需求。

（2）人与社会环境的冲突（间接体现）

影片通过回忆和对话揭示了海神号在航行前存在的安全隐患。船主为了追求经济利益和航行效率，忽视了压仓物不足等安全规范问题，这一决策为后续的灾难埋下了伏笔，也反映了人类在社会环境中对规则的挑战和破坏。

在海神号倾覆后，外部的救援力量并未能及时到达现场进行救援。乘客们只能依靠自己的力量在绝境中求生。这种救援机制的滞后不仅加剧了乘客们的无助感和绝望感，也引发了观众对社会救援机制完善性的深刻反思。

综上所述，《海神号遇险记》通过展现人与环境之间的激烈冲突，不仅为观众带来了一场视觉与心灵的震撼之旅，更深刻地揭示了人类在灾难面前所展现出的勇气、智慧、自私与无私等复杂人性。

## ▶▶ 2. 人物之间的冲突

人物之间的冲突是影视作品中最直观、最常见的冲突类型。它涉及不同角色之间的对立、矛盾或斗争，是推动剧情发展的主要动力之一。人物之间的冲突一般体现为个人之间的冲突、群体之间的冲突及个人与群体之间的冲突这三类，如图 5-5 所示。

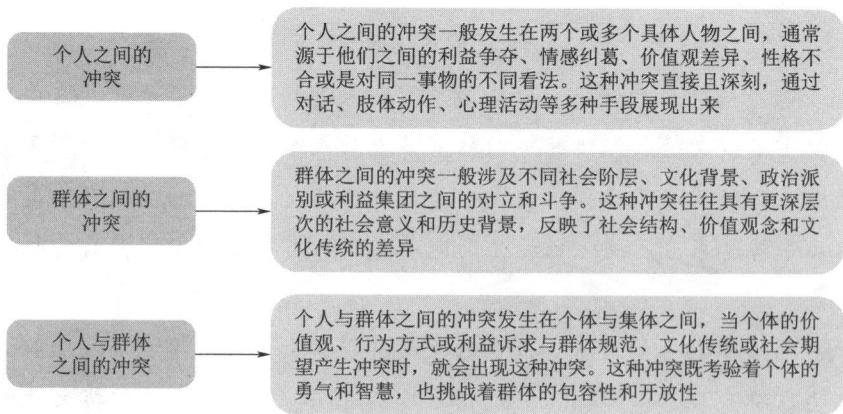

| 个人之间的冲突 | 个人之间的冲突一般发生在两个或多个具体人物之间，通常源于他们之间的利益争夺、情感纠葛、价值观差异、性格不合或是对同一事物的不同看法。这种冲突直接且深刻，通过对话、肢体动作、心理活动等多种手段展现出来 |
| 群体之间的冲突 | 群体之间的冲突一般涉及不同社会阶层、文化背景、政治派别或利益集团之间的对立和斗争。这种冲突往往具有更深层次的社会意义和历史背景，反映了社会结构、价值观念和文化传统的差异 |
| 个人与群体之间的冲突 | 个人与群体之间的冲突发生在个体与集体之间，当个体的价值观、行为方式或利益诉求与群体规范、文化传统或社会期望产生冲突时，就会出现这种冲突。这种冲突既考验着个体的勇气和智慧，也挑战着群体的包容性和开放性 |

图 5-5　人物之间的三种冲突

**案例 26：**

1953 年上映的《罗马假日》（*Roman Holiday*）是一部经典的浪漫爱情电影，影片以意大利罗马为背景，讲述了一个欧洲某公国的公主安妮与一个美国记者乔之间的浪漫故事，如图 5-6 所示。

图 5-6　《罗马假日》

人物之间的冲突在《罗马假日》中起到了推动剧情发展、深化主题思想、塑造人物形象等重要作用。这些冲突不仅增强了影片的戏剧性，还使观众能够更深刻地理解角色的内心世界和情感纠葛，具体分析如下。

（1）个人之间的冲突

个人之间的冲突集中表现为安妮与乔之间的爱情与责任冲突。安妮和乔产生了深厚的感情，但安妮的王室身份和她所承担的责任成为两人之间的巨大障碍。安妮渴望自由和爱情，但又不能放弃自己的身份和职责，这种内心的挣扎和矛盾构成了两人之间最主要的冲突。

（2）群体之间的冲突

影片中，安妮代表的王室阶层与乔代表的普通民众阶层之间存在着明显的差异。这种差异不仅体现在生活方式和价值观上，还体现在他们对爱情和生活的不同追求上。安妮渴望体验普通人的生活，而乔则对王室的奢华和束缚感到好奇但又不完全认同。这种社会阶层之间的冲突反映了当时社会价值观的多样性和复杂性。

（3）个人与群体之间的冲突

安妮作为公主，她的个人自由受到了极大的限制。她渴望像普通人一样自由自在地生活，但她的身份和地位却要求她必须承担起王室的责任和义务。在罗马的冒险中，安妮体验到了前所未有的自由和快乐，但她也深知自己不能永远逃避责任。这种个人自由与王室责任之间的冲突贯穿了整个影片，使观众能够更深刻地理解安妮内心的挣扎和成长。

### ▶▷ 3. 人物内心的冲突

人物内心的冲突是短剧中最为细腻和深刻的冲突类型，也是人物自我探索与成长的重要途径。它揭示了人物内心深处的挣扎与矛盾，展现了人性复杂而真实的一面。

当人物面临两难选择、内心挣扎或道德困境时，便会产生强烈的内心冲突。这种冲突往往通过独白、梦境、回忆等手法进行表现，使观众能够深入人物内心世界，感受其复杂情感与心理变化。例如，在爱情片中，主角在爱情与责任之间的抉择；在励志片中，主角在放弃与坚持之间的徘徊等。

## 案例 27：

1952 年上映的歌舞电影《雨中曲》（*Singin' In The Rain*）以好莱坞从默片时代过渡到有声片时代为背景，讲述了默片时代的电影巨星唐与女演员琳娜在有声电影兴起时面临的挑战与转型。唐与幕后配音的凯西在合作中渐生情愫，共同面对琳娜的阻挠，最终通过创新和努力，将原本失败的有声片改编为歌舞片并取得巨大成功，如图 5-7 所示。

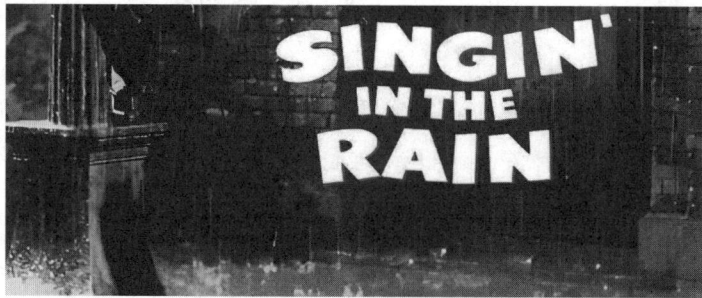

图 5-7 《雨中曲》

在《雨中曲》中，人物内心的冲突是推动剧情发展的关键力量。这些冲突不仅加深了角色的复杂性，还使观众能够更深入地理解和共情角色的情感世界。通过展现角色在道德、情感、职业选择等方面的挣扎，影片揭示了人性的多面性和复杂性，增强了故事的感染力和观赏性。下面介绍影片中人物内心冲突的具体表现。

（1）唐的内心冲突

唐作为一位从默片时代走过来的演员，面临着有声电影带来的巨大挑战。他不仅要适应新的表演方式，还要在琳娜和凯西之间做出情感选择。他对琳娜的责任感和对凯西的真挚感情之间的冲突，使他在电影中经历了深刻的内心挣扎。

（2）琳娜的内心冲突

琳娜作为默片时代的女明星，拥有漂亮的脸蛋和丰满的体态，但缺乏好嗓音的现实让她在有声电影时代陷入了困境。她的骄傲和自负使她无法接受自己的缺点，也不愿意承认凯西的功劳，这种内心的冲突导致了她与唐和凯西之间的紧张关系。

（3）凯西的内心冲突

凯西作为一个有才华的演员，渴望在好莱坞展示自己的才华。然而，现实却让她不得不为琳娜配音，这让她感到自己的才华被埋没。在与唐的相处过程中，她逐渐爱上了唐，但又担心自己的身份和地位会阻碍这段感情的发展。

## 5.2.2　冲突的性质

冲突的性质是指冲突内在的本质特征，它决定了冲突的表现形式、激烈程度及对剧情发展的推动作用。在短剧中，冲突的性质多种多样，每一种都承载着不同的叙事功能和情感色彩。下面根据不同的性质，介绍几种常见的冲突。

### ▶▶ 1. 情感冲突

情感冲突是围绕人物之间情感关系展开的冲突，涉及爱情、友情、亲情等深层次的情感纠葛。它通过人物之间的情感互动、情感碰撞和情感抉择来展现，是短剧中最能触动人心的冲突类型。情感冲突能够激发观众的共鸣，让观众在角色的情感经历中找到自己的影子，从而加深对作品的理解和认同。

**案例28：**

　　1953 年的日本电影《东京物语》讲述了住在小城中的平山周吉老两口，为了与在东京成家立业的子女们团聚，踏上了一段前往东京的旅程。然而，他们的期望与现实之间产生了巨大的落差，子女们因各自忙碌的生活而无法给予他们充分的陪伴和关怀。短暂的相聚后，老两口带着失落和无奈返回了家乡。

　　情感冲突是《东京物语》的核心驱动力，影片通过展现平山周吉夫妇与子女之间的情感纠葛，揭示了现代社会中家庭关系的复杂性和脆弱性，引发了观众对于家庭、亲情和孝道等问题的深刻思考。下面介绍影片中情感冲突的具体表现。

　　（1）亲情的渴望与失落

　　平山周吉夫妇对子女的亲情有着深厚的渴望，他们希望能在东京与子女们共度美好时光，重温家庭的温暖。然而，子女们的冷漠和忽视让他们感受到了亲情的失落。这种亲情的渴望与失落之间的冲突，构成了影片中最核心的情感冲突。

　　（2）理解与误解的交织

　　子女们可能并非故意忽视父母，但他们忙碌的生活和对家庭责任的不同理解，导致了与父母之间的误解。父母希望子女能更多地陪伴自己，而子女则认为提供物质支持就是尽孝。这种理解与误解之间的冲突，加深了家庭成员之间的隔阂。

　　（3）责任感与逃避的对抗

　　子女们在面对家庭责任时，有的选择积极承担，如纪子；而有的则选择逃避，如其他子女。这种责任感与逃避之间的对抗，不仅体现在对父母的照顾上，也反映了他们对家庭角色的不同认知和态度。

　　（4）孤独感与归属感的矛盾

　　平山周吉夫妇在东京期间，虽然身处繁华都市，但内心却充满了孤独感。他们渴望在子女身上找到归属感，但现实却让他们感到更加孤独。这种孤独感与归属感的矛盾，让他们对家庭和亲情有了更深的思考和感悟。

　　（5）生命价值的反思与哀愁

　　当平山周吉的妻子病重时，影片引导观众开始反思生命的意义和价值。老两口在面对生命的脆弱和无常时，对生命价值有了更深的认识和哀愁。他们开始珍惜彼此之间的陪伴和时光，同时也对子女们的生活态度和家庭责任产生了更多的思考和期待。

## ▶▷ 2. 权力冲突

权力冲突是围绕权力争夺、地位差异等展开的冲突，通常出现在政治、商业、宫廷等场景中。它涉及利益分配、权力平衡和地位斗争，是展现人性复杂性和社会残酷性的重要手段。权力冲突能够揭示社会结构和人际关系中的深层次问题，让观众在紧张激烈的斗争中思考权力与责任、正义与邪恶等议题。

**案例 29：**

1957 年上映的电影《控方证人》（*Witness for the Prosecution*）改编自阿加莎·克里斯蒂的同名短篇小说，讲述了一名年轻的士兵莱纳德被控谋杀一位富有的老妇人艾米，而他的律师西里尔努力为他辩护的故事，如图 5-8 所示。

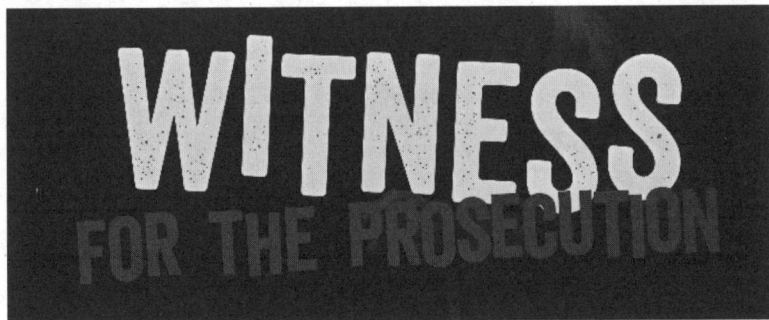

图 5-8　《控方证人》

在《控方证人》中，权力冲突不仅增强了影片的紧张感和悬疑感，还深刻揭示了法律、伦理和社会等级之间的复杂关系，通过法庭内外的各种对抗和博弈，展现了不同角色之间的利益纠葛和道德抉择，使观众在享受悬疑故事的同时，也对正义、真相和法律制度的复杂性有了更深的思考。下面介绍影片中权力冲突的具体表现。

（1）法律权力与司法权威的冲突

检察官米勒与辩护律师西里尔在法庭上展开了激烈的辩论，这不仅是关于案件事实的争论，更是法律权力与司法权威的直接对抗。检察官代表国家权力，致力于维护法律的尊严和公正；而辩护律师则代表被告的权益，力求在法律框架内为客户争取最大的利益。这种对抗体现了法律体系中不同角色之间的权力博弈。

（2）媒体与公众舆论的权力

媒体对案件的报道和公众舆论的导向，在一定程度上左右了案件的公众形象，甚至对司法审判产生了间接的干预。这种外部权力的介入，使得原本应基于事实和证据的审判过程变得复杂且充满变数。

（3）个人权力与道德选择的冲突

克里斯汀作为案件的关键证人，她的证言变化不仅影响了案件的走向，还揭示了个人权力与道德选择之间的冲突。她利用自己的证言来影响案件的审理结果，这既是她个人权力的体现，也是她在道德选择上的困境。她需要在保护自己和追求真相之间作出艰难的选择。

（4）法庭内部权力结构的冲突

法庭作为司法审判的核心场所，其内部权力结构（如法官、陪审团、检察官、辩护律师等）之间的动态平衡与冲突，也是影片展现权力斗争的重要方面。这些角色在追求各自目标的过程中，不断挑战和重塑着法庭内部的权力格局。

## ▶▶ 3. 道德冲突

道德冲突是围绕道德观念、道德选择展开的冲突，涉及善恶判断、伦理困境和价值冲突。它通过人物在道德抉择中的内心挣扎和外在表现来展现，是探讨人性光辉与阴暗面的重要途径。道德冲突能够引导观众思考道德问题，培养道德意识和道德判断力，促进社会的道德进步和文明发展。

## ▶▶ 4. 文化冲突

文化冲突是不同文化之间因观念、习俗、信仰等差异而产生的冲突。它体现在文化碰撞、文化融合和文化变迁等过程中，是展现文化多样性和人类共同价值的重要载体。文化冲突能够促进文化交流与理解，增进不同文化之间的尊重和包容，推动人类文明的多样性和繁荣发展。

例如，在一部跨文化的友情短剧中，东方留学生与西方室友因文化差异频繁摩擦，从饮食到社交礼仪，从个人空间到时间观均有碰撞。但正是这些障碍促进了相互理解和尊重，最终建立深厚友谊，展现了跨文化交流的美好与重要性。

## 5.2.3　冲突的来源

冲突的来源是指引发角色之间或角色内部矛盾与对立的根源。在短剧中，冲突的来源可以是外部环境的变化、人际关系的纠葛，也可以是角色内心的欲望、恐惧、道德困惑等。这些冲突来源的存在，使得故事中的角色不得不面对挑战、作出选择，从而推动剧情向前发展。下面介绍外部冲突和内部冲突的相关知识。

▶▷1. 外部冲突

外部冲突主要源于角色所处的外部环境或与其他角色之间的关系。这类冲突通常具有直观性和紧迫性，能够迅速吸引观众的注意力。图 5-9 为三种常见的外部冲突来源。

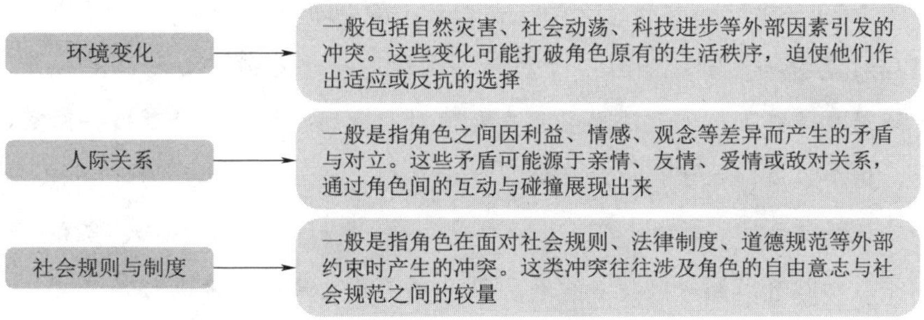

图 5-9　三种常见的外部冲突来源

▶▷2. 内部冲突

内部冲突则主要源于角色内心的欲望、恐惧、道德困惑等心理因素。这类冲突通常更加细腻和深刻，能够揭示角色性格的复杂性和多面性。图 5-10 为三种常见的内部冲突来源。

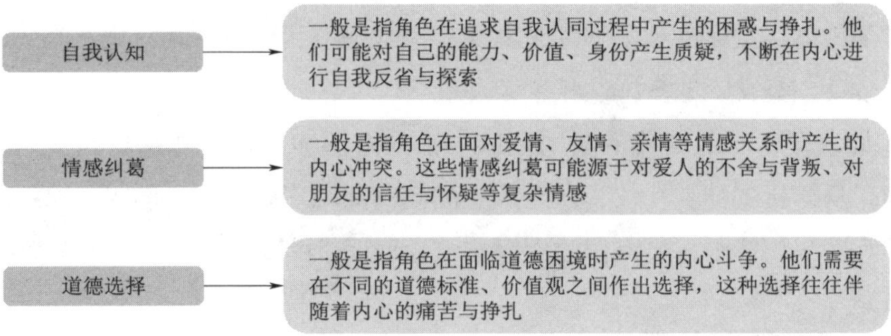

图 5-10　三种常见的内部冲突来源

需要注意的是，外部冲突与内部冲突可以同时出现在同一部短剧中。外部冲突为内部冲突提供了展现的舞台，使得角色在应对外界压力的同时，其内心的变化与成长得以凸显；而内部冲突则赋予了外部冲突以灵魂，让观众在关注情节发展的同时，更能感受到角色内心的波澜起伏，理解其行为背后的深层动机。

因此，巧妙地融合外部冲突与内部冲突，不仅能够增强作品的吸引力和感染力，还能促使观众在享受视觉盛宴的同时，进行深刻的思考与情感交流，实现短剧艺术价值与社会价值的双重提升。

## 案例 30：

1979 年上映的电影《克莱默夫妇》（*Kramer vs. Kramer*，也译为《克拉玛对克拉玛》），如图 5-11 所示，围绕着一个看似完美的家庭展开，但随着妻子乔安娜因无法忍受丈夫泰德对家庭的忽视而选择离婚并离家出走，这个家庭陷入了巨大的变故。泰德在独自抚养儿子比利的过程中，逐渐意识到自己对家庭的疏忽，并努力成为一个更好的父亲。然而，当乔安娜一年后回归并试图夺回抚养权时，两人不得不为儿子的未来对簿公堂。

在《克莱默夫妇》中，外部冲突与内部冲突相辅相成，共同构成了影片的张力与深度。其中，外部冲突为影片提供了直观的戏剧冲突，让观众直接感受到家庭破裂带来的现实挑战；而内部冲突是角色内心深处的挣扎与成长，它使得外部冲突更加具有情感共鸣力，让观众能够深入理解角色行为的动机与背后的情感世界。下面介绍影片中的外部冲突与内部冲突。

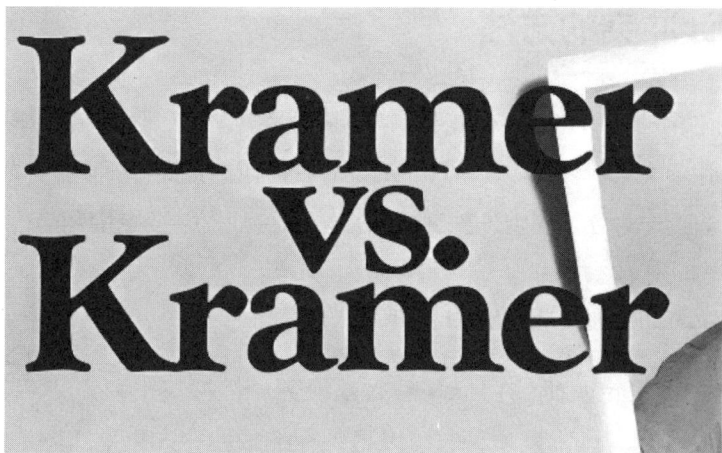

图 5-11 《克莱默夫妇》

（1）外部冲突

《克莱默夫妇》中的外部冲突主要聚焦于泰德与乔安娜之间关于儿子比利抚养权的法律争夺。这一冲突直接关联到家庭破裂后子女归属权的现实问题，充满了紧张与对抗。随着故事的发展，观众可以清晰地看到双方为了争取抚养权而展开的各种努力与斗争，以及这一过程中所产生的情感波动与心理变化。这一外部冲突不仅推动了剧情的高潮迭起，也深刻揭示了家庭关系中的复杂性与脆弱性。

（2）内部冲突

与外部冲突相对应的是，《克莱默夫妇》中的内部冲突则更多地体现在角色内心的挣扎与成长上。对于泰德而言，他需要在独自抚养儿子的过程中学会如何平衡工作与生活，如何在繁忙的工作之余给予儿子足够的关爱与陪伴。这一过程中，他经历了从忽视家庭到深刻反思的转变，逐渐成长为一个更加成熟、有责任感的父亲。

而对于乔安娜来说，她则需要在追求个人梦想与承担家庭责任之间作出艰难的选择。她的内心充满了对自我价值的渴望与对家庭的深深眷恋，这种内心的挣扎与矛盾使得她的角色更加立体、真实。通过这些内部冲突的展现，《克莱默夫妇》成功地刻画了两个在婚姻破裂后努力寻找自我、重新定位家庭角色的复杂人物形象。

# 5.3 设计冲突的方法

在短剧中精心设计的冲突不仅能够加深角色的塑造，还能使故事情节更加紧凑、引人入胜。本节介绍四种设计冲突的方法，包括设定明确的目标与阻碍、突出角色间的矛盾与对立、利用外部环境的压力与挑战，以及挖掘角色内心的挣扎。

## 5.3.1 设定明确的目标与阻碍

在短剧中，设定明确的目标与阻碍是设置剧情冲突的基础。目标，即角色所追求或希望达成的具体事项，它可以是外在的成就，如赢得比赛、找到失踪的亲人，也可以是内心的渴望，如实现自我价值、获得他人认可。阻碍，则是阻碍角色达成目标的各种因素，它们可能来自外部环境的限制，如恶劣的天气、强大的对手，也可能源于角色内心的恐惧、犹豫或道德冲突。

设定明确的目标与阻碍之所以重要，是因为它们为剧情提供了前进的动力和方向。目标是角色行动的指南针，驱使他们不断前进；而阻碍则是剧情发展的催化剂，它们让故事充满挑战和不确定性，引发观众的紧张感和期待感。

通过设定明确的目标与阻碍，创作者能够创造出引人入胜的情节，让观众随着角色的步伐一同经历起伏跌宕的故事旅程。下面介绍设置明确的目标与阻碍的方法，如图 5-12 所示。

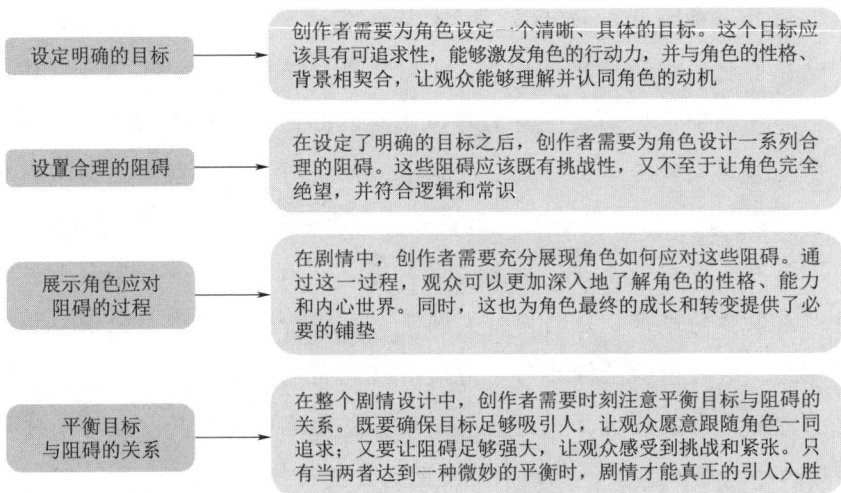

| | |
|---|---|
| 设定明确的目标 | 创作者需要为角色设定一个清晰、具体的目标。这个目标应该具有可追求性，能够激发角色的行动力，并与角色的性格、背景相契合，让观众能够理解并认同角色的动机 |
| 设置合理的阻碍 | 在设定了明确的目标之后，创作者需要为角色设计一系列合理的阻碍。这些阻碍应该既有挑战性，又不至于让角色完全绝望，并符合逻辑和常识 |
| 展示角色应对阻碍的过程 | 在剧情中，创作者需要充分展现角色如何应对这些阻碍。通过这一过程，观众可以更加深入地了解角色的性格、能力和内心世界。同时，这也为角色最终的成长和转变提供了必要的铺垫 |
| 平衡目标与阻碍的关系 | 在整个剧情设计中，创作者需要时刻注意平衡目标与阻碍的关系。既要确保目标足够吸引人，让观众愿意跟随角色一同追求；又要让阻碍足够强大，让观众感受到挑战和紧张。只有当两者达到一种微妙的平衡时，剧情才能真正的引人入胜 |

图 5-12 设置明确的目标与阻碍的方法

通过这些方法，创作者可以在短剧中成功地设定明确的目标与阻碍，从而构建出扣人心弦的剧情冲突，吸引并打动观众。

## 5.3.2　突出角色间的矛盾与对立

在短剧中，角色间的矛盾和对立是指不同角色之间由于性格、观念、利益或情感等方面的差异而产生的冲突。这种冲突可以是显性的，如激烈的争吵、打斗或竞争，也可以是隐性的，如微妙的眼神交流、心理较量或冷暴力。

突出角色间的矛盾和对立是推动剧情发展的重要动力，它不仅丰富了故事的层次感，还增强了观众的代入感和参与感，具体作用如图 5-13 所示。

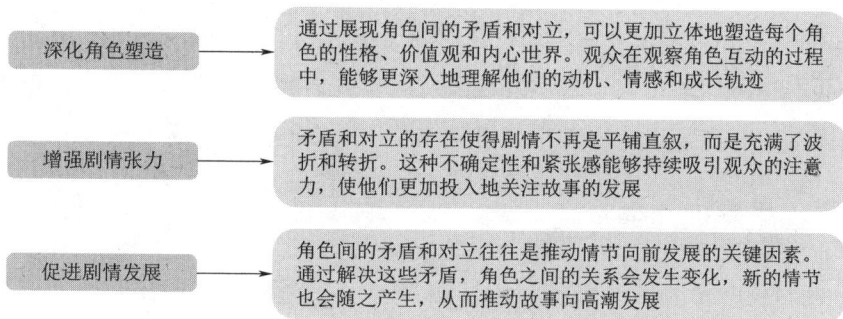

| 深化角色塑造 | 通过展现角色间的矛盾和对立，可以更加立体地塑造每个角色的性格、价值观和内心世界。观众在观察角色互动的过程中，能够更深入地理解他们的动机、情感和成长轨迹 |
| 增强剧情张力 | 矛盾和对立的存在使得剧情不再是平铺直叙，而是充满了波折和转折。这种不确定性和紧张感能够持续吸引观众的注意力，使他们更加投入地关注故事的发展 |
| 促进剧情发展 | 角色间的矛盾和对立往往是推动情节向前发展的关键因素。通过解决这些矛盾，角色之间的关系会发生变化，新的情节也会随之产生，从而推动故事向高潮发展 |

图 5-13　突出角色间的矛盾与对立的作用

不过，要想在短剧中突出角色间的矛盾和对立，不仅需要精心的设计和布局，还需要通过细腻的表现手法来呈现，具体方法如下。

### ▶▶ 1. 明确角色定位与差异

创作者需要为每个角色设定清晰而独特的定位，包括他们的性格、背景、目标及价值观等。这些元素共同构成了角色的个性特征，也是引发矛盾和对立的基础。

每个角色都应是独一无二的存在，拥有自己鲜明的性格特征、成长背景，以及独特的目标和动机。创作者需要深入挖掘每个角色的内心世界，了解他们的渴望、恐惧、价值观，以及潜在的弱点。

为了让角色间的矛盾和对立更加鲜明有力，创作者还需要设计出具有显著差异的角色。这些差异可以体现在性格上，如一个冲动易怒的角色与一个冷静理智的角色之间的冲突。

在明确角色定位与差异的基础上，创作者需要构建角色之间复杂而动态的关系网。这些关系可以是亲情、友情、爱情或敌对关系等。通过精心设计角色之间的互动和交流，创作者可以逐渐揭示出他们之间的误解、猜疑、嫉妒或支持等情感纠葛，为后续的矛盾冲突埋下伏笔。

## ▷▷2. 设置具体而有力的冲突点

冲突点是角色间矛盾和对立的直接体现，也是推动剧情发展的关键。创作者需要为角色间的冲突设置具体而有力的理由，使观众能够信服并产生共鸣。这些冲突点可以是直接的利益冲突，如争夺遗产、爱情或权力；也可以是深层次的观念碰撞，如道德观念、人生信仰或政治立场的不同。

例如，在一部关于环保主题的短剧中，两位主角可能因为对环境保护的不同看法而产生激烈争论，一方认为经济发展优先，另一方则坚持生态保护更为重要。这样的冲突点既具有现实意义，又能引发观众的深思。

## ▷▷3. 细腻展现冲突发展

冲突的发展是剧情推进的过程，也是角色性格和关系变化的重要阶段。创作者需要通过细腻的描写和生动的场景来展现冲突的发展过程，使观众能够身临其境地感受到角色之间的紧张氛围。这包括角色之间的对话、肢体语言、心理变化，以及外部环境的变化等。

例如，在一部关于家庭矛盾的短剧中，父母与孩子之间的冲突可能从一次不经意的争吵开始，逐渐升级为冷战、离家出走等更严重的行为。通过细腻的描写，观众可以清晰地看到每个角色的情绪变化和心理挣扎，进而更加深入地理解他们的行为动机和内心世界。

## ▷▷4. 巧妙安排冲突解决

冲突的解决是剧情发展的高潮部分，也是观众最为关注的环节之一。创作者需要巧妙地安排冲突的解决方式，既要符合逻辑和情理，又要能够给观众带来惊喜和感动。在解决冲突的过程中，角色可能需要经历反思、妥协、成长等阶段，最终实现心灵的救赎和关系的和解。

例如，在一部关于友情与背叛的短剧中，两个曾经的好友因为误会而反目成仇。经过一系列的波折和磨难后，他们终于有机会面对面地沟通并解开误会。在相互理解和宽容的基础上，他们重新找回了失去的友情并共同面对未来的挑战。这样的结局既符合观众的期待又能够引发深刻的思考。

### 5.3.3 利用外部环境的压力与挑战

在短剧中，外部环境的压力与挑战指的是那些来自故事背景、时代背景、自然环境或社会环境的外部因素，它们对角色和剧情产生直接或间接的影响，推动故事向前发展。

这些外部环境的变化可能是突如其来的灾难、社会的动荡不安、科技的飞速发展或是自然界的极端现象等。它们不仅为故事增添了紧张感和不确定性，也为角色提供了展现勇气、智慧和决心的舞台。

利用外部环境的压力与挑战作为剧情冲突的手段，可以增强故事的紧迫感，推动角色成长，并达到深化主题的目的，具体方法如图 5-14 所示。

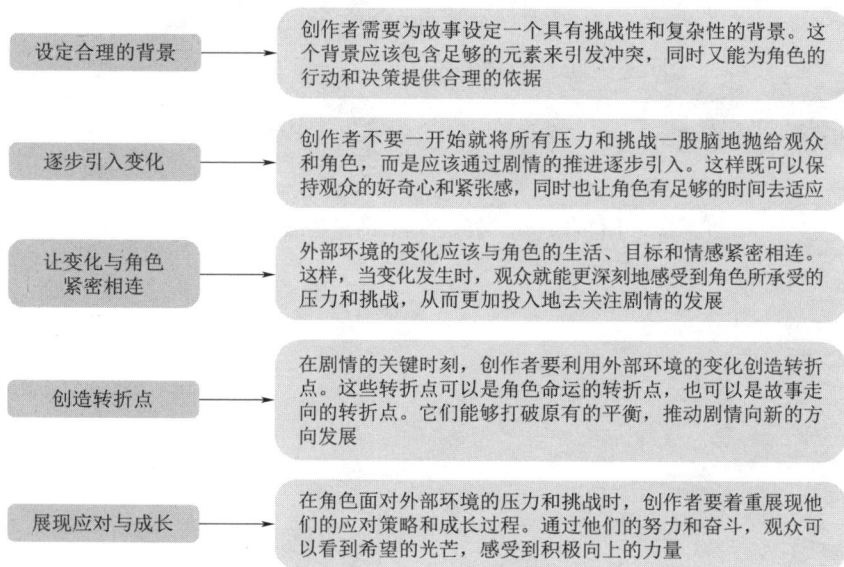

图 5-14 利用外部环境的压力与挑战作为剧情冲突的方法

### 5.3.4 挖掘角色内心的挣扎

在短剧中，挖掘角色内心的挣扎是指深入探索角色内心深处的情感、欲望、恐惧、道德困境等复杂心理状态，并将其作为剧情冲突的重要来源。这种挣扎通常不直接体现在外在行为上，而是通过角色的独白、表情、微妙的肢体语言，以及与其他角色的互动来展现。

它揭示了角色不为人知的一面，让观众看到角色在面临重大抉择时的内心波动和矛盾。挖掘角色内心的挣扎之所以重要，是因为它能够增强角色的真实感，深化剧情层次，并提升观众的情感投入。图 5-15 为挖掘角色内心的挣扎的方法。

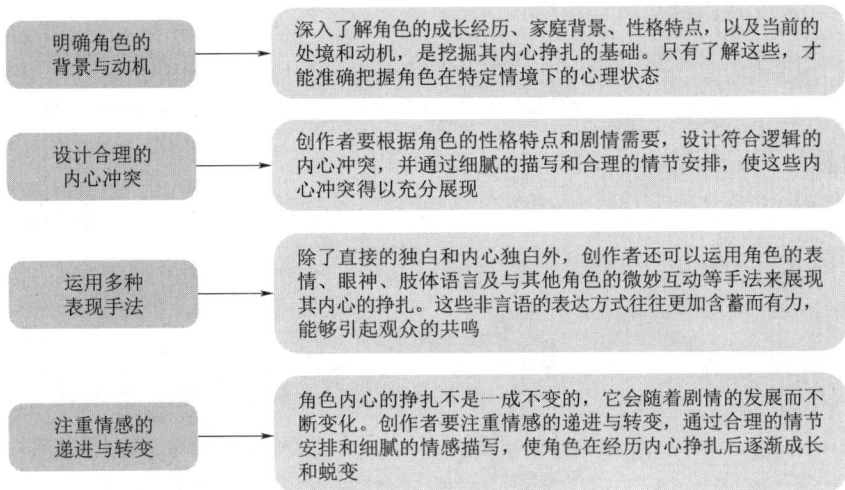

图 5-15　挖掘角色内心的挣扎的方法

# 第 **6** 章

# 反转：制造
# 前后反差

在短剧写作的过程中，创作者学会制造反转，不仅是提升作品艺术魅力与观众吸引力的关键，更是推动叙事深度、增强情感共鸣的必要手段。本章主要介绍反转的基础知识、反转的类型和制造反转的技巧，帮助创作者制造出既出乎意料又在情理之中的反转。

# 6.1　短剧中的反转

反转是指在故事情节的发展过程中，突然出现与观众预期截然不同的情节转折，它打破了原有的叙事逻辑或情感走向，从而引发观众的强烈反应。这种转折可以是情节的颠覆、人物身份的暴露、真相的揭露，或是情感态度的急剧变化，其核心在于"出乎意料"而又在"情理之中"。本节介绍反转的特点、作用，以及与冲突的异同。

## 6.1.1　反转的特点

在短剧中，反转作为一种引人入胜的叙事技巧，其特点主要体现在创新性、意外性、层次性和启发性上。其中，创新性、意外性为观众带来全新的观影体验；而层次性、启发性则使得作品在情感共鸣和思想启迪方面达到更高的境界，具体内容如图 6-1 所示。

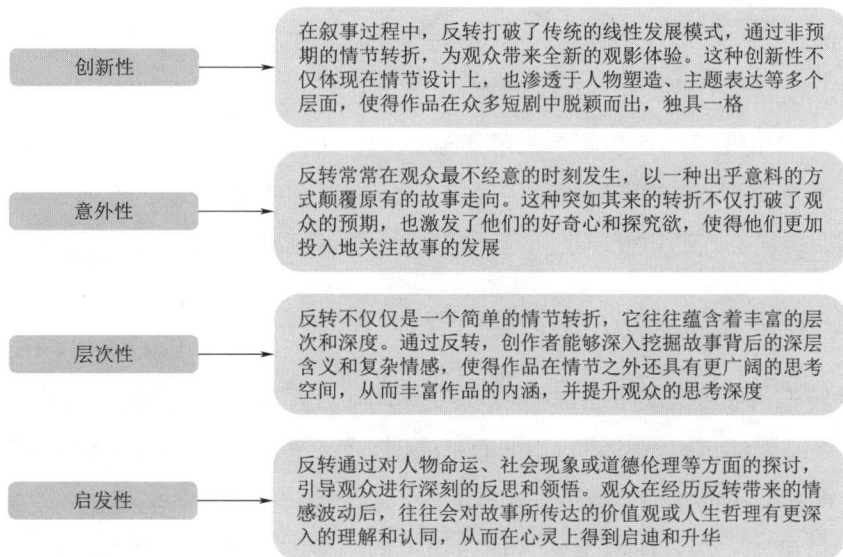

| 创新性 | 在叙事过程中，反转打破了传统的线性发展模式，通过非预期的情节转折，为观众带来全新的观影体验。这种创新性不仅体现在情节设计上，也渗透于人物塑造、主题表达等多个层面，使得作品在众多短剧中脱颖而出，独具一格 |
| --- | --- |
| 意外性 | 反转常常在观众最不经意的时刻发生，以一种出乎意料的方式颠覆原有的故事走向。这种突如其来的转折不仅打破了观众的预期，也激发了他们的好奇心和探究欲，使得他们更加投入地关注故事的发展 |
| 层次性 | 反转不仅仅是一个简单的情节转折，它往往蕴含着丰富的层次和深度。通过反转，创作者能够深入挖掘故事背后的深层含义和复杂情感，使得作品在情节之外还具有更广阔的思考空间，从而丰富作品的内涵，并提升观众的思考深度 |
| 启发性 | 反转通过对人物命运、社会现象或道德伦理等方面的探讨，引导观众进行深刻的反思和领悟。观众在经历反转带来的情感波动后，往往会对故事所传达的价值观或人生哲理有更深入的理解和认同，从而在心灵上得到启迪和升华 |

图 6-1　反转的特点

## 6.1.2  反转的作用

在短剧中，反转作为一种高效的叙事策略，其作用远不止于简单的情节转折，而是深入到作品的每一个层面，从观赏性、主题表达、人物塑造到艺术价值的提升，都发挥着不可估量的作用，具体内容如下。

▶▶1. 提升观赏性，增强观众参与感

反转的核心在于"出乎意料"，这种突如其来的情节变化能够迅速抓住观众的注意力，打破他们原有的心理预期，从而激发强烈的好奇心和探索欲。

观众在观看短剧的过程中，会不自觉地跟随剧情的起伏跌宕，猜测接下来的发展，而反转的出现则是对这种猜测的颠覆，让观众在惊讶与满足中体验到前所未有的观影快感。这种高度的参与感和沉浸感，正是反转提升观赏性的关键所在。

▶▶2. 深化主题，引发深层思考

反转不仅仅是情节上的变化，更是对作品主题的深刻挖掘和呈现。通过反转，创作者能够以一种更加巧妙和有力的方式，揭示出隐藏在故事背后的社会现象、人性弱点或道德伦理等深层次的问题。

这种揭示往往比直接陈述更加震撼人心，因为它是在观众已经投入大量情感和思考的基础上进行的，因此更容易引发观众的共鸣和反思。同时，反转还能够促使观众从不同的角度审视问题，拓宽他们的视野和思维空间。

▶▶3. 塑造立体人物，增强角色魅力

反转在人物塑造方面也发挥着重要作用。在短剧中，由于篇幅有限，人物形象往往需要通过有限的情节和细节来展现。而反转则能够以一种浓缩而强烈的方式，揭示出人物性格的复杂性和多面性。

通过反转，观众可以看到人物在特定情境下的选择和行为，进而理解他们的动机、情感和成长轨迹。这种深刻的揭示不仅使人物形象更加立体和鲜活，也增强了角色的吸引力和感染力，让观众在情感上与角色产生共鸣。

## ▶▷ 4. 提升艺术价值，展现创作才华

反转作为叙事技巧的一种，展现了创作者的艺术创造力和才华。通过精心设计的反转情节，创作者能够巧妙地构建故事的框架和节奏，使作品在有限的篇幅内展现出无限的魅力和深度。这种高超的艺术表现力和创作才华，不仅提升了作品的艺术价值，也赢得了观众的尊敬和喜爱。

## 6.1.3　反转与冲突的异同

在短剧中，反转与冲突作为推动剧情发展的关键元素，扮演着不可或缺的角色，并存在一定的相同点，如图 6-2 所示。

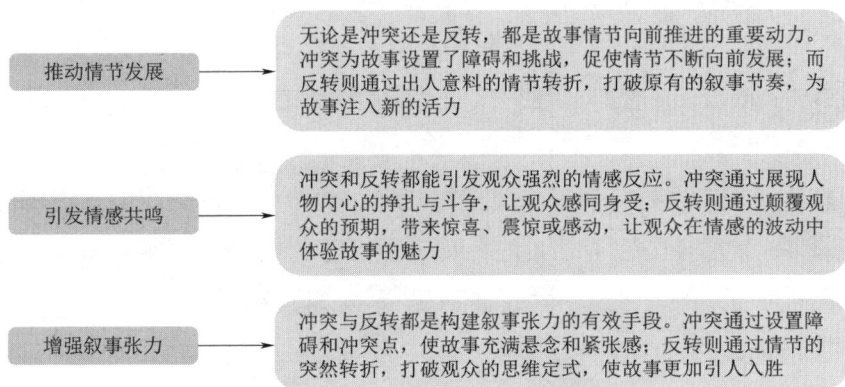

| 推动情节发展 | 无论是冲突还是反转，都是故事情节向前推进的重要动力。冲突为故事设置了障碍和挑战，促使情节不断向前发展；而反转则通过出人意料的情节转折，打破原有的叙事节奏，为故事注入新的活力 |
| 引发情感共鸣 | 冲突和反转都能引发观众强烈的情感反应。冲突通过展现人物内心的挣扎与斗争，让观众感同身受；反转则通过颠覆观众的预期，带来惊喜、震惊或感动，让观众在情感的波动中体验故事的魅力 |
| 增强叙事张力 | 冲突与反转都是构建叙事张力的有效手段。冲突通过设置障碍和冲突点，使故事充满悬念和紧张感；反转则通过情节的突然转折，打破观众的思维定式，使故事更加引人入胜 |

图 6-2　反转与冲突的相同点

不过，它们在本质上是有所区别的，尤其在定义、表现形式、作用及相互关系等方面存在明显的不同，具体内容如下。

## ▶▷ 1. 在定义与表现形式方面

冲突指的是故事中人物之间、人物与环境之间因目标、观念、利益等不一致而产生的矛盾和对立。它通常表现为双方的斗争、辩论、妥协或和解等过程。而反转则是指故事情节在发展到一定阶段时，突然出现的与观众预期截然不同的情节转折。它可能是对之前情节的颠覆、人物身份的暴露、真相的揭露或是情感态度的急剧变化。

## ▶▷2. 在作用的侧重点方面

冲突的作用更多地体现在对人物性格的塑造、主题思想的深化及故事情节的推动上。通过冲突，观众可以更加深入地了解人物的内心世界，感受故事所传达的思想和价值观。

而反转的作用则更加侧重于提升故事的观赏性和艺术性。它通过打破观众的预期，创造出令人意想不到的效果，使故事更加引人入胜。同时，反转也能对主题思想进行更深层次的探讨和揭示，引发观众对作品更深层次的思考。

## ▶▷3. 在相互关系方面

冲突往往是反转的前提和基础。在故事中，冲突的存在为反转的发生提供了可能性和必要性。通过冲突的积累和升级，观众对于故事的发展产生了一定的预期和猜测；而反转的出现则是对这些预期和猜测的颠覆和打破，从而带来强烈的戏剧效果。

反转则是对冲突的一种升华。通过反转，故事中的冲突得到了更加深刻的揭示和解决，使得整个故事更加完整和有力。同时，反转也能够在一定程度上缓解或解决冲突带来的紧张感，为故事带来一种"柳暗花明又一村"的惊喜感。

综上所述，冲突与反转在影视短剧中各有其独特的魅力和作用。它们相互依存、相互促进，共同构成了故事发展的内在动力和外在表现形式。在创作过程中，创作者需要巧妙地运用这两种叙事技巧，以创造出更加精彩纷呈、引人入胜的影视作品。

# 6.2 反转的类型

反转丰富的类型不仅是其吸引观众、深化主题的关键所在，更是展现创作者智慧与技巧的重要手段。这些反转手法以独特的逻辑和创意，巧妙地交织于剧情之中，不仅增强了故事的层次感和观赏性，更促使观众在情感的起伏与思维的碰撞中，获得深刻的艺术体验与文化反思。本节介绍五种类型的反转。

## 6.2.1　身份反转

身份反转是指短剧中角色的身份或角色定位的根本性变化。这种变化通常是出乎意料的，能够迅速吸引观众的注意力，并提升作品的戏剧性和观赏性。身份反转的特点在于其突然性和颠覆性，它打破了观众对角色身份的固有认知，使剧情充满悬念和惊喜。

另外，身份反转能够揭示角色的复杂性和多面性，使角色形象更加立体和饱满。通过身份的转变，观众可以更加深入地了解角色的内心世界和成长历程。当观众看到角色身份发生根本性变化时，他们会更加关注角色的命运和遭遇，从而更加深入地投入到剧情中去。

身份反转可以细分为多种类型，如图 6-3 所示。

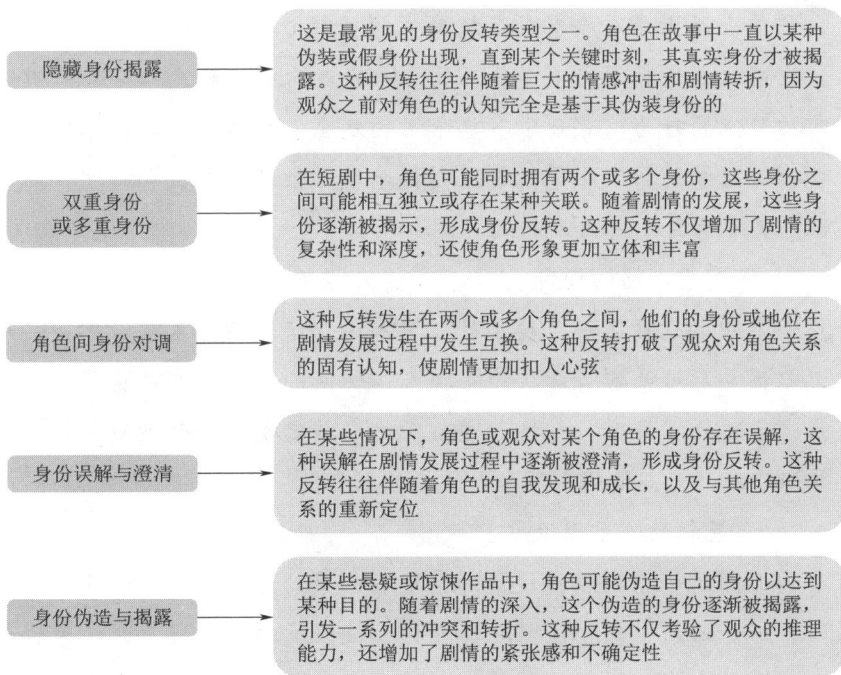

| 类型 | 说明 |
| --- | --- |
| 隐藏身份揭露 | 这是最常见的身份反转类型之一。角色在故事中一直以某种伪装或假身份出现，直到某个关键时刻，其真实身份才被揭露。这种反转往往伴随着巨大的情感冲击和剧情转折，因为观众之前对角色的认知完全是基于其伪装身份的 |
| 双重身份或多重身份 | 在短剧中，角色可能同时拥有两个或多个身份，这些身份之间可能相互独立或存在某种关联。随着剧情的发展，这些身份逐渐被揭示，形成身份反转。这种反转不仅增加了剧情的复杂性和深度，还使角色形象更加立体和丰富 |
| 角色间身份对调 | 这种反转发生在两个或多个角色之间，他们的身份或地位在剧情发展过程中发生互换。这种反转打破了观众对角色关系的固有认知，使剧情更加扣人心弦 |
| 身份误解与澄清 | 在某些情况下，角色或观众对某个角色的身份存在误解，这种误解在剧情发展过程中逐渐被澄清，形成身份反转。这种反转往往伴随着角色的自我发现和成长，以及与其他角色关系的重新定位 |
| 身份伪造与揭露 | 在某些悬疑或惊悚作品中，角色可能伪造自己的身份以达到某种目的。随着剧情的深入，这个伪造的身份逐渐被揭露，引发一系列的冲突和转折。这种反转不仅考验了观众的推理能力，还增加了剧情的紧张感和不确定性 |

图 6-3　身份反转的类型

案例 31：

《惊魂记》（*Psycho*，也译为《精神病患者》）是一部经典的心理惊悚片，于 1960 年上映，如图 6-4 所示。影片中的身份反转是其核心悬念之一，主要集中在汽车旅馆老板诺曼身上。

图 6-4 《惊魂记》

诺曼表面上是一个对母亲极度孝顺、看似文弱的年轻人，但实际上，他内心深处隐藏着一个残暴的"母亲"人格，这个人格在关键时刻掌控了他的行为，导致了多起命案的发生。这种身份反转不仅打破了观众对诺曼的初步印象，还深刻揭示了人性的复杂性和心理扭曲的可怕。关于影片中身份反转的具体分析如下。

（1）双重人格的设定

影片中的诺曼是一个典型的双重人格患者。他的主要人格是一个温文尔雅、对母亲言听计从的年轻人，但他的内心深处却隐藏着一个残暴、冷酷的"母亲"人格。这个人格在特定条件下会被激发出来，主导诺曼的行为，使他犯下令人发指的罪行。

（2）反转的逐步揭示

影片通过一系列精心设计的情节和细节，逐步揭示了诺曼的双重人格。一开始，观众和侦探利奥一样，被诺曼的表象迷惑，认为他是一个无辜的受害者。然而，随着剧情的深入，越来越多的线索和证据指向了诺曼，让观众开始怀疑他的真实身份。

（3）高潮时刻的反转

影片的高潮部分发生在侦探利奥即将揭露真相时，却被诺曼的"母亲"人格袭击并重伤。这一刻，观众才真正意识到，诺曼并非他们之前所认为的那个无害的年轻人，而是一个被双重人格所驱使的杀人犯。这种突如其来的反转不仅令人震惊，还深刻地揭示了诺曼内心的挣扎和痛苦。

身份反转在《惊魂记》中起到了至关重要的作用，它不仅通过打破观众对角色的固有认知来增强剧情的悬念与紧张感，还深刻揭示了人性的复杂性和心理扭曲的黑暗面，从而丰富了影片的层次，提升了其艺术价值和思想深度。

## 6.2.2　命运反转

命运反转是短剧中一种极具张力和吸引力的剧情设置，它指的是角色在故事中原本预设的命运轨迹被突然打破，经历了从一种极端状态到另一种极端状态的转变。这种转变往往伴随着强烈的情感冲击和深刻的心理变化，使观众对角色的命运产生深刻的共鸣和思考。

命运反转在短剧中有多种表现形式，如图 6-5 所示。

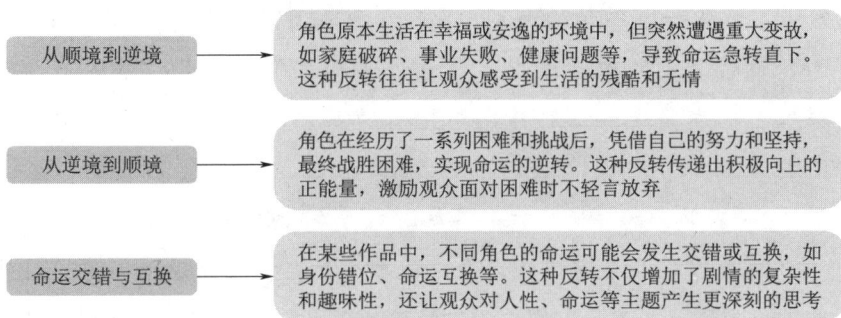

图 6-5　命运反转的表现形式

**案例 32：**

《开端》(Reset)作为一部融合了悬疑、科幻与人性探讨的电视剧，如图 6-6 所示，其深刻之处在于通过精心设计的情节与复杂多维的人物塑造，展现了人物命运在极端情境下的反转与成长，这种处理手法不仅增强了故事的吸引力，更深刻地探讨了人性的光辉与阴暗。下面对男女主角的命运反转进行分析。

图6-6 《开端》

（1）李诗情的命运反转——从平凡乘客到循环解谜者

最初，李诗情只是公交车上的一名普通乘客，面对突如其来的爆炸陷入极度的恐惧与无助。然而，随着循环的反复，她逐渐从惊恐中苏醒，开始主动寻找爆炸的原因，从被动承受者转变为积极的解谜者。这一反转不仅展现了她的勇气与智慧，也体现了她在逆境中的成长与蜕变。

在循环的过程中，李诗情与肖鹤云之间建立了深厚的信任与情感纽带。她从一个孤独的乘客，变成了有人可依、有信念可守的"战士"。她对正义的执着追求，以及对他人生命的珍视，都随着循环的深入而愈发坚定。这种情感与信念的深化，是她命运反转中的重要组成部分。

（2）肖鹤云的命运反转——从游戏开发者到生存斗士

肖鹤云作为一个游戏开发者，原本生活在自己的小世界里，对外部世界的危机漠不关心。但在循环的逼迫下，他不得不面对生死抉择，从最初的自私求生逐渐转变为愿意为了更多人的安全而冒险的勇士。这一反转不仅体现了他内心的挣扎与成长，也展示了人性中善良与责任感的光辉。

在循环的过程中，肖鹤云多次面临道德困境，如是否要牺牲他人以保全自己等。这些困境的考验让他深刻反思自己的价值观与行为准则。最终，他选择了坚守道德底线，勇于承担责任，这一突破不仅是他个人命运的转折点，也是对观众的一次深刻启示。

## 6.2.3　情节反转

情节反转指的是在故事情节的发展过程中，突然出现一个与观众预期截然不同的转折，从而打破原有的叙事框架，使故事走向发生根本性的变化。这种反转不仅能够增加作品的戏剧性和观赏性，还能够深化主题，引发观众的思考和共鸣。下面介绍情节反转的类型、注意事项和相关案例。

▶▷1. 情节反转的类型

情节反转作为短剧中引人入胜的叙事手法，其类型丰富多样，每一种类型都以其独特的方式打破观众的预期，推动故事向意想不到的方向发展，如图 6-7所示。

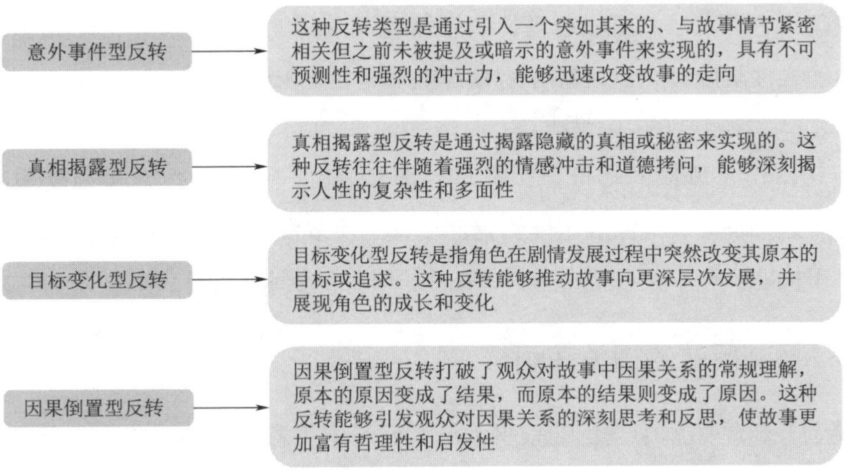

| 意外事件型反转 | 这种反转类型是通过引入一个突如其来的、与故事情节紧密相关但之前未被提及或暗示的意外事件来实现的，具有不可预测性和强烈的冲击力，能够迅速改变故事的走向 |
| 真相揭露型反转 | 真相揭露型反转是通过揭露隐藏的真相或秘密来实现的。这种反转往往伴随着强烈的情感冲击和道德拷问，能够深刻揭示人性的复杂性和多面性 |
| 目标变化型反转 | 目标变化型反转是指角色在剧情发展过程中突然改变其原本的目标或追求。这种反转能够推动故事向更深层次发展，并展现角色的成长和变化 |
| 因果倒置型反转 | 因果倒置型反转打破了观众对故事中因果关系的常规理解，原本的原因变成了结果，而原本的结果则变成了原因。这种反转能够引发观众对因果关系的深刻思考和反思，使故事更加富有哲理性和启发性 |

图 6-7　情节反转的类型

▶▷2. 情节反转的注意事项

在设置情节反转时，创作者需要先了解一些注意事项，这样才能发挥情节反转的最大作用，提升短剧的质量和观众的观看体验，具体内容如下。

（1）确保反转的合理性

反转必须建立在坚实的逻辑基础上，与角色性格、故事背景及前期情节线索保持高度一致。创作者要精心构建伏笔与铺垫，使观众在反转发生时能够回溯并找到合理的解释，避免突兀感，确保逻辑自洽。

（2）把握反转的适度性

反转的频率、强度及节奏都需要适度控制，避免过于频繁或强烈的反转使观众感到疲惫或难以接受。同时，创作者要确保反转不是平淡无奇，能够真正触动观众。另外，在节奏安排上要考虑观众的心理承受能力，使反转成为推动剧情发展的有力手段。

（3）追求反转的创新性

反转创意应源自独特的视角和深刻的思考，打破传统叙事框架，引入新颖元素或情节。这不仅能增加反转的新颖性和趣味性，还能提升作品的艺术价值，使观众在意外之余感受到惊喜与震撼。

（4）注重观众的情感体验

反转要能引发观众的情感共鸣，使他们在观影过程中产生强烈的情感体验。这要求创作者深入了解观众心理，巧妙管理观众预期，通过反转揭示角色内心世界，展现人性复杂性，从而加深观众对故事的理解和认同。

（5）考虑反转的后续发展

反转不仅是剧情的转折点，也是后续发展的起点。创作者要为反转后的剧情做好规划和铺垫，确保故事能够自然衔接、持续发展，并保持对观众的吸引力。这有助于构建完整、连贯的故事体系，提升作品的整体质量。

## ▶▷ 3. 情节反转的相关案例

情节反转是短剧中常见的叙事手法，通过出乎意料的情节发展，增加故事的张力和吸引力。下面以 1974 年的电影《东方快车谋杀案》（*Murder on the Orient Express*）为例，如图 6-8 所示，对其中的情节反转进行分析。

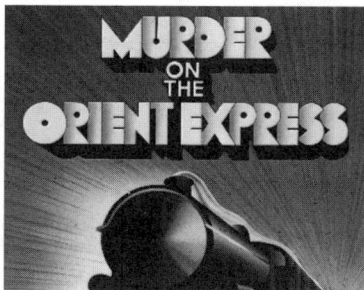

图 6-8　《东方快车谋杀案》

**案例 33：**

在 1974 年版的《东方快车谋杀案》中，情节反转起到了至关重要的作用。它不仅深刻改变了观众对案件进展的预判，还通过出人意料的转折，推动了剧情向更深层次发展，增强了故事的悬疑性和观赏性。这些反转不仅是对观众智力的挑战，更是对人性复杂性的深刻探讨，使得影片在娱乐之余，也引发了观众对于正义、复仇与道德困境的深思。下面对影片中的情节反转进行分析。

（1）案件线索的误导与揭露

影片开篇，通过侦探波洛的调查，观众被引导相信凶手是一位头披红色围巾的神秘女子。这一线索在一段时间内成为案件的主要线索，但随着调查的深入，观众逐渐发现这一线索实则是精心布置的迷雾，用于掩盖真正的犯罪手法和动机。

（2）嫌疑人群体的一致性陈述

当波洛询问同一车厢内的 12 人时，他们出奇一致地描述了神秘女子的特征和出现时间，这看似是案件的关键突破点。然而，这种高度一致性的陈述反而成为情节反转的伏笔，暗示背后隐藏着更大的阴谋和共谋。

（3）侦探波洛的推理过程

波洛的推理过程充满了对线索的细致分析和对人性的深刻洞察。他通过逐一排查嫌疑人的口供和行为，逐步揭露了真相的冰山一角。然而，每当观众以为已经接近真相时，波洛的推理又会突然转向，揭示出更多意想不到的细节和转折，使得案件更加扑朔迷离。

（4）最终真相的揭示

影片的高潮部分，当波洛最终揭露了所有嫌疑人共同参与的复仇计划时，观众之前的所有猜测和推理都被彻底颠覆。这一反转不仅揭示了案件的真正凶手和动机，还引发了观众对于正义、复仇和道德困境的深刻反思。

综上所述，1974 年版《东方快车谋杀案》中的情节反转通过误导性的线索、高度一致性的陈述、侦探的推理过程及最终真相的揭示等多个方面得到了充分体现。这些反转不仅增强了故事的悬疑性和观赏性，还深刻探讨了人性复杂性和道德困境等深层次主题。

## 6.2.4　风格反转

　　风格反转指的是短剧在叙事过程中，其整体风格或氛围发生显著且根本性的变化。这种变化可能涉及情感色彩、视觉呈现、叙事手法或主题深度等多个方面，旨在打破观众的预期，带来新颖、深刻的观影体验。

　　常见的风格反转类型包括情感色彩反转、视觉风格反转、叙事手法反转、主题深度反转等，如图6-9所示。

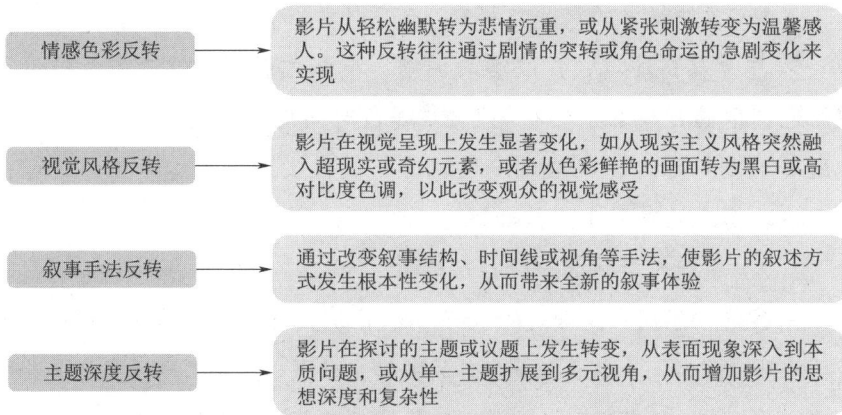

| 情感色彩反转 | → | 影片从轻松幽默转为悲情沉重，或从紧张刺激转变为温馨感人。这种反转往往通过剧情的突转或角色命运的急剧变化来实现 |
|---|---|---|
| 视觉风格反转 | → | 影片在视觉呈现上发生显著变化，如从现实主义风格突然融入超现实或奇幻元素，或者从色彩鲜艳的画面转为黑白或高对比度色调，以此改变观众的视觉感受 |
| 叙事手法反转 | → | 通过改变叙事结构、时间线或视角等手法，使影片的叙述方式发生根本性变化，从而带来全新的叙事体验 |
| 主题深度反转 | → | 影片在探讨的主题或议题上发生转变，从表面现象深入到本质问题，或从单一主题扩展到多元视角，从而增加影片的思想深度和复杂性 |

图6-9　风格反转的类型

## 6.2.5　结局反转

　　结局反转是指在短剧的结尾阶段，剧情以一种出乎意料、颠覆性的方式发生根本性变化，打破观众或读者基于前期情节所建立的预期和认知框架。这种反转不仅改变了故事的走向，还可能重新评价主要角色的行为动机、道德立场或故事的主题意义，从而带来强烈的情感冲击和深刻的思考。

　　结局反转具有突发性、意外性和深度性这三个特点，如图6-10所示。

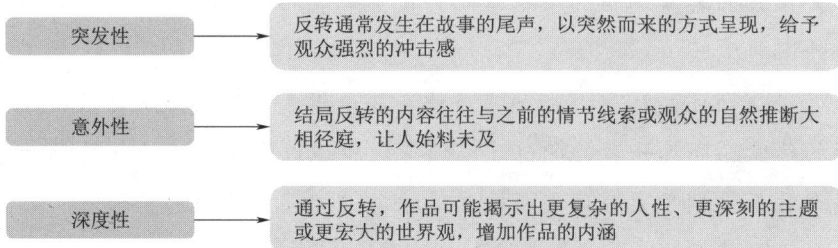

| 突发性 | → | 反转通常发生在故事的尾声，以突然而来的方式呈现，给予观众强烈的冲击感 |
|---|---|---|
| 意外性 | → | 结局反转的内容往往与之前的情节线索或观众的自然推断大相径庭，让人始料未及 |
| 深度性 | → | 通过反转，作品可能揭示出更复杂的人性、更深刻的主题或更宏大的世界观，增加作品的内涵 |

图6-10　结局反转的特点

案例 34：

　　1968 年上映的《人猿星球》（*Planet of the Apes*）改编自同名小说，是一部经典的科幻电影，如图 6-11 所示。其结局的反转以其惊人的创意和深刻的内涵，彻底颠覆了观众对影片前期情节的预设，使整部影片在思想性和艺术性上达到了新的高度。这一反转不仅增强了影片的震撼力和观赏性，更引发了观众对人类文明、科技发展，以及自然法则的深刻反思，具有深远的社会意义和哲学价值。

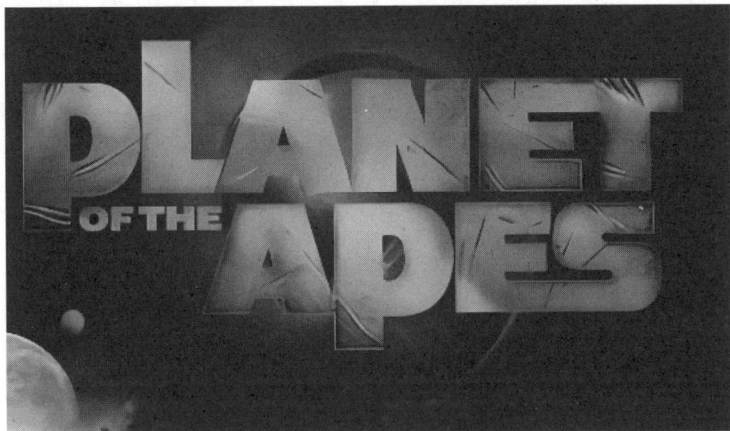

图 6-11　《人猿星球》

　　在《人猿星球》的结尾，主角泰勒历经千辛万苦，试图逃离猿类统治的星球，寻找人类的踪迹。然而，当他最终发现海滩上的遗迹时，却震惊地认出那是自由女神像的头部，从而意识到自己并没有离开地球，而是来到了一个由猿类高度发达、人类却退化至原始状态的未来世界。这一发现彻底颠覆了观众对影片前期所有情节的理解，形成了强烈的反转效果。

# 6.3　制造反转的技巧

　　在短剧中，制造反转是创作者为了打破观众预期、提升故事层次、塑造立体角色、创造独特观影体验并深化作品主题与意义而采用的重要手法，它通过出其不意的情节转折，让作品更加引人入胜，令人回味无穷。本节介绍四个制造反转的技巧，帮助创造者更好地掌握相关方法。

## 6.3.1 巧妙地埋下伏笔

伏笔，又称为"伏线""铺垫"，是短剧创作中常用的一种手法。它指的是在故事的前期或中期，通过微妙的细节、对话、场景设置等方式，为后续的剧情发展或关键情节埋下线索或暗示。

这些伏笔在初次出现时可能并不显眼，甚至可能被观众忽略，但在剧情达到高潮或反转时，它们会成为连接前后情节、揭示真相或引发意外转折的关键。下面介绍埋下伏笔的作用和步骤。

▶▷ 1. 埋下伏笔的作用

在短剧中，埋下伏笔是一种极具策略性的叙事手法，其作用远不止于简单的信息提示或情节铺垫，其详细作用如图 6-12 所示。

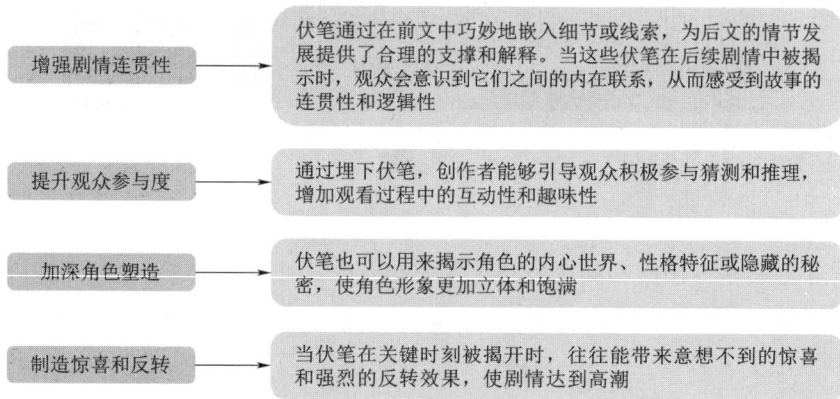

| 增强剧情连贯性 | → | 伏笔通过在前文中巧妙地嵌入细节或线索，为后文的情节发展提供了合理的支撑和解释。当这些伏笔在后续剧情中被揭示时，观众会意识到它们之间的内在联系，从而感受到故事的连贯性和逻辑性 |
|---|---|---|
| 提升观众参与度 | → | 通过埋下伏笔，创作者能够引导观众积极参与猜测和推理，增加观看过程中的互动性和趣味性 |
| 加深角色塑造 | → | 伏笔也可以用来揭示角色的内心世界、性格特征或隐藏的秘密，使角色形象更加立体和饱满 |
| 制造惊喜和反转 | → | 当伏笔在关键时刻被揭开时，往往能带来意想不到的惊喜和强烈的反转效果，使剧情达到高潮 |

图 6-12　埋下伏笔的作用

▶▷ 2. 埋下伏笔的步骤

在埋下伏笔时，遵循一定的步骤能够确保伏笔与剧情紧密相连，并保持伏笔的自然性和连贯性，从而增强观众的参与度和兴趣，提高反转的意外性和震撼力。图 6-13 为埋下伏笔的步骤。

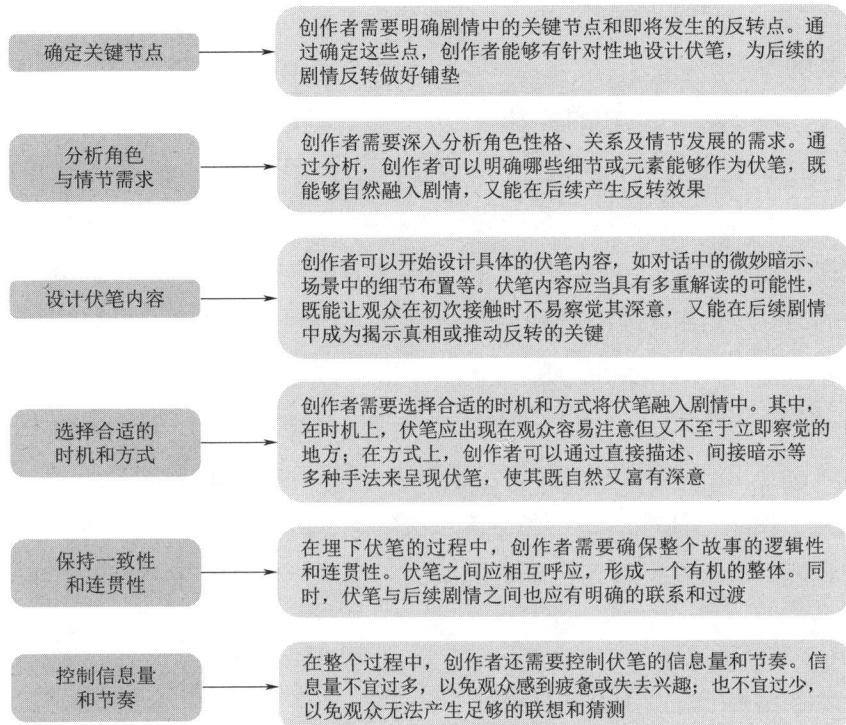

| 确定关键节点 | 创作者需要明确剧情中的关键节点和即将发生的反转点。通过确定这些点，创作者能够有针对性地设计伏笔，为后续的剧情反转做好铺垫 |
| --- | --- |
| 分析角色与情节需求 | 创作者需要深入分析角色性格、关系及情节发展的需求。通过分析，创作者可以明确哪些细节或元素能够作为伏笔，既能够自然融入剧情，又能在后续产生反转效果 |
| 设计伏笔内容 | 创作者可以开始设计具体的伏笔内容，如对话中的微妙暗示、场景中的细节布置等。伏笔内容应当具有多重解读的可能性，既能让观众在初次接触时不易察觉其深意，又能在后续剧情中成为揭示真相或推动反转的关键 |
| 选择合适的时机和方式 | 创作者需要选择合适的时机和方式将伏笔融入剧情中。其中，在时机上，伏笔应出现在观众容易注意但又不至于立即察觉的地方；在方式上，创作者可以通过直接描述、间接暗示等多种手法来呈现伏笔，使其既自然又富有深意 |
| 保持一致性和连贯性 | 在埋下伏笔的过程中，创作者需要确保整个故事的逻辑性和连贯性。伏笔之间应相互呼应，形成一个有机的整体。同时，伏笔与后续剧情之间也应有明确的联系和过渡 |
| 控制信息量和节奏 | 在整个过程中，创作者还需要控制伏笔的信息量和节奏。信息量不宜过多，以免观众感到疲惫或失去兴趣；也不宜过少，以免观众无法产生足够的联想和猜测 |

图 6-13　埋下伏笔的步骤

当剧情发展到关键时刻时，创作者要适时地揭示之前埋下的伏笔，通过角色对话、场景再现、情节反转等手段，使观众恍然大悟并产生强烈的共鸣和震撼，以发挥伏笔的最大效用。

## 6.3.2　合理安排角色动机

角色动机，指的是在短剧中，驱动角色行为、决策和情感反应的内在力量或心理需求。它是角色性格、背景、经历及外部环境等多方面因素综合作用的结果，体现了角色对于特定目标或价值的追求。

合理的角色动机能够使角色形象更加饱满、立体，同时推动剧情的发展，增强故事的吸引力和可信度。下面介绍合理安排角色动机与制造反转的关系，以及安排角色动机的技巧。

▶▶1. 合理安排角色动机与制造反转的关系

合理的安排角色动机与制造反转在短剧中是相互依存、相互促进的关系。

通过深入挖掘和展现角色的动机，并巧妙地运用反转手法，可以创作出更加精彩、引人入胜的故事作品。

（1）角色动机是反转的基础

角色的动机是其行为的内在驱动力。在短剧中，角色的每一个选择和行动都源于其特定的动机。因此，合理的安排角色动机是制造反转的前提和基础。

另外，多层次的动机使得角色行为更加复杂多变，这为反转提供了可能。当角色的动机发生变化或揭示出隐藏的动机时，往往会引发剧情的反转。

（2）反转可以强化角色动机

反转通过打破观众的预期，引发观众的惊讶和好奇，从而增加故事的紧张感和悬念。这种紧张感和悬念又进一步强化了观众对角色动机的关注。

而且，反转往往揭示了角色更深层次的动机或性格特点，使角色形象更加立体和饱满。观众在理解角色动机的同时，也对角色产生了更深的共鸣和情感连接。

▶▷2. 安排角色动机的技巧

在制造反转时，合理安排角色动机不仅有助于增强剧情的吸引力，还能使反转更加自然且令人信服，具体技巧如图6-14所示。

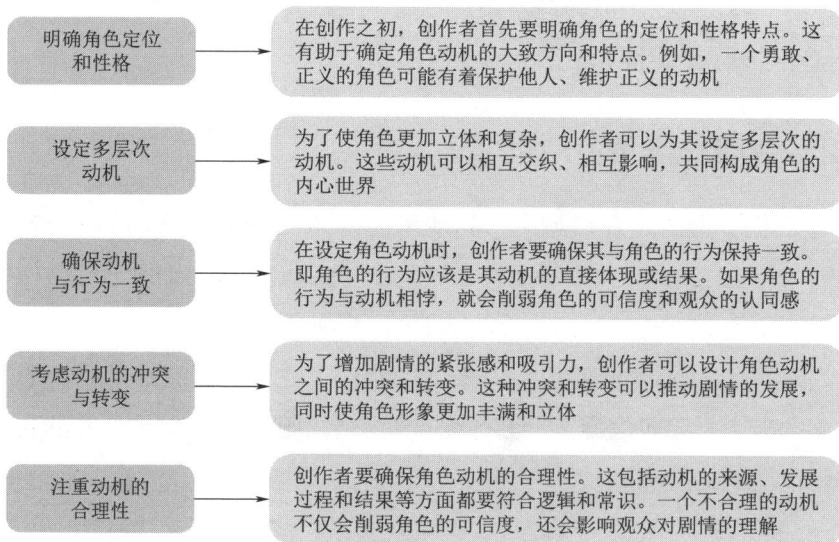

| 明确角色定位和性格 | 在创作之初，创作者首先要明确角色的定位和性格特点。这有助于确定角色动机的大致方向和特点。例如，一个勇敢、正义的角色可能有着保护他人、维护正义的动机 |
| --- | --- |
| 设定多层次动机 | 为了使角色更加立体和复杂，创作者可以为其设定多层次的动机。这些动机可以相互交织、相互影响，共同构成角色的内心世界 |
| 确保动机与行为一致 | 在设定角色动机时，创作者要确保其与角色的行为保持一致。即角色的行为应该是其动机的直接体现或结果。如果角色的行为与动机相悖，就会削弱角色的可信度和观众的认同感 |
| 考虑动机的冲突与转变 | 为了增加剧情的紧张感和吸引力，创作者可以设计角色动机之间的冲突和转变。这种冲突和转变可以推动剧情的发展，同时使角色形象更加丰满和立体 |
| 注重动机的合理性 | 创作者要确保角色动机的合理性。这包括动机的来源、发展过程和结果等方面都要符合逻辑和常识。一个不合理的动机不仅会削弱角色的可信度，还会影响观众对剧情的理解 |

图6-14 安排角色动机的技巧

# 6.3.3　创造意外性

意外性是反转的核心要素之一。创作者需要打破观众的常规思维模式和预期，通过突如其来的情节变化、角色行为或结局等，给观众带来强烈的冲击和惊喜。通过精心设计的意外情节，创作者可以成功吸引观众的注意力，从而提升作品的观赏价值。下面介绍创造意外性的必要性和技巧。

▶▷1.　创造意外性的必要性

创造意外性在制造反转时具有极高的必要性，它不仅能够增强故事的吸引力，提升作品的观赏体验，还能够深化故事主题、增强记忆点，并推动情节发展，具体如图 6-15 所示。

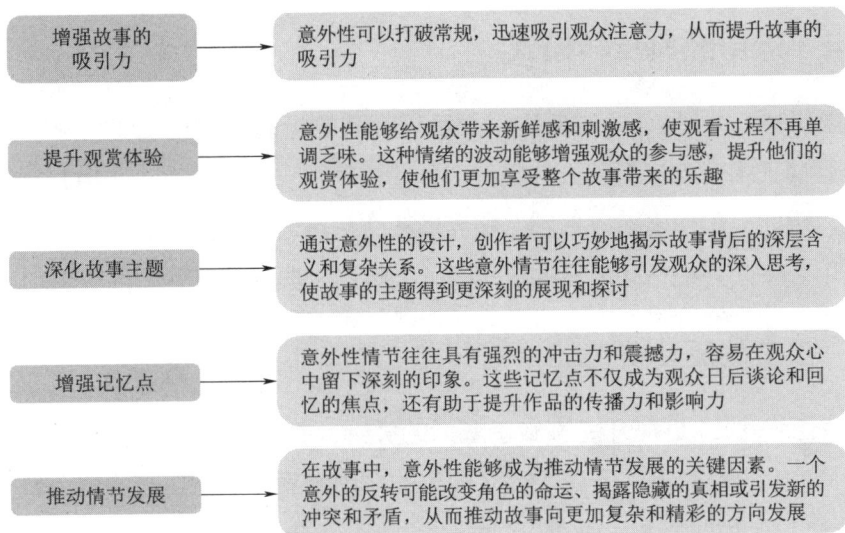

| | |
|---|---|
| 增强故事的吸引力 | 意外性可以打破常规，迅速吸引观众注意力，从而提升故事的吸引力 |
| 提升观赏体验 | 意外性能够给观众带来新鲜感和刺激感，使观看过程不再单调乏味。这种情绪的波动能够增强观众的参与感，提升他们的观赏体验，使他们更加享受整个故事带来的乐趣 |
| 深化故事主题 | 通过意外性的设计，创作者可以巧妙地揭示故事背后的深层含义和复杂关系。这些意外情节往往能够引发观众的深入思考，使故事的主题得到更深刻的展现和探讨 |
| 增强记忆点 | 意外性情节往往具有强烈的冲击力和震撼力，容易在观众心中留下深刻的印象。这些记忆点不仅成为观众日后谈论和回忆的焦点，还有助于提升作品的传播力和影响力 |
| 推动情节发展 | 在故事中，意外性能够成为推动情节发展的关键因素。一个意外的反转可能改变角色的命运、揭露隐藏的真相或引发新的冲突和矛盾，从而推动故事向更加复杂和精彩的方向发展 |

图 6-15　创造意外性的必要性

因此，在创作过程中，创作者应该充分重视意外性的设计，通过精心策划和巧妙安排，为观众带来更加精彩和难忘的故事体验。

▶▷2.　创造意外性的技巧

通过创造意外性来制造反转是短剧创作中不可或缺的手法之一。创作者需要掌握分析观众预期、设计意外性情节、注意细节铺垫与呼应等技巧，以创造出令人惊叹的反转效果，如图 6-16 所示。

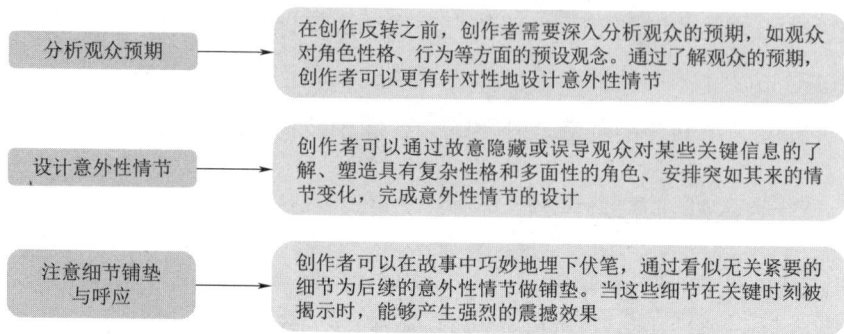

| | |
|---|---|
| 分析观众预期 | 在创作反转之前，创作者需要深入分析观众的预期，如观众对角色性格、行为等方面的预设观念。通过了解观众的预期，创作者可以更有针对性地设计意外性情节 |
| 设计意外性情节 | 创作者可以通过故意隐藏或误导观众对某些关键信息的了解、塑造具有复杂性格和多面性的角色、安排突如其来的情节变化，完成意外性情节的设计 |
| 注意细节铺垫与呼应 | 创作者可以在故事中巧妙地埋下伏笔，通过看似无关紧要的细节为后续的意外性情节做铺垫。当这些细节在关键时刻被揭示时，能够产生强烈的震撼效果 |

图 6-16　创造意外性的技巧

## 6.3.4　运用经典反转模式

在短剧中，一些经典的反转模式经过时间的检验，被证明是行之有效的。这些经典模式本身就具有强大的吸引力，通过巧妙运用可以进一步提升剧情的反转效果。因此，创作者可以借鉴这些经典模式，结合自己的创意和剧情需求进行灵活运用。下面介绍一些经典的反转模式及运用经典反转模式的注意事项。

▶▷1. 经典的反转模式

经典反转模式是提升短剧叙事魅力的关键，它通过打破预期，在关键时刻引发剧情的戏剧性转折，不仅增强了故事的吸引力与深度，还使故事发展充满不可预测性，极大地强化了观众的观影体验。下面介绍一些经典的反转模式，如图 6-17 所示。

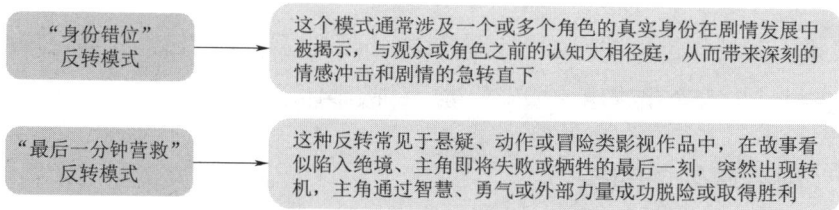

| | |
|---|---|
| "身份错位"反转模式 | 这个模式通常涉及一个或多个角色的真实身份在剧情发展中被揭示，与观众或角色之前的认知大相径庭，从而带来深刻的情感冲击和剧情的急转直下 |
| "最后一分钟营救"反转模式 | 这种反转常见于悬疑、动作或冒险类影视作品中，在故事看似陷入绝境、主角即将失败或牺牲的最后一刻，突然出现转机，主角通过智慧、勇气或外部力量成功脱险或取得胜利 |

| "意料之外的盟友或敌人"反转模式 | 在故事中，某个角色被观众或主角视为盟友或敌人，但随着剧情的发展，这个角色的真实立场或动机被揭示，与之前的认知完全相反 |
| "悬念式"反转模式 | 这种反转常见于悬疑、动作或冒险类影视作品中，在故事看似陷入绝境、主角即将失败或牺牲的最后一刻，突然出现转机，主角通过智慧、勇气或外部力量成功脱险或取得胜利 |

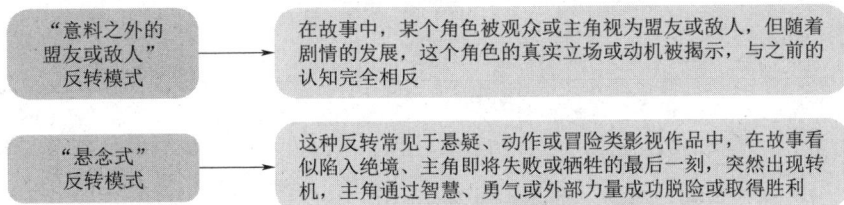

图 6-17 经典的反转模式

## ▷▷2. 运用经典反转模式的注意事项

一个灵活运用的反转模式不仅能引发观众的强烈共鸣，还能让他们在惊喜之余深思故事的内涵。然而，若不慎使用或处理不当，反转模式也可能成为故事的败笔，破坏整体的连贯性和可信度。因此，在运用经典反转模式时，需要遵循一些注意事项，如图 6-18 所示。

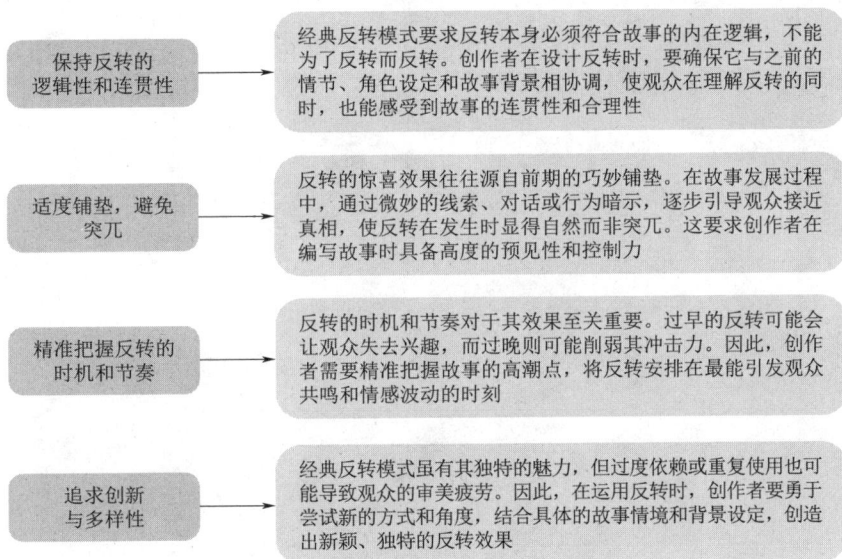

| 保持反转的逻辑性和连贯性 | 经典反转模式要求反转本身必须符合故事的内在逻辑，不能为了反转而反转。创作者在设计反转时，要确保它与之前的情节、角色设定和故事背景相协调，使观众在理解反转的同时，也能感受到故事的连贯性和合理性 |
| 适度铺垫，避免突兀 | 反转的惊喜效果往往源自前期的巧妙铺垫。在故事发展过程中，通过微妙的线索、对话或行为暗示，逐步引导观众接近真相，使反转在发生时显得自然而非突兀。这要求创作者在编写故事时具备高度的预见性和控制力 |
| 精准把握反转的时机和节奏 | 反转的时机和节奏对于其效果至关重要。过早的反转可能会让观众失去兴趣，而过晚则可能削弱其冲击力。因此，创作者需要精准把握故事的高潮点，将反转安排在最能引发观众共鸣和情感波动的时刻 |
| 追求创新与多样性 | 经典反转模式虽有其独特的魅力，但过度依赖或重复使用也可能导致观众的审美疲劳。因此，在运用反转时，创作者要勇于尝试新的方式和角度，结合具体的故事情境和背景设定，创造出新颖、独特的反转效果 |

图 6-18 运用经典反转模式的注意事项

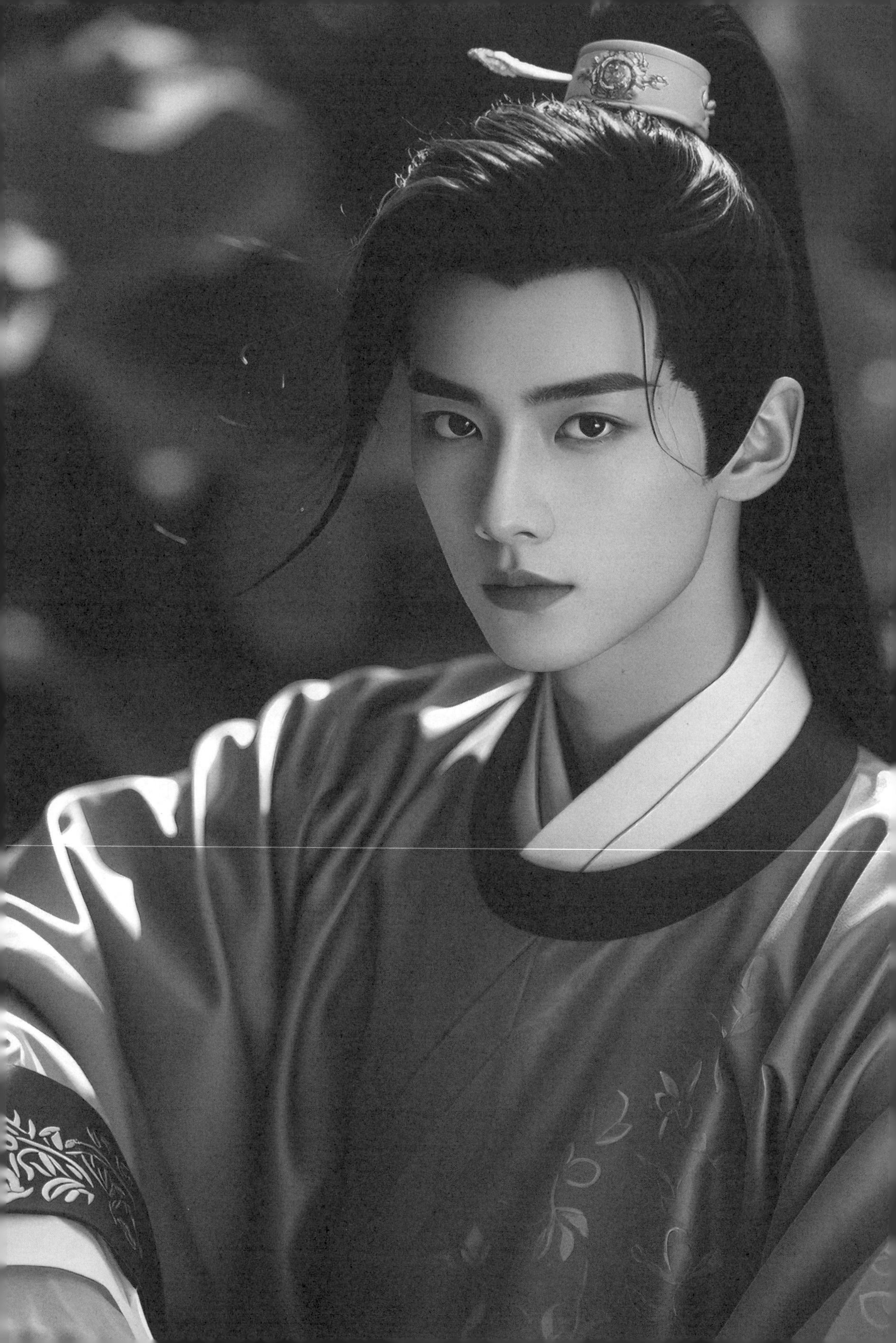

# 第 7 章

# 爽点：引发
# 观众共鸣

在短剧中，爽点是吸引观众、提升剧情张力和满足观众情感需求的重要因素。通过精心设置爽点，短剧能够更好地吸引观众的注意力，提升他们的观看体验。本章主要介绍爽点的基础知识、常见类型和设置技巧，帮助创作者更好地引发观众的情感共鸣，增强他们观看的沉浸感。

## 7.1 短剧中的爽点

在短剧中，爽点作为吸引观众、提升观剧体验的关键元素，扮演着不可或缺的角色。它们不仅能够迅速抓住观众的注意力，还能在剧情发展中持续激发观众的情感共鸣，增强故事的吸引力和观赏性。本节介绍爽点的表现形式、特点、作用、注意事项，以及与冲突和反转的关系。

### 7.1.1 爽点的表现形式

在短剧中，当观众看到主角克服困难、实现目标、获得胜利、揭露真相或经历某种极致的情感释放时，内心会涌起一股满足感和愉悦感，这种情感上的极致体验就被称为爽点。

在短剧中，爽点有多种表现形式，如图 7-1 所示。

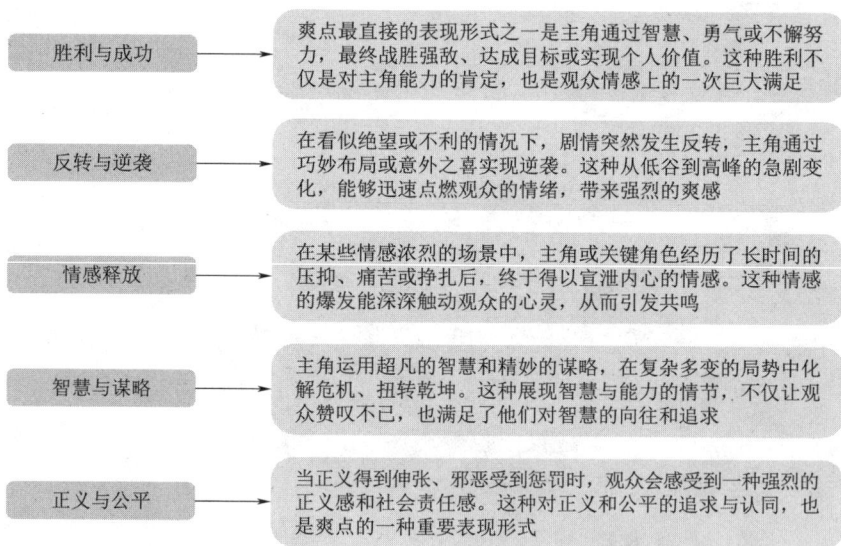

| 胜利与成功 | 爽点最直接的表现形式之一是主角通过智慧、勇气或不懈努力，最终战胜强敌、达成目标或实现个人价值。这种胜利不仅是对主角能力的肯定，也是观众情感上的一次巨大满足 |
| 反转与逆袭 | 在看似绝望或不利的情况下，剧情突然发生反转，主角通过巧妙布局或意外之喜实现逆袭。这种从低谷到高峰的急剧变化，能够迅速点燃观众的情绪，带来强烈的爽感 |
| 情感释放 | 在某些情感浓烈的场景中，主角或关键角色经历了长时间的压抑、痛苦或挣扎后，终于得以宣泄内心的情感。这种情感的爆发能深深触动观众的心灵，从而引发共鸣 |
| 智慧与谋略 | 主角运用超凡的智慧和精妙的谋略，在复杂多变的局势中化解危机、扭转乾坤。这种展现智慧与能力的情节，不仅让观众赞叹不已，也满足了他们对智慧的向往和追求 |
| 正义与公平 | 当正义得到伸张、邪恶受到惩罚时，观众会感受到一种强烈的正义感和社会责任感。这种对正义和公平的追求与认同，也是爽点的一种重要表现形式 |

图 7-1　爽点的表现形式

### 7.1.2 爽点的特点

爽点是一种能够给予观众强烈正面情绪反馈的特定情节或场景，它不仅仅是一个简单的剧情转折，更是观众情感上的一次高潮体验。在短剧中，爽点具有以下特点，如图 7-2 所示。

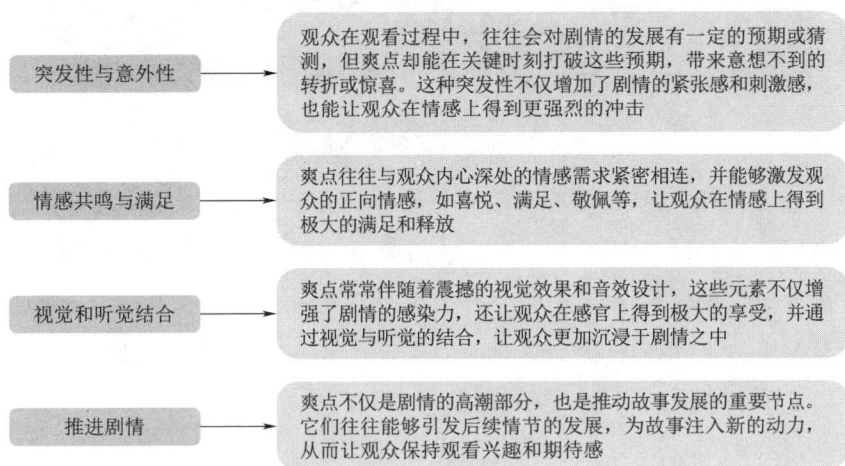

| | |
|---|---|
| 突发性与意外性 | 观众在观看过程中，往往会对剧情的发展有一定的预期或猜测，但爽点却能在关键时刻打破这些预期，带来意想不到的转折或惊喜。这种突发性不仅增加了剧情的紧张感和刺激感，也能让观众在情感上得到更强烈的冲击 |
| 情感共鸣与满足 | 爽点往往与观众内心深处的情感需求紧密相连，并能够激发观众的正向情感，如喜悦、满足、敬佩等，让观众在情感上得到极大的满足和释放 |
| 视觉和听觉结合 | 爽点常常伴随着震撼的视觉效果和音效设计，这些元素不仅增强了剧情的感染力，还让观众在感官上得到极大的享受，并通过视觉与听觉的结合，让观众更加沉浸于剧情之中 |
| 推进剧情 | 爽点不仅是剧情的高潮部分，也是推动故事发展的重要节点。它们往往能够引发后续情节的发展，为故事注入新的动力，从而让观众保持观看兴趣和期待感 |

图 7-2　爽点的特点

## 7.1.3　爽点的作用

在短剧中，爽点不仅是吸引观众注意力的关键，更是提升作品整体质感和观赏体验的核心要素。它们如同情感的催化剂，激发观众内心的共鸣与愉悦，使作品在众多内容中脱颖而出。下面介绍爽点的五个作用。

▶▶▷ 1. 增强情感共鸣

爽点往往触及观众内心深处的情感需求，如正义的胜利、勇气的展现、梦想的实现等，这些都能引发观众的强烈共鸣。通过爽点的设置，观众能够在角色身上看到自己的影子，感受到与角色相似的情感体验，从而加深与作品的情感联系。

## 案例 35：

1939 年上映的电影《乱世佳人》（*Gone with the Wind*，别名《飘》）改编自同名小说，是一部具有深刻历史意义和丰富情感内涵的经典影视作品，它通过生动的故事情节和鲜明的人物形象，向观众展示了战争、爱情、生存与成长的复杂交织，如图 7-3 所示。

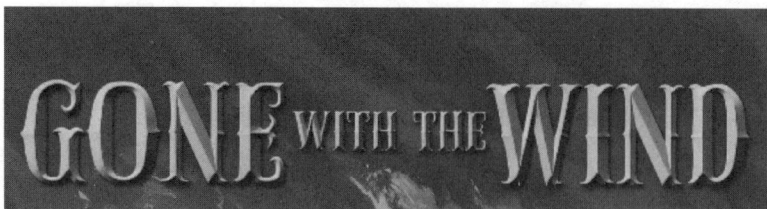

图 7-3　《乱世佳人》

在影片中，女主角斯嘉丽历经战乱、失去亲人、爱情挫折等重重打击，但她始终坚强不屈，努力生存。在影片的高潮部分，当斯嘉丽在废墟中发誓"明天又是新的一天"时，这一爽点不仅展现了她的坚韧与乐观，也深深触动了观众的心灵。观众在斯嘉丽的身上看到了面对困境不屈不挠的精神，从而引发了强烈的情感共鸣和释放。

### ▶▶2. 推动剧情发展

爽点作为剧情的高潮部分，通常标志着重要转折点的到来。它们不仅解决了前文的冲突或悬念，还为后续情节的发展铺设了道路。爽点的出现打破了原有的剧情平衡，推动故事向新的方向发展，使剧情更加紧凑和引人入胜。

## 案例 36：

1975 年上映的电影《飞越疯人院》（*One Flew Over the Cuckoo's Nest*）改编自长篇小说《飞越布谷鸟巢》，是一部在电影史上具有重要地位和深远影响的经典之作。它以深刻的思想内涵、出色的表演、独特的叙事风格和视觉呈现赢得了广泛赞誉和高度评价，成为电影史上不可多得的佳作之一，如图 7-4 所示。

图 7-4　《飞越疯人院》

影片中的一个重要爽点，是兰德尔组织了一次医院内的"钓鱼之旅"。他巧妙地利用医院的活动室布置成一个钓鱼场景，让病人们暂时忘却了医院的束缚，享受到了片刻的自由与欢乐。这一过程中，兰德尔不仅展现了他的领导力和创造力，还激发了病人们对自由生活的向往和追求。

然而，这次钓鱼之旅并非仅仅是娱乐，它更是兰德尔对医院制度的一次大胆反抗。他通过这种方式，向护士长拉契特和整个医院体系发出了挑战，表达了自己对自由的渴望。当病人们沉浸在钓鱼的乐趣中时，影片的紧张氛围达到了高潮，观众也仿佛与角色们一同感受到了那份久违的自由与解脱。

这个爽点的出现，不仅丰富了影片的叙事层次，也推动了剧情的深入发展。它让观众看到了兰德尔作为"反叛者"的形象更加鲜明，也为后续他与护士长之间更加激烈的冲突埋下了伏笔。同时，这次钓鱼之旅也激发了其他病人对现状的不满和反抗意识，为整个故事的结局埋下了重要的伏笔。

## ▶▶ 3. 塑造角色形象

爽点往往通过展现主角或其他关键角色的英勇、智慧、坚韧等特质来塑造其形象。在爽点场景中，角色的性格特点和能力水平得到了淋漓尽致的展现，使观众对角色产生更加深刻的印象和喜爱。这些形象鲜明的角色成为观众心中难以忘怀的经典形象。

## ▶▶ 4. 提升观赏体验

爽点以其突发性、紧张感与释放等特点，为观众带来了强烈的视觉冲击和情感释放。它们打破了平淡无奇的剧情节奏，为观众带来了紧张刺激、畅快淋漓的观赏体验。这种体验使观众在短时间内获得极大的满足感和愉悦感，增强了他们对作品的喜爱和认可。

### ▶▷ 5. 增强观众黏性

爽点作为吸引观众眼球的利器，能够激发观众对剧情的好奇心和期待感。当观众被某个爽点吸引时，他们会迫切想要知道接下来会发生什么，从而持续关注和观看下去。这种黏性不仅有助于提升作品的收视率和口碑，还为后续的续集或衍生作品奠定了坚实的观众基础。

## 7.1.4 设置爽点时的常见问题

爽点是短剧中不可或缺的重要元素，通过合理地设置爽点可以提升作品的观赏性和吸引力。然而，创作者在设置爽点时需要注意避免以下问题，以确保观众能够获得最佳的观影体验，如图 7-5 所示。

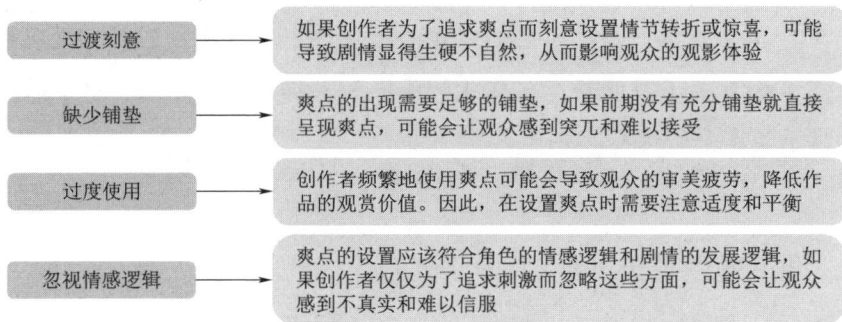

图 7-5 设置爽点时需要规避的问题

## 7.1.5 爽点、冲突和反转的关系

在短剧中，爽点、冲突和反转是三个紧密相连、相互作用的关键元素，它们共同构建了剧情的张力与吸引力，具体内容如下。

### ▶▷ 1. 冲突为爽点和反转提供基础

冲突的存在为爽点和反转的产生提供了必要的背景和情境。没有冲突，剧情就会显得平淡无奇，难以激发观众的情感波动和兴趣。另外，冲突中的紧张感和不确定性促使观众更加关注剧情的发展，期待主角如何面对挑战、解决困境，这为爽点的到来和反转的设置铺垫了基础。

## ▶▷ 2. 爽点是冲突解决的高潮与观众情感的释放

当主角通过努力、智慧或外部助力成功解决冲突时，这种成就感就会转化为观众的爽点体验。爽点是观众情感释放的高潮部分，它让观众感受到剧情和角色的魅力。

需要注意的是，爽点的设置需要紧密结合冲突的发展，既要符合逻辑和情理，又要能够触动观众的情感共鸣点。只有这样，才能让观众在观看过程中产生强烈的愉悦感和满足感。

## ▶▷ 3. 反转加剧冲突并创造新的爽点

反转通过打破观众原有的预期和认知，加剧了冲突的紧张感和不确定性。它使剧情变得更加复杂和有趣，吸引了观众的注意力和好奇心。

反转还可以创造新的爽点。当剧情在观众预期之外发生转折时，这种出乎意料的情节变化能够迅速激发观众的情感波动和兴奋感。特别是当反转带来积极的结果或解决方式时，观众会感到极大的满足和愉悦。

下面以一个英雄崛起的短剧故事为例，分析故事中的冲突、反转和爽点，帮助创作者更好地理解三者的关系，如图 7-6 所示。

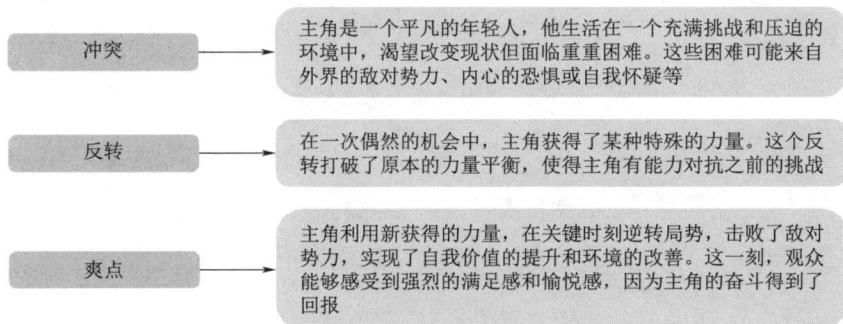

| 冲突 | 主角是一个平凡的年轻人，他生活在一个充满挑战和压迫的环境中，渴望改变现状但面临重重困难。这些困难可能来自外界的敌对势力、内心的恐惧或自我怀疑等 |
| --- | --- |
| 反转 | 在一次偶然的机会中，主角获得了某种特殊的力量。这个反转打破了原本的力量平衡，使得主角有能力对抗之前的挑战 |
| 爽点 | 主角利用新获得的力量，在关键时刻逆转局势，击败了敌对势力，实现了自我价值的提升和环境的改善。这一刻，观众能够感受到强烈的满足感和愉悦感，因为主角的奋斗得到了回报 |

图 7-6　一个英雄崛起的短剧故事中的冲突、反转和爽点

## 7.2　爽点的类型

爽点在短剧中多种多样，它们各自以不同的方式吸引着观众，并为他们带

来强烈的愉悦感和满足感。本节介绍五种常见的爽点类型。

## 7.2.1　身份反转类爽点

身份反转类爽点是指在短剧中，主角或关键角色的身份、地位、能力或社会角色在剧情发展过程中发生根本性、戏剧性的变化，从而带给观众强烈的惊喜、满足感和情感冲击。这种变化往往打破了观众对角色原有的认知框架，创造出一种全新的角色形象和故事走向。图 7-7 为身份反转类爽点的特点。

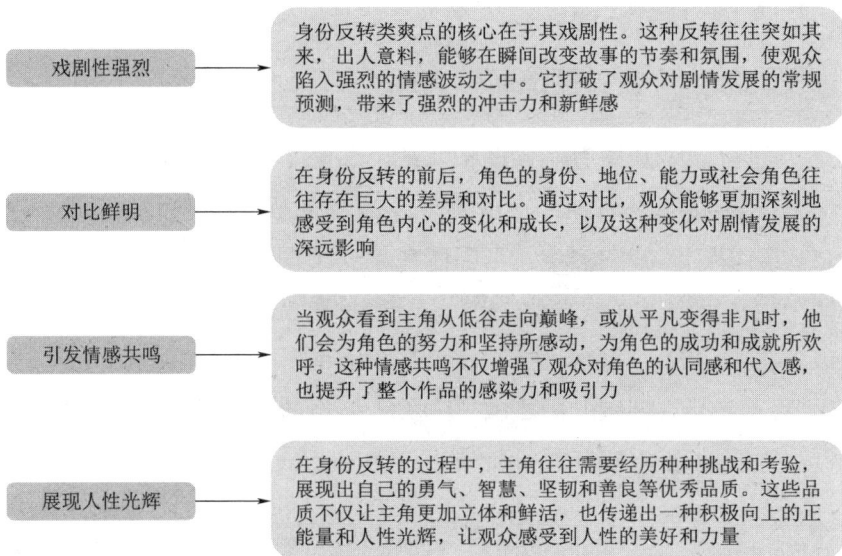

| 戏剧性强烈 | 身份反转类爽点的核心在于其戏剧性。这种反转往往突如其来，出人意料，能够在瞬间改变故事的节奏和氛围，使观众陷入强烈的情感波动之中。它打破了观众对剧情发展的常规预测，带来了强烈的冲击力和新鲜感 |
|---|---|
| 对比鲜明 | 在身份反转的前后，角色的身份、地位、能力或社会角色往往存在巨大的差异和对比。通过对比，观众能够更加深刻地感受到角色内心的变化和成长，以及这种变化对剧情发展的深远影响 |
| 引发情感共鸣 | 当观众看到主角从低谷走向巅峰，或从平凡变得非凡时，他们会为角色的努力和坚持所感动，为角色的成功和成就所欢呼。这种情感共鸣不仅增强了观众对角色的认同感和代入感，也提升了整个作品的感染力和吸引力 |
| 展现人性光辉 | 在身份反转的过程中，主角往往需要经历种种挑战和考验，展现出自己的勇气、智慧、坚韧和善良等优秀品质。这些品质不仅让主角更加立体和鲜活，也传递出一种积极向上的正能量和人性光辉，让观众感受到人性的美好和力量 |

图 7-7　身份反转类爽点的特点

以一部职场短剧为例，剧中一个看似不起眼的实习生突然展现出惊人的才华和能力，迅速获得公司高层的认可，甚至成为关键项目的负责人，这种从"小透明"到"大主角"的身份反转，无疑会让观众大呼过瘾。

## 7.2.2　情感满足类爽点

情感满足类爽点，就是当角色之间的情感关系得到圆满解决或达到某种深刻的和谐状态时，观众所感受到的愉悦和满足。这种满足不仅仅来源于故事的结局，更在于整个情感发展过程中，角色之间真实、细腻的情感交流和互动。

情感满足类爽点可以是爱情的甜蜜、友情的坚固、亲情的温暖，也可以是更广泛意义上的人际关系的和解与升华，具体表现形式如图7-8所示。

| | |
|---|---|
| 爱情圆满 | 在爱情故事中，主角经历种种考验后终于与心爱的人走到一起，实现爱情的圆满。这种结局不仅让观众感受到爱情的甜蜜和美好，也满足了他们对爱情幸福结局的期待 |
| 友情坚固 | 在展现友情的影视作品中，角色之间通过相互支持、帮助和牺牲来巩固彼此之间的友情。当友情面临挑战时，他们共同面对并克服困难，最终让友情更加坚固和深厚 |
| 亲情温暖 | 亲情类短剧通过展现家庭成员之间的关爱、理解和包容来传递亲情的温暖。这种亲情的温暖不仅让观众感受到家的温馨和幸福，也让他们更加珍惜身边的亲人 |
| 人际和解 | 当角色之间因为某种原因产生矛盾或隔阂时，通过沟通和理解来消除误会并达成和解。这种和解不仅让角色之间的关系得到修复和升华，也让观众在情感上得到满足和愉悦 |

图 7-8　情感满足类爽点的表现形式

情感满足类爽点具有一系列鲜明的特点，这些特点不仅使得情感满足类爽点在众多情节点中脱颖而出，也成为吸引观众、提升作品质量的关键因素，如图7-9所示。

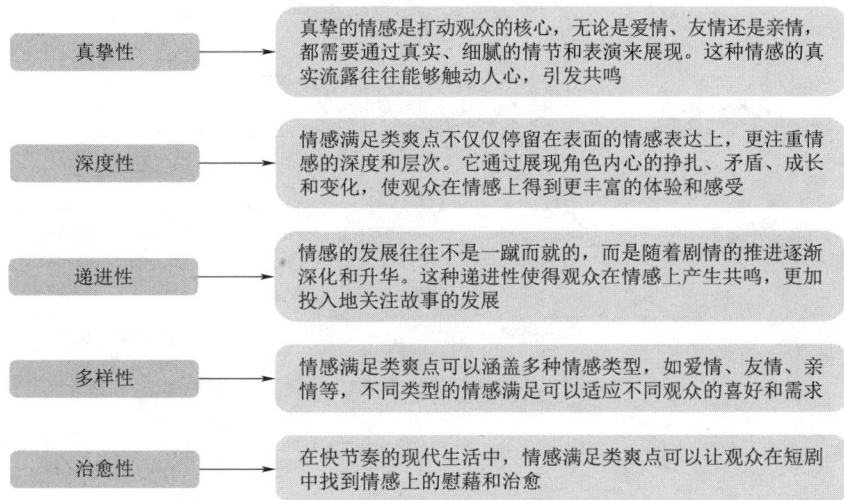

| | |
|---|---|
| 真挚性 | 真挚的情感是打动观众的核心，无论是爱情、友情还是亲情，都需要通过真实、细腻的情节和表演来展现。这种情感的真实流露往往能够触动人心，引发共鸣 |
| 深度性 | 情感满足类爽点不仅仅停留在表面的情感表达上，更注重情感的深度和层次。它通过展现角色内心的挣扎、矛盾、成长和变化，使观众在情感上得到更丰富的体验和感受 |
| 递进性 | 情感的发展往往不是一蹴而就的，而是随着剧情的推进逐渐深化和升华。这种递进性使得观众在情感上产生共鸣，更加投入地关注故事的发展 |
| 多样性 | 情感满足类爽点可以涵盖多种情感类型，如爱情、友情、亲情等，不同类型的情感满足可以适应不同观众的喜好和需求 |
| 治愈性 | 在快节奏的现代生活中，情感满足类爽点可以让观众在短剧中找到情感上的慰藉和治愈 |

图 7-9　情感满足类爽点的特点

## 7.2.3　逆袭类爽点

在短剧中，逆袭类爽点指的是主角原本处于劣势或困境中，通过不懈的努力、智慧或外部机遇，最终实现自我超越、打败对手、改变命运，从而引发观众强烈情感共鸣的情节设置。这种爽点往往充满了转折和惊喜，是吸引观众继续观看的重要动力。

逆袭类爽点和身份反转类爽点都是短剧中常见的吸引观众的元素，它们各自具有独特的特点和表现形式，但共同点在于都能够给观众带来强烈的情感共鸣和戏剧体验。图 7-10 为逆袭类爽点和身份反转类爽点的相同点，图 7-11 为逆袭类爽点和身份反转类爽点的不同点。

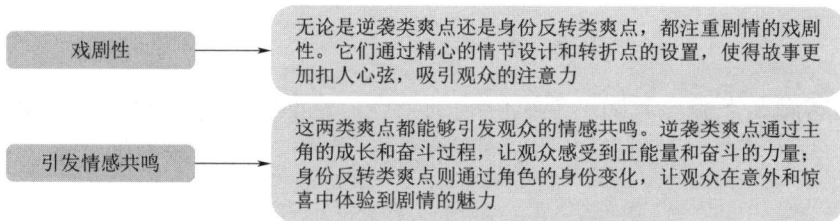

| 戏剧性 | 无论是逆袭类爽点还是身份反转类爽点，都注重剧情的戏剧性。它们通过精心的情节设计和转折点的设置，使得故事更加扣人心弦，吸引观众的注意力 |
| --- | --- |
| 引发情感共鸣 | 这两类爽点都能够引发观众的情感共鸣。逆袭类爽点通过主角的成长和奋斗过程，让观众感受到正能量和奋斗的力量；身份反转类爽点则通过角色的身份变化，让观众在意外和惊喜中体验到剧情的魅力 |

图 7-10　逆袭类爽点和身份反转类爽点的相同点

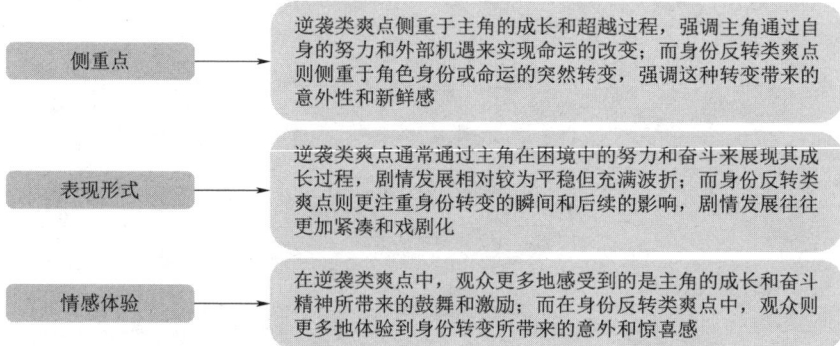

| 侧重点 | 逆袭类爽点侧重于主角的成长和超越过程，强调主角通过自身的努力和外部机遇来实现命运的改变；而身份反转类爽点则侧重于角色身份或命运的突然转变，强调这种转变带来的意外性和新鲜感 |
| --- | --- |
| 表现形式 | 逆袭类爽点通常通过主角在困境中的努力和奋斗来展现其成长过程，剧情发展相对较为平稳但充满波折；而身份反转类爽点则更注重身份转变的瞬间和后续的影响，剧情发展往往更加紧凑和戏剧化 |
| 情感体验 | 在逆袭类爽点中，观众更多地感受到的是主角的成长和奋斗精神所带来的鼓舞和激励；而在身份反转类爽点中，观众则更多地体验到身份转变所带来的意外和惊喜感 |

图 7-11　逆袭类爽点和身份反转类爽点的不同点

在创作过程中，创作者可以根据剧情需要灵活运用这两种爽点，以提升作品的吸引力和观赏性。

## 7.2.4　视觉与感官刺激类爽点

在短剧中，视觉与感官刺激类爽点是指通过精心设计的场景、动作、特效、音效等元素，直接刺激观众的视觉和听觉神经，从而引发观众的强烈反应和情感共鸣。这类爽点不仅能够迅速吸引观众的注意力，还能提升观众的观剧体验，使他们在短时间内获得强烈的满足感和愉悦感。下面介绍视觉与感官刺激类爽点的特点、表现形式和注意事项。

## ▶▷1. 视觉与感官刺激类爽点的特点

在短剧中，视觉与感官刺激类爽点以其独特而鲜明的特点，成为吸引观众、提升观剧体验的关键因素，具体内容如下。

（1）直接性。这类爽点直接作用于观众的感官，无须过多思考和解读，就能迅速引起观众的反应。

（2）强烈性。这类爽点通过高强度的视觉和听觉刺激，给观众带来强烈的冲击力和震撼感。

（3）短暂性。在短剧中，这类爽点通常较为集中且短暂，旨在迅速提升观众的情绪状态。

（4）吸引性。强烈的视觉和感官刺激能够迅速吸引观众的注意力，从而增加短剧的吸引力和观赏性。

## ▶▷2. 视觉与感官刺激类爽点的表现形式

常见的视觉与感官刺激类爽点包括高速的动作场面、惊险的特效展示、震撼的音效设计及引人入胜的色彩和构图等，如图 7-12 所示。

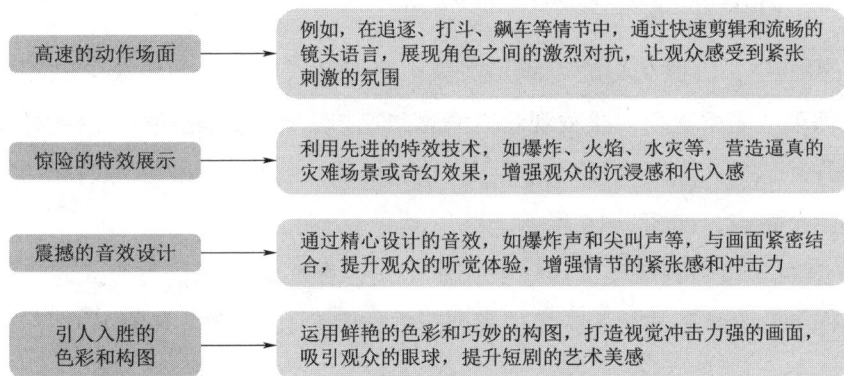

| 高速的动作场面 | 例如，在追逐、打斗、飙车等情节中，通过快速剪辑和流畅的镜头语言，展现角色之间的激烈对抗，让观众感受到紧张刺激的氛围 |
| 惊险的特效展示 | 利用先进的特效技术，如爆炸、火焰、水灾等，营造逼真的灾难场景或奇幻效果，增强观众的沉浸感和代入感 |
| 震撼的音效设计 | 通过精心设计的音效，如爆炸声和尖叫声等，与画面紧密结合，提升观众的听觉体验，增强情节的紧张感和冲击力 |
| 引人入胜的色彩和构图 | 运用鲜艳的色彩和巧妙的构图，打造视觉冲击力强的画面，吸引观众的眼球，提升短剧的艺术美感 |

图 7-12　视觉与感官刺激类爽点的表现形式

## ▷▷ 3. 视觉与感官刺激类爽点的注意事项

在短剧中，创作者在设计视觉与感官刺激类爽点时，需要注意以下几个关键事项，以确保这些元素既能吸引观众又能保持作品的整体质量和深度，如图7-13所示。

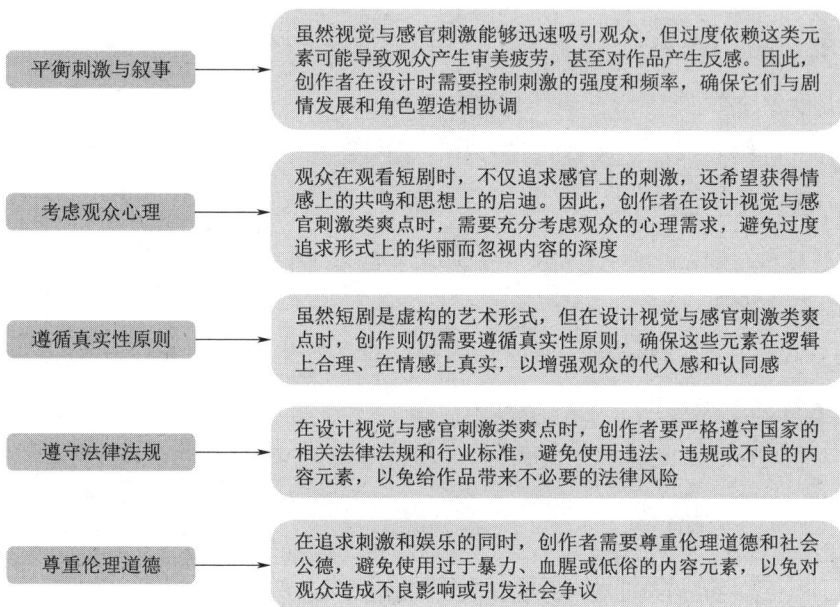

| 平衡刺激与叙事 | → | 虽然视觉与感官刺激能够迅速吸引观众，但过度依赖这类元素可能导致观众产生审美疲劳，甚至对作品产生反感。因此，创作者在设计时需要控制刺激的强度和频率，确保它们与剧情发展和角色塑造相协调 |
| --- | --- | --- |
| 考虑观众心理 | → | 观众在观看短剧时，不仅追求感官上的刺激，还希望获得情感上的共鸣和思想上的启迪。因此，创作者在设计视觉与感官刺激类爽点时，需要充分考虑观众的心理需求，避免过度追求形式上的华丽而忽视内容的深度 |
| 遵循真实性原则 | → | 虽然短剧是虚构的艺术形式，但在设计视觉与感官刺激类爽点时，创作则仍需要遵循真实性原则，确保这些元素在逻辑上合理、在情感上真实，以增强观众的代入感和认同感 |
| 遵守法律法规 | → | 在设计视觉与感官刺激类爽点时，创作者要严格遵守国家的相关法律法规和行业标准，避免使用违法、违规或不良的内容元素，以免给作品带来不必要的法律风险 |
| 尊重伦理道德 | → | 在追求刺激和娱乐的同时，创作者需要尊重伦理道德和社会公德，避免使用过于暴力、血腥或低俗的内容元素，以免对观众造成不良影响或引发社会争议 |

图7-13　视觉与感官刺激类爽点的注意事项

## 7.2.5　价值观与道德满足类爽点

在短剧中，价值观与道德满足类爽点是指通过剧中角色所展现的积极、正面的价值观或道德观念，激发观众的情感共鸣与认同，进而带给观众精神上的满足与提升。这类爽点通常具有正面引导性、情感共鸣性、榜样示范性和传播社会正能量四个特点，如图7-14所示。

价值观与道德满足类爽点一般聚焦于角色在面对困境、挑战或道德抉择时所展现出的高尚品质与行为，具体表现形式如图7-15所示。

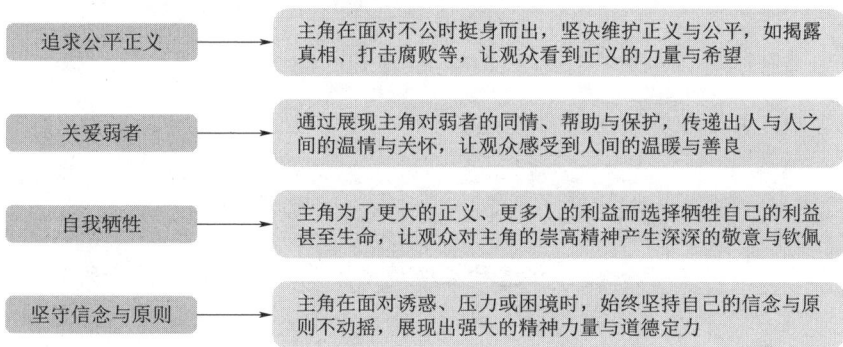

| 正面引导性 | → | 这类爽点以正面的价值观和道德观念为导向，旨在引导观众形成正确的道德判断和价值观念，提升整体社会道德水平 |
| 情感共鸣性 | → | 通过展现角色在道德抉择中的坚持与牺牲，激发观众的情感共鸣，使观众在感同身受中体验到道德的力量与美好 |
| 榜样示范性 | → | 主角或关键角色成为观众心中的道德榜样，他们的行为选择为观众树立了可供效仿的标杆，激励观众在现实生活中也秉持高尚的道德情操 |
| 传播社会正能量 | → | 这类爽点传递出积极向上的社会正能量，有助于构建和谐、文明的社会风尚，促进社会的整体进步与发展 |

图 7-14　价值观与道德满足类爽点的特点

| 追求公平正义 | → | 主角在面对不公时挺身而出，坚决维护正义与公平，如揭露真相、打击腐败等，让观众看到正义的力量与希望 |
| 关爱弱者 | → | 通过展现主角对弱者的同情、帮助与保护，传递出人与人之间的温情与关怀，让观众感受到人间的温暖与善良 |
| 自我牺牲 | → | 主角为了更大的正义、更多人的利益而选择牺牲自己的利益甚至生命，让观众对主角的崇高精神产生深深的敬意与钦佩 |
| 坚守信念与原则 | → | 主角在面对诱惑、压力或困境时，始终坚持自己的信念与原则不动摇，展现出强大的精神力量与道德定力 |

图 7-15　价值观与道德满足类爽点的表现形式

## 案例 37：

电影《正午》（*High Noon*）是一部 1952 年上映的美国西部片，如图 7-16 所示，讲述了一名小镇警长威尔在无法寻得助手的情况下，只身对抗四个前来报仇恶徒的故事，深刻体现了主角在面对巨大挑战时的自我牺牲精神。

影片中的价值观与道德满足类爽点集中表现在主角威尔和他妻子身上，具体分析如下。

（1）正义与责任的坚守

凯恩作为警长，面对恶势力的威胁，没有选择逃避或妥协，而是毅然决然地承担起保护小镇的责任。他孤身一人对抗四个恶名昭彰的罪犯，展现了强烈的正义感和责任感。这种在危难时刻挺身而出、勇于担当的精神，深深触动了观众的心灵，满足了观众对于正义和责任的期待。

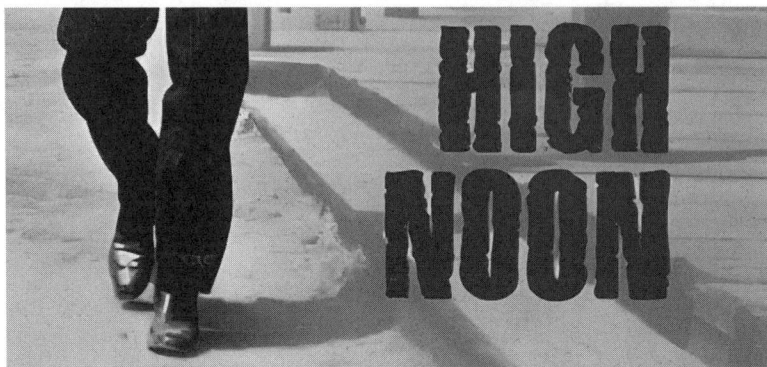

图7-16 《正午》

（2）孤独英雄的形象塑造

在影片中，凯恩几乎得不到小镇居民的支持和帮助，他们或是因为恐惧，或是因为自私而选择了逃避。凯恩在孤独中坚持正义，他的形象成为一个孤独的英雄。这种在逆境中不屈不挠、坚持信念的形象，让观众感受到了强烈的震撼和敬佩，满足了观众对于英雄主义的追求。

（3）牺牲与奉献的崇高精神

凯恩的妻子原本可能因担忧和不安而试图劝说凯恩放弃对抗恶势力，但她最终选择了站在凯恩一边，展现出对丈夫深深的爱与信任。在影片的高潮部分，她毅然决然地跳下火车，回到凯恩身边，成为他唯一的战友。她的这一转变和牺牲，不仅是对爱情的坚守，更是对正义和责任的认同。这种牺牲与奉献的崇高精神，让观众感受到了人性的光辉和伟大。

# 7.3 设计爽点的技巧

在短剧写作的过程中，设计爽点不仅要求创作者具备深厚的叙事功底，还需要对观众心理有敏锐的洞察力。本节将从挖掘观众的情感需求、突出角色的独特性、精准把握节奏与时间，以及营造紧张氛围这四个方面，介绍设计爽点的技巧。

## 7.3.1　挖掘观众的情感需求

挖掘观众的情感需求，指的是在创作短剧的过程中，创作者需要深入了解并准确把握目标观众群体在情感层面的需求和期待。这些情感需求可能包括对爱的渴望、对正义的追求、对成长的认同、对冒险的向往、对胜利的喜悦、对悲伤的共鸣等。它们是观众在观看影视作品时，希望从中获得的精神满足和情感共鸣。

挖掘观众的情感需求之所以重要，是因为它直接关系到作品的吸引力和感染力。当作品能够精准地触及观众的情感需求时，就能引发观众的共鸣，增强他们的代入感和参与感。

这种情感上的连接不仅能够提升观众的观看体验，还能加深他们对短剧的记忆和喜爱。同时，满足观众的情感需求也是短剧传递价值观、引发社会思考的重要途径。

为了能够更深入地挖掘观众的情感需求，创作者可以运用市场调研与观众画像、分析情感共鸣点，以及注重情感传递这三种方法，如图 7-17 所示。

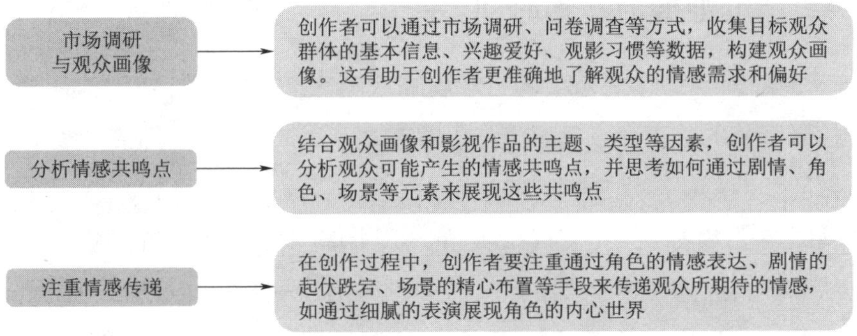

| 市场调研与观众画像 | 创作者可以通过市场调研、问卷调查等方式，收集目标观众群体的基本信息、兴趣爱好、观影习惯等数据，构建观众画像。这有助于创作者更准确地了解观众的情感需求和偏好 |
| 分析情感共鸣点 | 结合观众画像和影视作品的主题、类型等因素，创作者可以分析观众可能产生的情感共鸣点，并思考如何通过剧情、角色、场景等元素来展现这些共鸣点 |
| 注重情感传递 | 在创作过程中，创作者要注重通过角色的情感表达、剧情的起伏跌宕、场景的精心布置等手段来传递观众所期待的情感，如通过细腻的表演展现角色的内心世界 |

图 7-17　三种深入挖掘观众的情感需求的方法

## 7.3.2　突出角色的独特性

角色的独特性是指每个角色所具备的与众不同的特质、背景、性格、行为模式，以及内在动机。这些元素共同构成了角色的鲜明个性，使其在众多角色中脱颖而出，成为观众关注的焦点。

突出角色的独特性对于设计爽点至关重要，如图 7-18 所示。

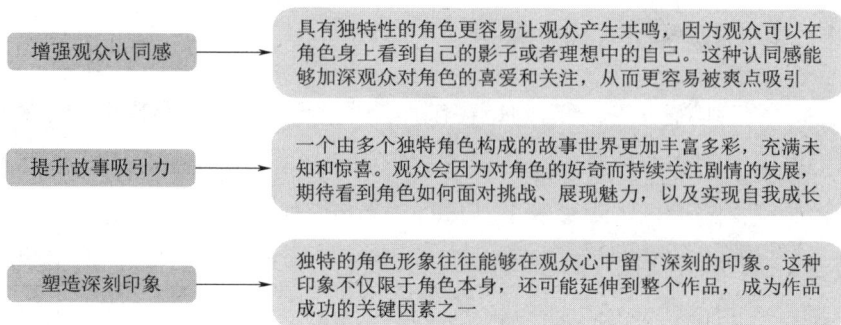

图 7-18　突出角色的独特性对于设计爽点至关重要的原因

创作者在设计角色时，应注重角色的背景故事、性格特点、行为方式，以及内心世界的刻画。通过细腻的描写和生动的表演，使角色形象更加立体和鲜活。

同时，创作者还可以通过角色的成长和变化来展现其独特性和魅力。当角色在面临挑战时展现出与众不同的勇气、智慧或情感反应时，观众会更容易被吸引并产生认同感。这种对角色独特性的强调有助于增强爽点的吸引力和感染力。

# 7.3.3　精准把握节奏和时间

节奏是短剧中情感张力和情节发展的速度表现。在设计爽点时，创作者需要精准控制剧情的节奏，以确保爽点能够在观众最期待、最紧张的时刻爆发。过快或过慢的节奏都可能削弱爽点的冲击力。

例如，在悬疑短剧中，随着线索的逐渐揭露和危险的不断逼近，创作者会逐步加快节奏，直到在某个高潮点突然揭示真相或发生惊险事件，这时观众的情感被推向顶峰，爽点得以实现。而时间不仅是剧情发展的度量，也是爽点布局的关键因素。创作者需要在有限的时间内合理安排爽点的出现次数和位置，以确保整个作品既有足够的吸引力，又不会让观众感到疲惫或失去兴趣。

爽点的布局需要考虑到观众的注意力曲线和情感波动，通常会在剧情的开头、中间和结尾设置不同强度的爽点，以维持观众的兴奋度和期待感。

在设计爽点时，创作者可以通过规划剧情结构、调整节奏变化和注意时间分配这三种方法来精准把握节奏和时间，如图 7-19 所示。

| 规划剧情结构 | 在创作初期，创作者就要明确剧情的主线、副线和关键节点，根据剧情发展的需要规划爽点的布局，以确保每个爽点都能推动剧情的发展或深化角色的塑造 |
| 调整节奏变化 | 在剧情推进过程中，创作者要根据情节发展的需要适时调整节奏的快慢，例如，在爽点出现前逐渐加快节奏，营造紧张氛围；在爽点爆发后适当放缓节奏，让观众有时间回味和感受 |
| 注意时间分配 | 创作者要合理安排每个场景和情节的时间长度，确保爽点有足够的展示空间和时间，避免冗长的铺垫或无关紧要的细节干扰爽点的呈现 |

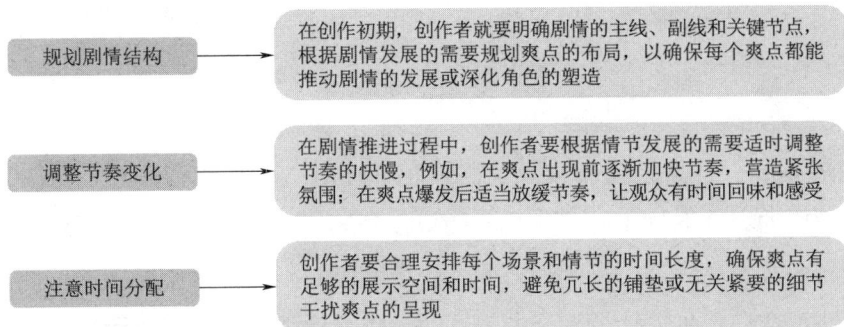

图 7-19　三种精准把握节奏和时间的方法

另外，在后期制作阶段，创作者或后期人员也可以通过剪辑技巧进一步调整节奏和时间。例如，利用快速剪辑、跳跃剪辑等手法加快节奏；通过延长关键镜头的持续时间或加入特效来突出爽点的重要性。

## 7.3.4　营造紧张氛围

紧张氛围是设计爽点时不可或缺的元素之一，它能够激发观众的紧张感和好奇心，使他们更加关注剧情的发展并期待爽点的到来。下面介绍营造紧张氛围与设计爽点的关系及相关方法。

### ▶▶1. 营造紧张氛围与设计爽点的关系

营造紧张氛围与设计爽点在短剧中是紧密相连、相辅相成的两个要素，它们之间的关系可以从以下三个方面进行阐述。

（1）紧张氛围是爽点的前置条件

紧张氛围的营造是设计爽点的重要前置条件。在短剧中，爽点往往不会凭空出现，而是需要在特定的情感氛围下被触发。而紧张氛围通过构建一种紧迫、不安的情境，使观众在观看过程中保持高度集中和紧张，从而为爽点的到来做好心理准备。这种前置条件的设置，使得爽点的出现更加自然、合理，也更容易引起观众的共鸣和反响。

（2）紧张氛围增强爽点的冲击力

紧张氛围的营造不仅能够为爽点的到来做好铺垫，还能够显著增强爽点的冲击力。在紧张氛围的烘托下，爽点的爆发会显得更加突然、更加激烈，从而给观众带来更大的情感震撼和满足感。这种冲击力是爽点能够成为观众记忆中亮点的关键所在，也是影视短剧能够吸引观众、留住观众的重要因素之一。

（3）紧张氛围与爽点相互呼应

在短剧中，紧张氛围和爽点往往是相互呼应、相辅相成的。一方面，紧张氛围的营造为爽点的到来做了充分的铺垫和预热，使观众在情感上逐渐升温，对后续的剧情发展充满期待；另一方面，爽点的爆发则是对紧张氛围的一种释放和回应，使观众在紧张情绪得到释放的同时，感受到强烈的满足感和快感。这种相互呼应的关系使得剧情更加紧凑、更加引人入胜，让观众在观影过程中始终保持高度的兴趣和关注。

▶▶ 2. 营造紧张氛围的方法

在短剧中，通过营造紧张氛围来设计爽点不仅能让观众沉浸在故事中，还能在关键时刻给予他们强烈的情感释放和满足感，如图 7-20 所示。

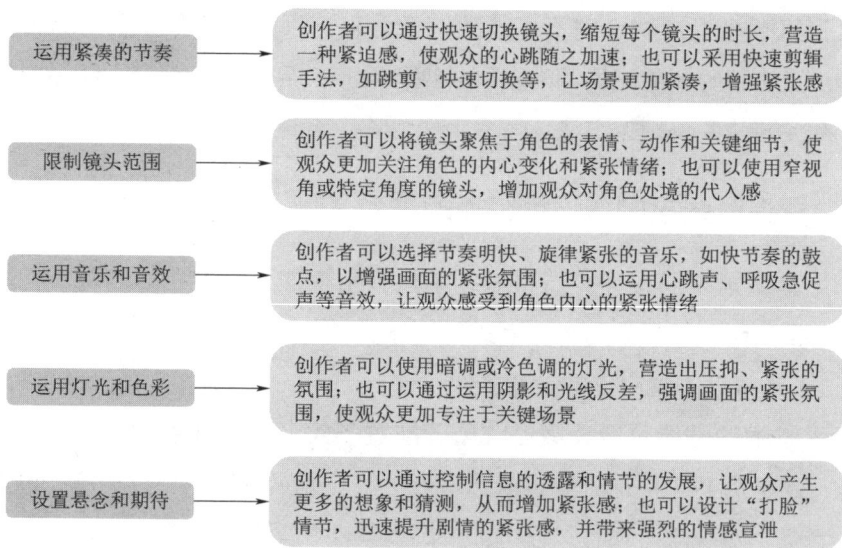

图 7-20　营造紧张氛围的方法

第 **8** 章

# 台词：编写
# 人物对白

对于创作者而言，学习台词的编写技巧不仅是提升个人创作能力的重要途径，也是满足市场需求、赢得观众喜爱的关键要素。本章主要介绍短剧中台词的类型、对白的分类标准和编写对白的技巧，帮助创作者掌握台词尤其是对白的创作方法。

# 8.1　短剧中的台词

台词是创作者根据剧情需要，为角色量身定制的语言表达，旨在通过角色的口吻和语气，传达出特定的信息、情感和意图。它以精炼、生动的语言形式，为观众呈现了一个个鲜活的人物形象和扣人心弦的故事情节。

在短剧中，台词作为传递信息、表达情感、塑造角色的重要手段，扮演着不可或缺的角色。它可以是对白、独白、旁白，甚至是歌曲中的歌词等。本节介绍对白、独白和旁白这三种常见台词及其他类型的台词。

## 8.1.1　对　　白

对白，也叫对话，是短剧中最基本，也是最常见的台词形式，一般是指两个或多个角色之间进行的言语交流。而通过角色之间的口头语言交流，能够展现人物关系、性格特征、情感状态和思想冲突等信息。

对白具有直接性、互动性、情境性和个性化这四个特点，如图 8-1 所示。

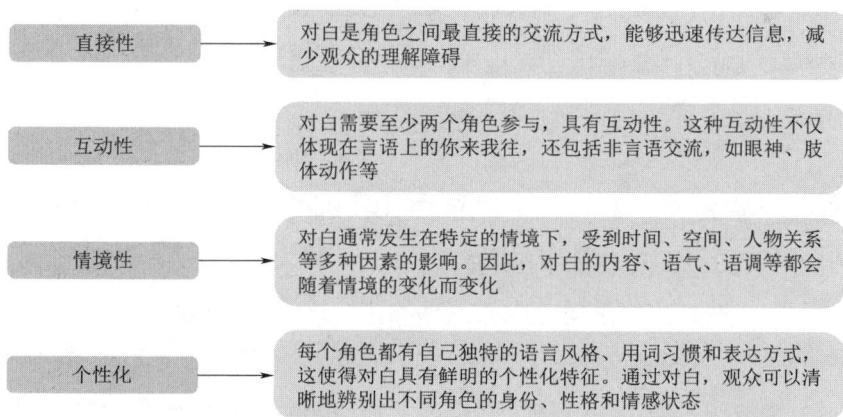

| 直接性 | 对白是角色之间最直接的交流方式，能够迅速传达信息，减少观众的理解障碍 |
|---|---|
| 互动性 | 对白需要至少两个角色参与，具有互动性。这种互动性不仅体现在言语上的你来我往，还包括非言语交流，如眼神、肢体动作等 |
| 情境性 | 对白通常发生在特定的情境下，受到时间、空间、人物关系等多种因素的影响。因此，对白的内容、语气、语调等都会随着情境的变化而变化 |
| 个性化 | 每个角色都有自己独特的语言风格、用词习惯和表达方式，这使得对白具有鲜明的个性化特征。通过对白，观众可以清晰地辨别出不同角色的身份、性格和情感状态 |

图 8-1　对白的特点

编写好人物对白，不仅可以推动剧情发展、塑造角色形象，还能揭示主题思想，并增强观众参与感，如图 8-2 所示。

| | |
|---|---|
| 推动剧情发展 | 对白是短剧中推动剧情发展的主要手段之一。通过角色之间的对白，可以逐步揭示剧情线索、设置悬念、解决矛盾，从而引导观众进入故事情节 |
| 塑造角色形象 | 对白能够展现角色的性格特征、思想观念和情感状态，帮助观众更好地理解角色。通过角色的语言风格、用词习惯和表达方式，观众可以感受到角色的内心世界，形成对角色的深刻印象 |
| 揭示主题思想 | 对白还可以作为短剧主题思想的载体，通过角色之间的讨论和辩论，揭示出作品所要传达的深层含义和价值观念。这有助于让观众在欣赏短剧的同时，思考人生、社会等更广泛的问题 |
| 增强观众参与感 | 对白具有直接性和互动性，能够吸引观众的注意力并激发他们的兴趣。通过参与角色之间的对白，观众可以更加深入地融入剧情之中，与角色产生共鸣和情感联系 |

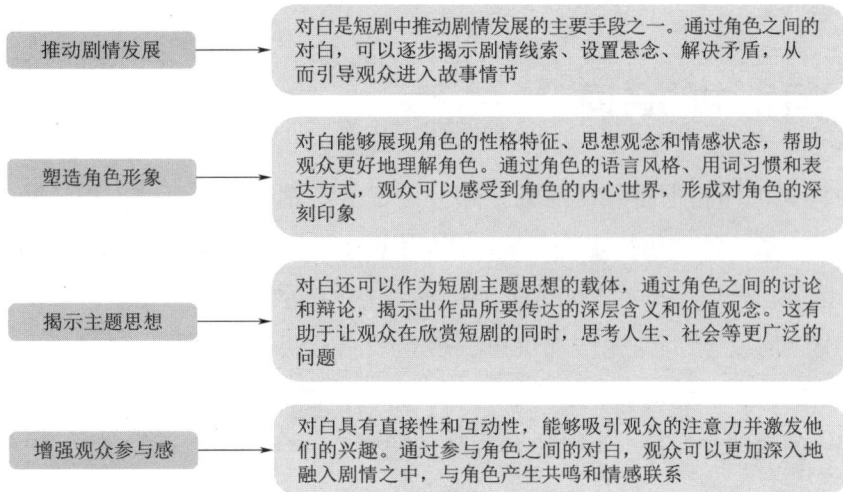

图 8-2　对白的作用

## 8.1.2　独　白

独白是一种短剧中人物独自抒发个人感情和愿望的言语形态。它主要体现为人的自思、自语等内心活动，通过人物的内心表白来揭示其隐秘的内心世界。在短剧中，独白常常以角色的直接陈述或内心独白的形式出现，是角色内心世界的外化表现。下面介绍独白的特点、作用及与对白的异同。

### ▶▷1. 独白的特点

独白主要展现的是某个人物内心的情感和思想，因此，具有内心性、情感性、思想性和个性化的特点，具体内容如下。

（1）内心性。独白是角色内心活动的直接体现，不涉及与其他角色的直接对话。它允许角色在没有外界干扰的情况下，自由地表达自己的情感、思考和愿望。

（2）情感性。独白往往蕴含着深厚的情感色彩，是角色情感的真实流露。通过独白，观众可以更加直观地感受到角色的喜怒哀乐和内心世界的变化。

（3）思想性。独白也是角色思想的外化表现。在独白中，角色会反思自己的行为、思考问题的本质、探讨人生的意义等，这些思考往往具有深刻的思想内涵。

（4）个性化。不同的角色具有不同的性格特点和思想情感，因此，他们的独白也各具特色。通过独白，观众可以更加深入地了解角色的个性特征和精神面貌。

## ▶▷2. 独白的作用

与对白一样，独白也能推动剧情发展和塑造人物形象方面发挥作用。除此之外，独白起到揭示内心世界和增强情感共鸣的作用。图 8-3 为独白的四个作用。

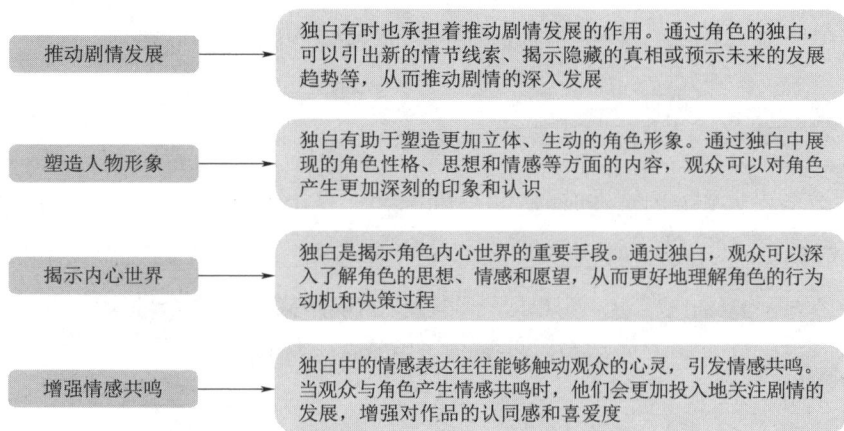

| 推动剧情发展 | 独白有时也承担着推动剧情发展的作用。通过角色的独白，可以引出新的情节线索、揭示隐藏的真相或预示未来的发展趋势等，从而推动剧情的深入发展 |
|---|---|
| 塑造人物形象 | 独白有助于塑造更加立体、生动的角色形象。通过独白中展现的角色性格、思想和情感等方面的内容，观众可以对角色产生更加深刻的印象和认识 |
| 揭示内心世界 | 独白是揭示角色内心世界的重要手段。通过独白，观众可以深入了解角色的思想、情感和愿望，从而更好地理解角色的行为动机和决策过程 |
| 增强情感共鸣 | 独白中的情感表达往往能够触动观众的心灵，引发情感共鸣。当观众与角色产生情感共鸣时，他们会更加投入地关注剧情的发展，增强对作品的认同感和喜爱度 |

图 8-3　独白的四个作用

## ▶▷3. 独白与对白的异同

独白与对白在短剧中都是重要的台词形式，它们各自具有独特的特点和作用，同时也存在一些异同点。下面介绍独白与对白的相同点和不同点。

（1）相同点

无论是独白还是对白，它们都是影视剧中传递信息、表达情感、塑造角色的重要台词形式。两者旨在服务于剧情的发展，通过言语来推动故事向前，揭示角色之间的关系，并展现角色的性格和情感。

另外，独白与对白都能通过语言来展现角色的个性、思想、情感等，从而塑造出立体、生动的角色形象。

（2）不同点

独白与对白在表达方式、情感表达、作用的侧重点、出现场景等方面存在差异。

• 表达方式。独白一般是角色独自抒发个人感情、思考和愿望，无外界干扰；对白则是角色之间进行的对话交流，存在互动性和情境性。

• 情感表达。独白强调角色的内心世界、情感真实流露，更侧重于个人情感的抒发；对白一般通过对话展现情感，可能涉及多个角色，情感表达更为复杂多样。

• 作用的侧重点。独白更侧重于揭示角色的内心世界、塑造人物形象和增强情感共鸣；对白则更侧重于推动剧情发展、展现角色关系和制造戏剧冲突。

• 出现场景。独白通常出现在角色独处、内心挣扎或关键心理转变时；对白广泛存在于角色之间的各种交流场景中，如对话、辩论、争吵等。

## 8.1.3 旁　白

旁白，作为短剧中一种独特的台词形式，是由独立于剧情之外的声音对剧情进行解释、说明或评论的叙述方式。它不同于对白和独白，因为旁白的声音并不直接参与剧情中的互动，而是以一种超脱的视角来引导观众理解剧情、角色和背景。因此其具有超脱性和灵活性的特点，如图8-4所示。

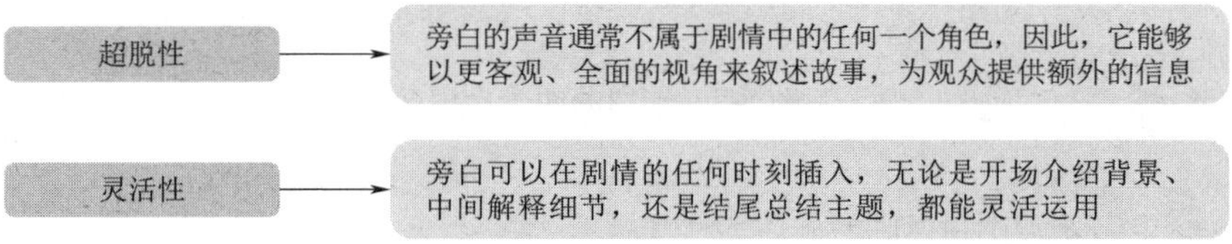

| 超脱性 | → | 旁白的声音通常不属于剧情中的任何一个角色，因此，它能够以更客观、全面的视角来叙述故事，为观众提供额外的信息 |
| 灵活性 | → | 旁白可以在剧情的任何时刻插入，无论是开场介绍背景、中间解释细节，还是结尾总结主题，都能灵活运用 |

图 8-4　旁白的特点

旁白是连接剧情与观众之间的桥梁，能够帮助观众更好地理解剧情、感受情感、领悟主题。总的来说，旁白可以起到补充背景信息、引导观众实现、表达特定情感和总结主题思想的作用，具体内容如下。

（1）补充背景信息。在剧情开始或关键节点，旁白可以介绍时代背景、人物关系等背景信息，帮助观众更好地理解剧情。

（2）引导观众视线。通过旁白的叙述，可以引导观众关注剧情中的重点或细节，增强观众的观影体验。

（3）表达特定情感。旁白可以通过语调、语速等变化来表达角色的内心情感或作者的情感态度，使观众更加深入地感受剧情。

（4）总结主题思想。在剧情结尾或关键转折点，旁白可以对剧情进行总结或评论，揭示主题思想，使观众对剧情有更深刻的认识和理解。

## 8.1.4　其他类型的台词

在短剧中，除了常见的对白、独白和旁白之外，还存在其他类型的台词形式，这些台词形式各具特色，它们与对话、独白和旁白等常见台词形式相互补充、相互融合，共同构成了短剧丰富多彩的台词世界。下面对其他类型的台词进行介绍。

### ▶▷1. 歌曲与歌词

歌曲与歌词是短剧中一种特殊的台词形式，通过旋律、节奏和歌词的结合来传达情感、信息和主题。

歌曲与歌词的情感表达力更强，能够直接触动人心，将角色的情感表达得淋漓尽致。而且歌词往往简洁明了，能够直接传达剧情的关键信息或主题思想。歌曲与歌词的结合使得短剧更具艺术感染力，能够吸引观众的注意力并留下深刻印象。

另外，在某些情况下，歌曲可以作为剧情的转折点或高潮部分，推动剧情的发展。通过歌曲的旋律和节奏，还可以营造出特定的氛围和情绪，增强短剧的艺术效果。

### ▶▷2. 音效与拟声词

音效与拟声词是短剧中用于模拟现实声音或增强场景真实感的台词形式。它们虽然不直接传达语言信息，但通过声音的表现力来丰富剧情和角色表现。

音效与拟声词能够直接模拟现实生活中的声音，使观众仿佛置身于剧情之中。而且通过不同的音效和拟声词组合，可以表现出丰富的场景变化和角色情感。因此，音效与拟声词通常作为辅助手段出现，与画面、对话等共同构成完整的剧情表现。

另外，通过特定的音效或拟声词，可以突出角色的情感状态或心理变化。在某些关键时刻，音效与拟声词能够引导观众的注意力，使观众更加关注剧情的发展。

### ▶▷3. 集体朗诵或合唱

集体朗诵或合唱是短剧中由多个角色共同参与的台词形式，通过统一的语调、节奏和歌词来表达共同的情感或主题。

集体朗诵或合唱要求所有参与者保持一致的语调、节奏和歌词，展现出集体的力量和团结。而且由于多个角色的共同参与，集体朗诵或合唱能够引发观众更强烈的情感共鸣。

# 8.2　对白的分类标准

在大多数短剧中，对白的使用频率都是最高的，因为它能够直观地呈现角色的言语行为和情感交流，是观众理解剧情和角色的重要途径。根据对白在剧情中的作用、表现形式及情感色彩等标准，可以将其分成不同的类型，以便创作者更好地了解。

## 8.2.1　功　　能

在短剧中，按功能分类的对白主要包括叙事性对白、情感性对白和冲突性对白。这些不同类型的对白在剧情发展中扮演着不同的角色，共同推动着故事的展开和人物形象的塑造。

### ▷▷ 1. 叙事性对白

叙事性对白主要用于交代剧情、推动故事发展的对白。它通常直接、简洁地传达关键信息，帮助观众理解剧情的脉络和发展方向。下面介绍叙事性对白的特点和作用。

（1）特点

叙事性对白具有直接性、信息性和连贯性的特点，具体内容如下。

• 直接性。叙事性对白往往直接点明剧情的进展或转折，减少观众的困惑。

• 信息性。这类对白富含故事情节的关键信息，是观众了解剧情的重要途径。

• 连贯性。通过叙事性对白，剧情得以顺畅地推进，从而保持故事的连贯性和完整性。

（2）作用

叙事性对白为整个故事提供了基本的框架和支撑，使剧情得以有序展开。

通过清晰的叙事，帮助观众更好地理解剧情，避免产生误解或混淆。

▶▶ 2. 情感性对白

情感性对白主要用于表达角色内心情感、展现角色关系的对白。它通过细腻的语言描绘角色的内心世界，使观众能够深切感受到角色的喜怒哀乐。下面介绍情感性对白的特点和作用。

（1）特点

情感性对白具有情感丰富、细腻入微和共鸣性强的特点，具体内容如下。

• 情感丰富。情感性对白充满了各种情感色彩，如爱、恨、喜、怒、哀、乐等。

• 细腻入微。情感性对白往往通过微妙的语气、语调或措辞来传达角色的复杂情感。

• 共鸣性强。情感性对白能够触动人心，使观众与角色产生强烈的情感共鸣。

（2）作用

通过情感性对白，剧情的感染力得以增强，使观众更加投入地观看故事。而且，情感性对白有助于展现角色的性格特点和内心世界，使角色形象更加鲜明生动。

▶▶ 3. 冲突性对白

冲突性对白是指角色之间因观念、利益等冲突而产生的对白。它充满了紧张感和戏剧性，是推动剧情高潮和展现角色性格的重要手段。下面介绍冲突性对白的特点和作用。

（1）特点

冲突性对白具有紧张激烈和戏剧张力强的特点，具体内容如下。

• 紧张激烈。冲突性对白往往伴随着激烈的言语交锋和情绪波动。

• 戏剧张力强。这类对白能够迅速提升剧情的紧张感和戏剧张力，吸引观众的注意力。

（2）作用

冲突性对白是剧情高潮的重要组成部分，能够引发观众的强烈反响和期待。通过冲突性对白，角色之间的矛盾和冲突得以充分展现，使观众更加深入地了解角色之间的关系和故事的发展。

## 8.2.2 表现形式

在短剧中，按表现形式分类的对白主要分为直接对白和间接对白两种。这两种对白形式在剧情呈现、角色交流及观众体验方面各具特色。

### ▶▷1. 直接对白

直接对白是指角色之间直接面对面的对话，是影视短剧中最常见、最直接的对白形式。它通过角色的口头语言直接传达信息、表达情感、推动剧情发展。下面介绍直接对白的特点和作用。

（1）特点

直接对白具有直观性、真实性和即时性的特点，具体内容如下。

• 直观性。直接对白能够直观地展现角色的言语行为和情感交流，使观众能够直接听到角色的声音、感受到角色的情绪。

• 真实性。由于是直接面对面的交流，直接对白往往更加贴近现实生活，具有更强的真实感和代入感。

• 即时性。直接对白能够即时反映角色的思考和反应，使剧情发展更加紧凑、连贯。

（2）作用

直接对白是剧情发展的基础，通过角色之间的对话，可以逐步构建出剧情的框架和脉络。而且直接对白中的信息交流和情感碰撞能够推动剧情向前发展，从而引发新的情节和冲突。

### ▶▷2. 间接对白

间接对白则是指通过第三方转述、暗示、回忆或内心独白等方式呈现的对白。它不直接展示角色之间的对话场景，而是通过其他方式间接传达角色的言语内容和情感状态。下面介绍间接对白的特点和作用。

（1）特点

间接对白具有含蓄性、多样性和艺术性的特点，具体内容如下。

• 含蓄性。间接对白往往更加含蓄、隐晦，需要观众通过推理和联想来理解角色的言语意图和情感状态。

●多样性。间接对白的表现形式多种多样，可以是角色的内心独白、回忆片段、书信往来、电话通话等。

●艺术性。间接对白能够增加剧情的艺术性和层次感，使观众在解读过程中获得更丰富的审美体验。

（2）作用

间接对白能够补充和丰富剧情内容，使剧情更加完整、立体。通过间接对白，可以更加深入地挖掘角色的内心世界和情感变化，使角色形象更加丰满、立体。而且间接对白需要观众主动思考和解读，可以增强观众的参与感和沉浸感。

## 8.2.3　情感色彩

在短剧中，按情感色彩分类的对白是指根据对话中所表达的情感倾向和色彩来划分的对白类型。这种分类方式有助于观众更深入地理解角色内心世界，感受剧情氛围，以及把握剧情的走向和主题。下面介绍按情感色彩分类的对白类型。

### ▶▷ 1. 正面情感对白

正面情感对白主要表达爱、友谊、希望、快乐、满足等积极、正面的情感。这类对白往往传递出温暖、阳光和正能量的信息，是剧情中鼓舞人心、增进角色间关系的重要手段。下面介绍正面情感对白的特点和作用。

（1）特点

正面情感对白具有温暖人心、积极向上和增进理解的特点，具体内容如下。

●温暖人心。正面情感对白以温暖的语言抚慰人心，让观众感受到爱的力量和友谊的珍贵。

●积极向上。它们传递出对美好未来的期待和信念，激发观众积极向上的生活态度。

●增进理解。通过正面情感的对白，角色之间能够更好地理解和支持彼此，促进关系的深入发展。

（2）作用

正面情感对白能够营造出温馨、和谐的剧情氛围，使观众沉浸其中，并引发观众的情感共鸣，让他们感受到角色所经历的喜悦和幸福。而且通过正面情感对白，角色的积极形象和性格特征得以更加鲜明地展现。

▶▶ 2. 负面情感对白

负面情感对白则表达愤怒、悲伤、绝望、恐惧、嫉妒等消极、负面的情感。这类对白揭示了角色内心的痛苦和挣扎，是推动剧情冲突和转折的重要力量。下面介绍负面情感对白的特点和作用。

（1）特点

负面情感对白具有情感激励、揭露矛盾和引人深思的特点，具体内容如下。

• 情感激烈。负面情感对白往往伴随着强烈的情感波动，让观众感受到角色内心的激烈冲突。

• 揭露矛盾。它们揭示了角色之间的矛盾和冲突，推动剧情的深入发展。

• 引人深思。负面情感对白通过展现角色的痛苦和困境，引发观众对人性、生活等问题的深刻思考。

（2）作用

负面情感对白使剧情更加紧凑、扣人心弦，增强了故事的戏剧性。通过展现角色的负面情感，剧情的主题得以更加深刻地揭示和探讨。不过虽然传递的是负面情感，但真实而深刻的表达往往能引发观众的共鸣，让他们更加关注角色的命运和内心世界。

▶▶ 3. 中性对白

中性对白是指那些不带有明显情感色彩、主要侧重于信息传递或日常交流的对白。下面介绍中性对白的特点和作用。

（1）特点

中性对白具有以信息传递为主、情感色彩淡化及普遍性与日常性的特点，具体内容如下。

• 以信息传递为主。中性对白的主要目的是传递信息，如角色之间的日常问候、交换信息、讨论事实等。这些对白不带有强烈的情感波动，而是更侧重于剧情的连贯性和角色间的互动。

• 情感色彩淡化。与正面或负面情感对白相比，中性对白的情感色彩相对淡化。它们不强调角色的内心情感或冲突，而是更注重于情节的推进和角色间的交流。

•普遍性与日常性。中性对白往往具有普遍性和日常性，反映了人们日常生活中的交流方式和习惯。它们使剧情更加贴近生活，增强了观众的代入感和真实感。

（2）作用

中性对白为剧情的发展提供了基础性的支撑，它们通过角色间的日常交流和信息传递，构建了剧情的基本框架和背景信息。虽然中性对白不强调情感冲突，但它们仍然能够展现角色之间的关系和互动方式。通过中性对白，观众可以感受到角色之间的亲近、疏远或中立等关系。

>> 小贴士 >>>>>>

　　需要注意的是，以上分类并非绝对，同一句对白在不同语境下可能表现出不同的情感色彩。同时，在短剧中，正面情感、负面情感和中性对白往往交织在一起，共同构成剧情的复杂性和多样性。

　　此外，还有一些特殊的情感色彩对白，如幽默对白（以幽默诙谐的方式呈现，缓解剧情紧张氛围，提升观众观影体验）和哲理对白（蕴含深刻哲理或人生智慧，发人深省，引人深思）等，它们也在短剧中发挥着重要作用。

## 8.3　编写对白的技巧

编写对白是剧本创作中的核心环节之一，它直接关系到角色形象的塑造、剧情的推进及观众的情感共鸣。编写的技巧主要包括贴合角色性格、服务于剧情发展、自然流畅地表达、传递情感色彩、利用潜台词及保持对话的真实性和逻辑性。这些技巧相互关联，共同构成了编写优秀对白的基石。

### 8.3.1　贴合角色性格

贴合角色性格是编写对白时至关重要的一环，它要求对白能够准确反映角色的内在特质、身份背景、心理状态及情感变化。图 8-5 为对白贴合角色性格的方法。

| 理解角色性格 | 创作者需要深入理解和分析角色的性格特征。这包括角色的性格类型、主要性格特质，以及这些性格特质在特定情境下的表现方式 |
|---|---|
| 使用个性化语言 | 不同的角色应该有各自独特的语言习惯、用词偏好及表达方式。创作者需要根据角色的性格特点，精心挑选和组合词汇，以形成具有鲜明个性的对白 |
| 保持一致性原则 | 在编写对白时，还需要保持角色性格的一致性。这意味着角色在不同场景、不同情绪下的对白应该具有连贯性和稳定性，避免角色性格的突然转变或自相矛盾 |
| 投入情感 | 为了更好地贴合角色性格，创作者还需要在编写对白时投入情感，从而更加真实地再现角色的性格特点和心理状态，使对白更加生动、感人 |
| 注重细节描写 | 通过细致入微的描写，可以进一步丰富和深化角色的性格形象。创作者可以在对白中穿插一些生动的细节描写，使角色更加立体、鲜活地呈现在观众面前 |
| 借鉴现实与创作创新 | 创作者还可以借鉴现实生活中的人物形象和性格特点，为角色塑造提供灵感和素材。同时也要注重创作创新，避免简单地模仿或套用现有的角色形象 |

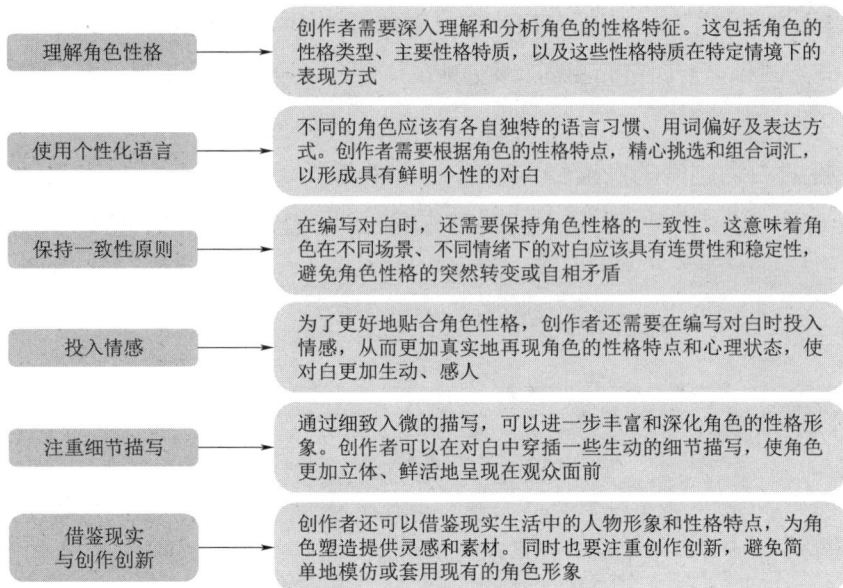

图 8-5　对白贴合角色性格的方法

## 8.3.2　服务于剧情发展

服务于剧情发展是指对白要推动剧情的向前发展，揭示矛盾冲突，引导观众进入故事情境，并使其对后续情节产生期待和好奇。优秀的对白能够巧妙地串联起剧情的各个部分，使故事更加紧凑、引人入胜，具体方法如图 8-6 所示。

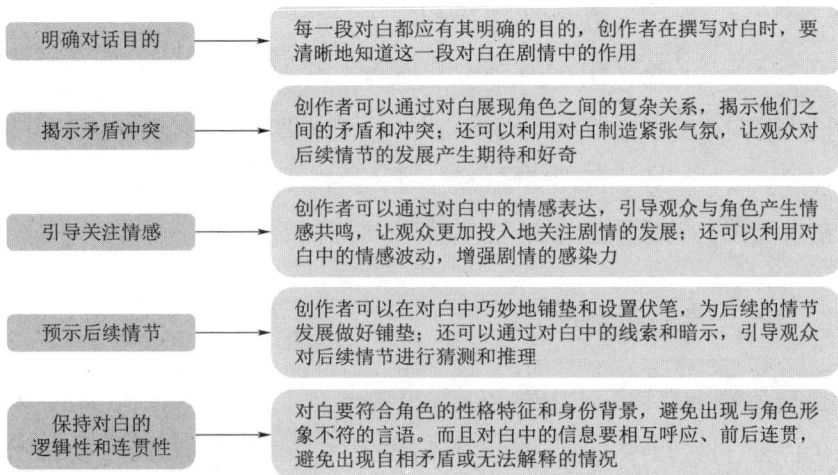

| 明确对话目的 | 每一段对白都应有其明确的目的，创作者在撰写对白时，要清晰地知道这一段对白在剧情中的作用 |
|---|---|
| 揭示矛盾冲突 | 创作者可以通过对白展现角色之间的复杂关系，揭示他们之间的矛盾和冲突；还可以利用对白制造紧张气氛，让观众对后续情节的发展产生期待和好奇 |
| 引导关注情感 | 创作者可以通过对白中的情感表达，引导观众与角色产生情感共鸣，让观众更加投入地关注剧情的发展；还可以利用对白中的情感波动，增强剧情的感染力 |
| 预示后续情节 | 创作者可以在对白中巧妙地铺垫和设置伏笔，为后续的情节发展做好铺垫；还可以通过对白中的线索和暗示，引导观众对后续情节进行猜测和推理 |
| 保持对白的逻辑性和连贯性 | 对白要符合角色的性格特征和身份背景，避免出现与角色形象不符的言语。而且对白中的信息要相互呼应、前后连贯，避免出现自相矛盾或无法解释的情况 |

图 8-6　让对白服务于剧情发展的方法

## 8.3.3　自然流畅地表达

在短剧的创作中，自然流畅地表达是对白编写的核心要素之一。这不仅关乎角色的真实性，也直接影响到观众对于剧情的沉浸感和接受度。自然流畅的对白能够让人物形象更加鲜活，使剧情发展显得合乎逻辑且引人入胜。下面介绍实现自然流畅地表达的技巧。

### ▶▷1. 符合日常交流习惯

对白应该尽量贴近人物的实际口语表达，避免过于书面化或复杂的句子结构。这样可以使对话更加亲切自然，观众易于理解和接受。另外，人们在日常交流中会有自然的停顿和重复，这些都可以融入对白中，以增强其真实感。例如，思考时的短暂沉默、强调某个观点时的重复等。

### ▶▷2. 贴合角色个性

不同的角色因其身份、年龄、教育背景等差异，会有不同的语言表达方式和习惯。对白应紧密贴合角色的个性特征，避免千篇一律的"标准"对话。而且角色的情感状态也会直接影响其表达方式。开心时语调上扬，悲伤时语调低沉，愤怒时语速加快等，都是自然流露情感的方式。

### ▶▷3. 逻辑清晰，信息连贯

每一段对话都应该是整个剧情发展的一部分，前后之间应有逻辑上的联系和呼应。这样可以使对话更加紧凑，避免出现脱节或突兀的情况。另外，对白中传递的信息应清晰明确，避免含糊其辞或过度隐晦。同时信息之间应保持连贯性，确保观众能够顺畅地理解剧情的发展。

### ▶▷4. 注重节奏感

通过调整语速和语调的变化，可以为对话增添节奏感。例如，快速紧凑的对话可以营造紧张氛围，而缓慢悠长的对话则更适合表达深情或思考。另外，不同角色之间的对话转换应自然流畅，避免突兀的切换或长时间的静默。这需要创作者在安排对话时，注意角色之间的反应和互动。

### ▶▷ 5. 适时留白

在某些关键时刻，适度的留白可以让观众有时间思考和回味对话的内容，从而加深对剧情的理解和感受。另外，留白也可以用于增强对话的表现力，使情感表达更加含蓄而深刻。通过短暂的沉默或停顿，观众可以更加直观地感受到角色的内心世界。

## 8.3.4 传递情感色彩

传递情感色彩是指对白要能够准确传达角色的情感状态，增强剧情的感染力。情感色彩不仅能够丰富角色的内心世界，还能深刻影响观众的情感共鸣，使剧情更加引人入胜。图 8-7 为对白传递情感色彩的技巧。

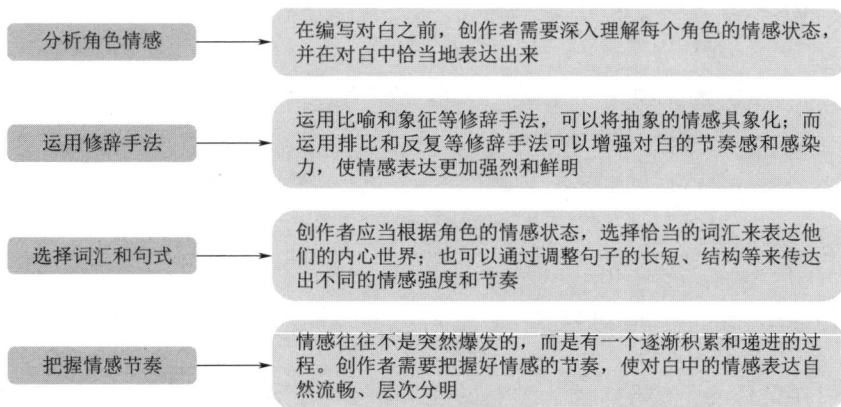

| 分析角色情感 | 在编写对白之前，创作者需要深入理解每个角色的情感状态，并在对白中恰当地表达出来 |
| --- | --- |
| 运用修辞手法 | 运用比喻和象征等修辞手法，可以将抽象的情感具象化；而运用排比和反复等修辞手法可以增强对白的节奏感和感染力，使情感表达更加强烈和鲜明 |
| 选择词汇和句式 | 创作者应当根据角色的情感状态，选择恰当的词汇来表达他们的内心世界；也可以通过调整句子的长短、结构等来传达出不同的情感强度和节奏 |
| 把握情感节奏 | 情感往往不是突然爆发的，而是有一个逐渐积累和递进的过程。创作者需要把握好情感的节奏，使对白中的情感表达自然流畅、层次分明 |

图 8-7 对白传递情感色彩的技巧

## 8.3.5 利用潜台词

在短剧的对白编写中，潜台词指的是那些未直接说出，但通过对话的语气、用词、停顿、表情或身体语言等间接传达出来的深层含义或隐含信息。它超越了字面意思，让观众在解读时能够感受到角色之间复杂的情感交流、未言明的动机、微妙的暗示或是对未来的预期。

## ▶▷1. 深入挖掘角色内心

编写潜台词前，创作者首先要深刻理解每个角色的性格、背景、情感状态及当前处境，这样才能创造出既符合人物逻辑又富有深意的潜台词。

例如，通过简单的"我没事"这句台词，结合角色的眼神闪烁或嘴角苦笑，就能传达出角色其实内心并不平静，有诸多难以言说的情绪。

## ▶▷2. 运用对比与反差

创作者可以将直接表述与潜台词相结合，形成鲜明对比或微妙反差，以此增强对话的张力。例如，角色表面上说"我支持你的决定"，但语气中却透露出犹豫或不满，这样的潜台词让观众感受到角色内心的矛盾与挣扎。

## ▶▷3. 注重非言语信息的配合

潜台词往往需要借助演员的表演来完全展现，包括面部表情、肢体语言、眼神交流等。在编写时，创作者应考虑如何通过这些非言语信息来强化或揭示潜台词的内容。例如，一个轻轻的摇头配合着"我理解"，可能比单纯的言语更能传达出"我其实并不完全理解"的潜台词。

## ▶▷4. 考虑文化背景与语境

潜台词的理解往往受到文化背景和具体语境的影响。在编写时，创作者应充分考虑目标观众的文化背景，避免产生误解。同时，利用语境的微妙变化，可以使潜台词更加生动贴切。例如，在不同的场景下说"你真厉害"，其潜台词可能分别是赞扬、讽刺或调侃。

## 8.3.6  保持对白的真实性和逻辑性

在短剧的对白编写中，保持对白的真实性和逻辑性是至关重要的。真实性指的是对白应当贴近现实生活中人们的交流方式，让观众感受到角色的真实性和可信度；逻辑性则是指对白之间应有清晰的联系和合理的推理，使得剧情发展合情合理，观众能够顺畅地理解和接受。图 8-8 为保持对白具有真实性和逻辑性的方法。

| 深入观察生活，积累真实素材 | 创作者需要深入观察不同人群在日常生活、工作中的交流方式，记录他们的语言习惯、用词特点、语调变化等。这些真实素材能够为对白编写提供丰富的参考 |
|---|---|
| 注重情境营造与氛围烘托 | 对白应当与剧情情境紧密相连，通过描述场景、氛围等细节来增强对白的真实感，并通过语言来营造特定的氛围和情感色彩，使观众更加深入地感受剧情的张力和角色的内心世界 |
| 逻辑清晰，避免自相矛盾 | 对白内容应当连贯、有序，不出现跳跃式或断章取义的情况。每个句子之间应当有明确的逻辑关系，并避免角色的对白之间出现自相矛盾或无法解释的情况 |
| 精简有力，言简意赅 | 对白应当力求简洁有力，确保每句话都能传达出关键信息；并通过简洁明了的表达方式突出对话的重点和亮点，使观众能够更加关注剧情的核心内容和角色的关键表现 |

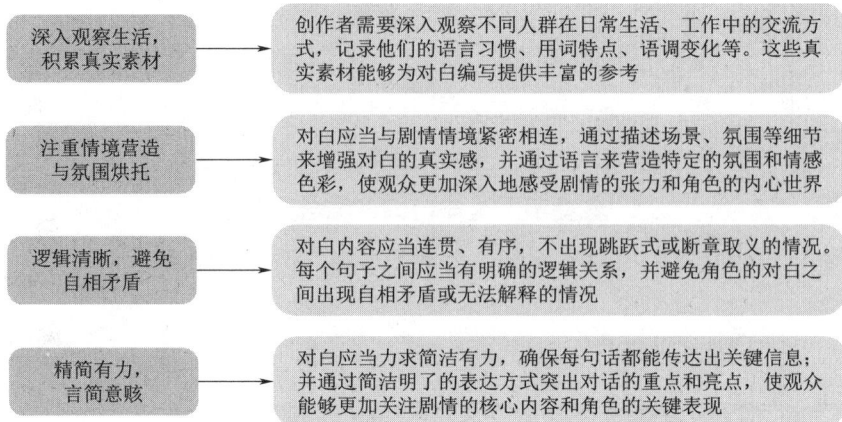

图 8-8　保持对白具有真实性和逻辑性的方法

第 **9** 章

视觉：增加
画面观赏性

在短剧中，视觉元素的运用是一项细致化、多样性的工作，需要创作者、摄影师、道具师、灯光师、后期人员等共同完成。本章介绍视觉元素的基础知识和运用技巧，帮助创作团队呈现出更优质的视觉效果，从而增强短剧画面的观赏性。

# 9.1　短剧中的视觉元素

视觉元素是指构成视觉对象的基本单元，是人类接受与传达信息的工具与媒介，是视觉传达语言的单词与符号。在短剧中，视觉元素是构成画面和传达剧情信息的基础，它们通过色彩、光影、构图、特效等多种形式，共同营造出丰富的视觉体验，帮助观众理解剧情、感受氛围、认识角色。本节介绍视觉元素的特点、分类和作用。

## 9.1.1　视觉元素的特点

在短剧中，视觉元素的特点包括直观性、情感性、叙事性和艺术性，这些特点共同作用于观众的视觉感知，创造出丰富多彩的视觉体验，如图 9-1 所示。

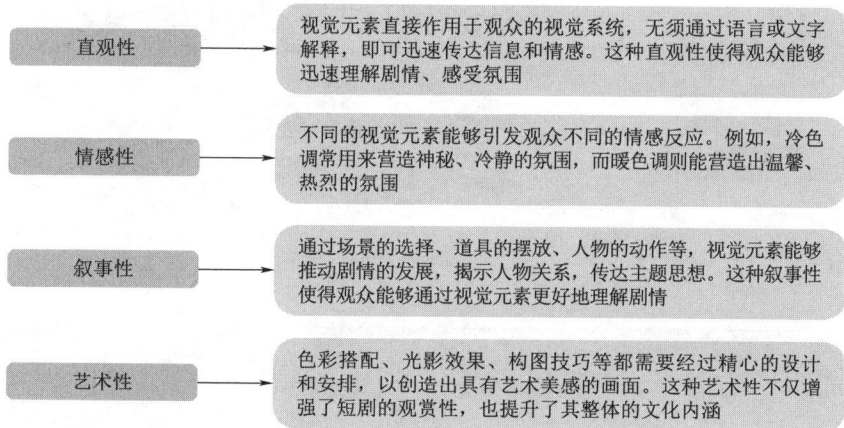

| 直观性 | 视觉元素直接作用于观众的视觉系统，无须通过语言或文字解释，即可迅速传达信息和情感。这种直观性使得观众能够迅速理解剧情、感受氛围 |
| 情感性 | 不同的视觉元素能够引发观众不同的情感反应。例如，冷色调常用来营造神秘、冷静的氛围，而暖色调则能营造出温馨、热烈的氛围 |
| 叙事性 | 通过场景的选择、道具的摆放、人物的动作等，视觉元素能够推动剧情的发展，揭示人物关系，传达主题思想。这种叙事性使得观众能够通过视觉元素更好地理解剧情 |
| 艺术性 | 色彩搭配、光影效果、构图技巧等都需要经过精心的设计和安排，以创造出具有艺术美感的画面。这种艺术性不仅增强了短剧的观赏性，也提升了其整体的文化内涵 |

图 9-1　视觉元素的特点

## 9.1.2　视觉元素的分类

在短剧中，创作团队可以将视觉元素通过不同的方式组合和运用来共同营造出丰富的视觉体验，使观众能够深入理解和感受剧情。总的来说，短剧中的视觉元素包括色彩、光影、构图、场景、道具、特效、动画和镜头语言这八类，如图 9-2 所示。

| 色彩 | 色彩是短剧中最为直观和富有表现力的视觉元素之一。它不仅仅是指物体表面的颜色，更是通过色彩的运用来传达情感、营造氛围、强调主题的重要手段 |
|---|---|
| 光影 | 光影是指光线在物体表面产生的明暗变化及其投影效果。在短剧中，光影的运用能够塑造物体的立体感、空间感和质感，同时也可以通过光线的方向和强度来营造不同的氛围 |
| 构图 | 构图是指画面中各元素（如人物、景物、道具等）的组织和排列方式。它决定了画面的整体布局和视觉效果，是影视短剧中表达主题、引导观众视线、营造氛围的重要手段 |
| 场景 | 场景是指短剧中人物活动和故事发生的环境。它包括室内场景和室外场景两大类，可以是现实生活中的真实环境，也可以是虚构的、经过艺术加工的环境 |
| 道具 | 道具是指短剧中人物所使用的物品或场景中的陈设物。它们不仅仅是装饰或辅助表演的工具，更是通过细节设计来展现人物性格、身份、地位及时代背景的重要手段 |
| 特效 | 特效是指在短剧中通过技术手段创造出的特殊视觉效果。它包括视觉特效（如爆炸、飞行、变形等）和声音特效（如音效、配乐等）两大类 |
| 动画 | 在短剧中，动画通常指的是通过计算机技术或手绘等方式制作出的动态图像。它可以是二维动画、三维动画或定格动画等形式 |
| 镜头语言 | 镜头语言是影视艺术中通过镜头的运用来传达信息、表达情感、构建叙事的手法，包括镜头的选择、运动、角度等因素。不同的镜头语言能够产生不同的视觉效果和叙事效果 |

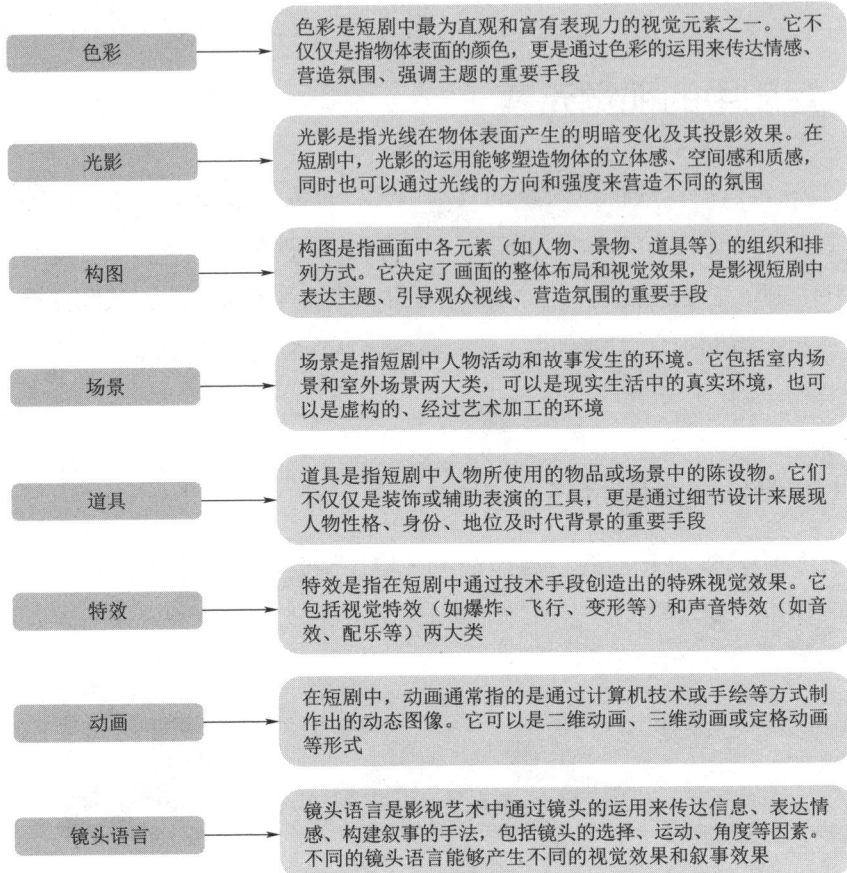

图 9-2　视觉元素的分类

>> 小贴士 >>>>>>

　　另外，服装与化妆设计、字幕与图形元素及摄影风格等也属于视觉元素的一部分，它们共同作用于观众的视觉感知，为短剧增添了丰富的视觉层次和叙事深度。

## 9.1.3　视觉元素的作用

　　在短剧中，视觉元素不仅传递了故事情节，更在深层次上影响着观众的情感体验、认知理解及审美享受。下面介绍在短剧中视觉元素起到的六大作用。

## ▶▷ 1. 增强观众的沉浸感

沉浸感是指观众在观看过程中仿佛置身于剧情所构建的世界之中，与角色同呼吸共命运，情感与认知上达到高度的投入与共鸣。

在短剧中，视觉元素可以通过逼真的场景再现、色彩与光影的巧妙运用及镜头语言的丰富表达等方式，极大地增强了观众的沉浸感，如图 9-3 所示。这种沉浸感不仅让观众更加投入地观看剧情的发展，也让他们更加深刻地理解和感受作品所传达的思想和情感。

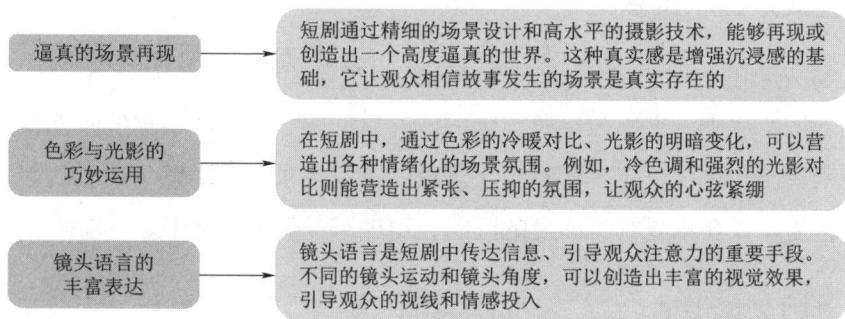

| 逼真的场景再现 | → | 短剧通过精细的场景设计和高水平的摄影技术，能够再现或创造出一个高度逼真的世界。这种真实感是增强沉浸感的基础，它让观众相信故事发生的场景是真实存在的 |
|---|---|---|
| 色彩与光影的巧妙运用 | → | 在短剧中，通过色彩的冷暖对比、光影的明暗变化，可以营造出各种情绪化的场景氛围。例如，冷色调和强烈的光影对比则能营造出紧张、压抑的氛围，让观众的心弦紧绷 |
| 镜头语言的丰富表达 | → | 镜头语言是短剧中传达信息、引导观众注意力的重要手段。不同的镜头运动和镜头角度，可以创造出丰富的视觉效果，引导观众的视线和情感投入 |

图 9-3　运用视觉元素增强观众沉浸感的方式

## ▶▷ 2. 表达情感和营造氛围

在短剧中，色彩、光影和场景布置等视觉元素是表达情感和营造氛围的强有力工具，通过其独特的语言方式，深刻地表达着情感并营造出独特的氛围，使观众在视觉的引领下，与故事产生共鸣，沉浸于创作团队精心构建的情感世界之中。

例如，色彩是视觉元素中最直观、最具表现力的部分之一，不同的色彩能够引发人们不同的情感反应。在爱情短剧中，可能会大量使用粉色和红色，以传达浪漫与甜蜜；而在悬疑短剧中，则可能通过冷色调和暗色系的运用，营造出紧张、压抑的氛围。

## ▶▷ 3. 突出主题与信息

视觉元素通过象征、隐喻等手法，能够直观且深刻地传达影片的主题思想和关键信息。例如，反复出现的特定物品（如戒指象征承诺）、色彩模式（如红色代表激情与危险）或是特定的构图方式（如对称构图强调平衡与和谐），都能在无形之中强化影片的主题，使观众在潜意识中接收到创作者想要传达的信息。

### ▶▷4. 塑造角色形象

服装、化妆、发型及角色的动作设计等视觉元素，对于塑造角色形象至关重要。它们不仅反映了角色的社会地位、性格特征和心理状态，还通过视觉上的差异化帮助观众区分和记忆不同角色。例如，一个角色的服装风格可能暗示其职业、性格或当前的心境，而特定的动作习惯则能加深观众对该角色的认知。

### ▶▷5. 提升艺术美感

视觉元素的艺术性直接决定了短剧的观赏价值。通过运用美学原理，如色彩搭配、构图法则、光影效果等，短剧能够呈现出令人赏心悦目的画面，提升整体的艺术美感。这种美感不仅满足了观众的审美需求，还增强了短剧的吸引力和感染力，使观众在享受视觉盛宴的同时，更加沉浸于故事之中。

### ▶▷6. 跨文化传播

在全球化背景下，短剧作为文化传播的重要载体，其视觉元素在跨文化交流中发挥着不可替代的作用。通过精心设计的视觉语言，如具有文化特色的场景布置，短剧能够跨越语言和地域的界限，与不同文化背景的观众产生共鸣。这种跨文化的沟通能力，使得短剧成为连接不同国家和地区人民情感的桥梁，促进了文化的交流与融合。

## 9.2 视觉元素的运用技巧

在短剧中，视觉元素的运用技巧是创作过程中不可或缺的一部分。这些技巧旨在通过色彩、光影、场景和道具等元素的精妙组合，提升短剧的艺术表现力和情感传达效果。本节介绍八种视觉元素的运用技巧。

### 9.2.1 色彩的运用

在短剧中，色彩不仅是视觉表达的基础，更是情感传达和氛围营造的关键。下面从色彩对比、色彩关联和冷暖色调三个方面来详细介绍色彩的运用技巧。

## ▶▷ 1. 色彩对比

色彩对比是通过不同色彩之间的鲜明差异来增强画面效果的一种手法。在短剧中，色彩对比可以突出主题、强调重点，同时增强画面的视觉冲击力和层次感。总的来说，色彩可以从明度、色相和纯度三个方面形成对比，具体内容如下。

（1）明度对比

明度是指色彩的明暗程度，既包含各种颜色的不同明度，又包含同一色相的不同明度。例如，蓝色和紫色会因为明度的不同而衍生出更多的色彩，如图 9-4 所示。

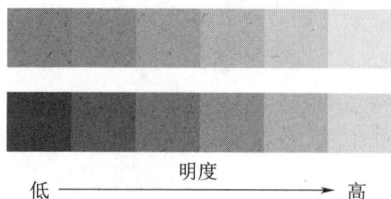

低 ——— 明度 ——→ 高

图 9-4　不同明度的蓝色和紫色

创作者可以运用色彩的明度来制造明暗对比，从而突出画面中的主体元素，使观众迅速捕捉到关键信息。例如，在暗色背景中放置一个明亮的物体，可以立即吸引观众的注意力。

（2）色相对比

色相是色彩的首要特征，是区别各种不同色彩的最准确的标准，除了黑、白、灰三色之外，任何色彩都有色相。例如，12 色相环是一个将色彩按照色相顺序排列的圆形图表，通常包括黄、橙黄、橙、橙红、红、紫红、紫、蓝紫、蓝、蓝绿、绿、黄绿这 12 种色相，如图 9-5 所示。

不同色相之间的对比可以产生强烈的视觉效果。例如，红色和绿色的对比、蓝色和橙色的对比等，都能形成鲜明的色彩反差，增强画面的表现力。

（3）纯度对比

纯度是指色彩的饱和程度。高纯度色

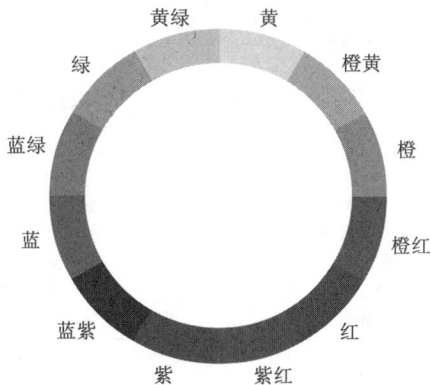

图 9-5　12 色相环

彩之间的对比可以产生鲜艳、活泼的效果；而低纯度色彩之间的对比则显得柔和、宁静。因此，通过纯度的对比，可以营造出不同的情感氛围。

## ▶▷ 2. 色彩关联

色彩关联是指通过色彩之间的内在联系来传达特定的信息或情感。在短剧中，色彩关联可以帮助观众建立对角色、场景或情节的认知和联想，运用方法如图 9-6 所示。

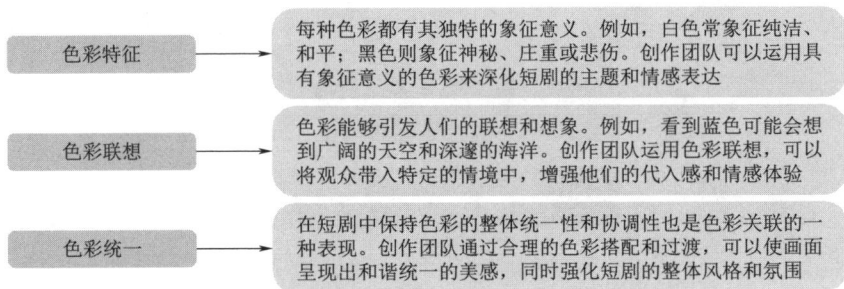

| 色彩特征 | 每种色彩都有其独特的象征意义。例如，白色常象征纯洁、和平；黑色则象征神秘、庄重或悲伤。创作团队可以运用具有象征意义的色彩来深化短剧的主题和情感表达 |
|---|---|
| 色彩联想 | 色彩能够引发人们的联想和想象。例如，看到蓝色可能会想到广阔的天空和深邃的海洋。创作团队运用色彩联想，可以将观众带入特定的情境中，增强他们的代入感和情感体验 |
| 色彩统一 | 在短剧中保持色彩的整体统一性和协调性也是色彩关联的一种表现。创作团队通过合理的色彩搭配和过渡，可以使画面呈现出和谐统一的美感，同时强化短剧的整体风格和氛围 |

图 9-6　色彩关联的运用方法

## ▶▷ 3. 冷暖色调

冷暖色调是色彩学中的一个基本概念，用于描述色彩给人的心理感受，如图 9-7 所示。这种感受并非色彩本身的物理温度，而是人们看到色彩后，基于日常生活经验和心理联想所产生的一种主观感受。

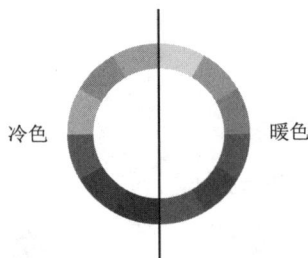

冷色　　　　　暖色

图 9-7　冷暖色调

在短剧中，冷暖色调的作用是多方面的，它们不仅影响观众的视觉感受，还深刻地参与到情感的传达、氛围的营造以及主题的表达之中。下面从暖色调、冷色调和冷暖对比这三个方面分析它们的作用。

（1）暖色调。暖色调包括红色、橙色、黄色等色彩，它们能够传递出温暖、热烈、积极的情感。在短剧中运用暖色调可以营造出温馨、浪漫或充满活力的氛围。例如，在爱情场景中使用暖色调可以增强情感的表达；在欢快、庆祝的场景中使用暖色调可以增添喜庆的气氛。

（2）冷色调。冷色调则包括蓝色、绿色、紫色等，它们给人以冷静、清新或忧郁的感受。在短剧中运用冷色调可以营造出冷静、神秘或忧郁的氛围。例如，在悬疑、惊悚的场景中使用冷色调可以加强紧张感和恐惧感；在孤独、悲伤的场景中使用冷色调可以深化情感的表达。

（3）冷暖对比。将冷暖色调进行对比使用可以产生强烈的视觉效果和情感冲击。例如，在画面中同时运用暖色调和冷色调可以形成鲜明的对比和反差，增强画面的层次感和表现力。通过冷暖对比的运用，可以更加生动地展现短剧中角色的内心世界和情感波动。

## 9.2.2　光影的运用

光影的运用是短剧制作中不可或缺的一环。它不仅是技术层面的需求，更是艺术创作的必然要求。没有光影的参与，画面将失去立体感、层次感和深度，难以传达出丰富的视觉信息和情感色彩。

因此，光影的巧妙运用能够显著提升作品的艺术感染力和视觉冲击力，使观众在享受视觉盛宴的同时，更深刻地理解剧情与人物内心世界。下面从逆光拍摄、明暗对比及光源的方向和色温这三个方面介绍光影的具体运用技巧。

### ▶▷ 1. 逆光拍摄

逆光拍摄，即光源位于被摄主体背后，使得主体边缘被光线勾勒，形成鲜明的轮廓光或剪影效果。这种拍摄方式能够突出主体的轮廓线条，营造出梦幻、浪漫或神秘的氛围。在短剧中，逆光拍摄可以起到深化情感表达和增强视觉冲击力的作用，如图 9-8 所示。

在实际运用中，当角色面临重大抉择或内心冲突时，可以采用逆光拍摄，通过轮廓光强调其面部表情和姿态，加深观众对角色情感的理解；而在表现回忆、梦境或超现实场景时，也可以利用逆光拍摄创造朦胧、梦幻的视觉效果，增强故事的奇幻色彩。

| 深化情感表达 | → | 在短剧中，逆光拍摄常被用于表达人物内心的挣扎、渴望或孤独等复杂情感。通过轮廓光的勾勒，人物的形象更加鲜明，情感表达更加深刻 |
| --- | --- | --- |
| 增强视觉冲击力 | → | 强烈的轮廓光或剪影效果能够吸引观众的注意力，增强画面的视觉冲击力，使画面在众多场景中脱颖而出 |

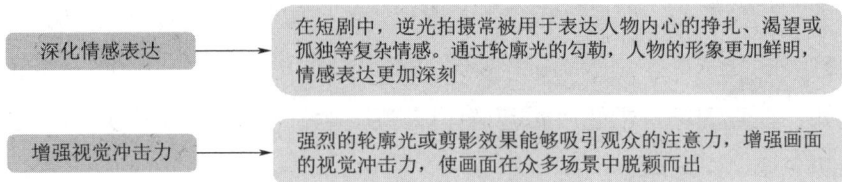

图 9-8　逆光拍摄的作用

## ▶▷ 2. 明暗对比

明暗对比是通过调整画面中亮部与暗部的比例和分布，以形成强烈的视觉反差。在短剧中，明暗对比可以起到增强空间感和传递情绪的作用，如图9-9所示。

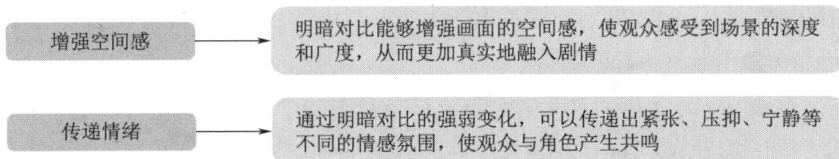

| 增强空间感 | → | 明暗对比能够增强画面的空间感，使观众感受到场景的深度和广度，从而更加真实地融入剧情 |
| --- | --- | --- |
| 传递情绪 | → | 通过明暗对比的强弱变化，可以传递出紧张、压抑、宁静等不同的情感氛围，使观众与角色产生共鸣 |

图 9-9　明暗对比的作用

在实际运用中，创作团队可以在表现紧张刺激的追逐戏或打斗场面时，加强明暗对比，使画面更加紧张激烈，吸引观众的注意力；也可以在表现角色内心世界的细腻变化时，通过微妙的明暗对比变化，反映角色情感的波动和变化。

## ▶▷ 3. 光源的方向和色温

光源的方向不仅决定了光线如何巧妙地勾勒出场景中物体的轮廓，还深刻影响着物体表面的受光与阴影分布，进而创造出层次分明的立体感与空间深度。例如，当光线从正面直接照射物体时，会呈现出清晰明亮的轮廓，但也可能导致画面缺乏层次和对比。

而色温则决定了光线的颜色冷暖，为短剧赋予了独特的情感色彩与视觉风格。例如，高色温的光源偏向冷色调，如蓝色或青色，给人以清新、冷静或孤寂的感觉。

在短剧中，光源的方向和色温可以起到营造氛围和表达时间感的作用，如图 9-10 所示。

营造氛围 → 不同的光源方向和色温能够营造出截然不同的氛围和情绪，调整光源的方向和色温可以强化或改变场景的情感色彩

表达时间感 → 光源的方向和色温在表达时间感时往往相互结合、相互补充。例如，在日落时分的拍摄中，逆光与低色温相结合可以营造出一种温暖而浪漫的时间感

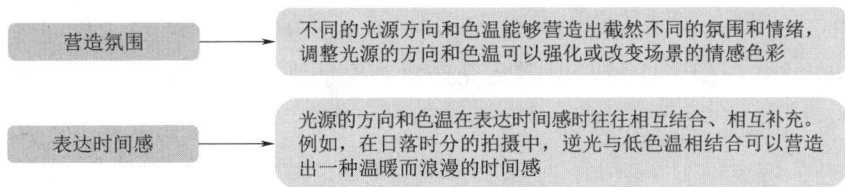

图 9-10　光源的方向和色温的作用

## 9.2.3　场景的运用

场景是短剧中不可或缺的组成部分，它承载着故事情节的展开和人物形象的塑造。一个精心设计的场景能够迅速将观众带入特定的时空背景，增强故事的真实感和可信度。因此，场景的选择和布置直接关系到短剧的整体风格和氛围营造。

不同的场景能够传达出不同的情感色彩和视觉效果，从而影响观众对故事的理解和感受。合适的场景能够增强短剧的视觉冲击力和情感感染力，使观众更加投入地参与到故事中去。同时，通过场景的转换和对比，还能够突出故事的冲突和转折，提升短剧的叙事效果。下面从场景的选择、布置、转换和对比这四个方面进行详细介绍。

### ▶▷1. 场景的选择

合适的场景选择能够迅速建立故事基调，为观众提供明确的视觉导向，帮助观众更好地理解剧情和人物关系。

在剧本创作阶段，创作团队就要明确每个场景的功能和目的，并结合故事发展需要进行选择。具体来说，创作团队要根据剧本的主题、风格和情节需要，选择具有代表性、能够烘托氛围的场景。例如，悬疑主题的短剧常常选择阴暗、复杂的场景，而浪漫主题的短剧则偏爱温馨、唯美的场景。

另外，在拍摄时，创作团队还需要考虑实际的拍摄条件，确保场景的可实现性和美观性。

### ▶▷2. 场景的布置

场景的布置能够增强画面的视觉冲击力，使观众更加沉浸于故事之中。同时，

通过细节的布置，还能传递出丰富的信息，丰富剧情的层次。

创作团队在布置场景时，需要充分考虑剧情需要和观众感受，注重细节的处理和整体氛围的营造，通过道具、灯光、色彩等元素的精心布置，营造出符合剧情需要的场景氛围。例如，使用暖色调灯光和温馨道具布置家庭场景，或使用冷色调灯光和阴森道具布置恐怖场景，如图 9-11 所示。

图 9-11　家庭场景（左）和恐怖场景（右）

### ▶▷ 3. 场景的转换

场景的转换指的是从一个拍摄场景过渡到另一个拍摄场景的过程。这种转换可以是物理空间上的变化，比如从室内转移到室外，从一个房间进入另一个房间，或者从城市街道转到乡村田野等；也可以是时间上的跳跃，虽然时间上的变化更多的是通过剪辑手法和叙事结构来体现，但场景转换也常伴随着时间线索的推进或回溯。

流畅的场景转换能够保持剧情的连贯性，避免观众产生跳跃感。同时，通过巧妙的转场设计，还能增强画面的视觉冲击力和艺术感。

在场景转换时，创作团队需要注重前后场景的关联性和逻辑性，并利用镜头运动、剪辑手法和转场效果等技巧，实现场景之间的自然过渡。例如，通过平移镜头展现空间变化，或使用淡入淡出等转场效果连接不同场景。另外，创作团队还需要根据剧情需要选择合适的转场方式，以达到最佳的艺术效果。

## ▶▷ 4. 场景的对比

场景的对比是指通过不同场景之间的比较和对照来强调情节发展、人物性格、主题思想或情感氛围等方面的差异和变化。这种对比手法能够增强剧情的冲突性和张力，使观众更加深刻地理解故事内容和人物关系。同时，通过对比还能突出表达特定的情感和氛围，增强作品的感染力。

创作团队可以通过不同场景之间的对比来突出表达特定的情节和主题。例如，将繁华都市与偏远乡村进行对比，展现不同的生活方式和价值观；通过闪回或平行蒙太奇手法，将过去与现在的场景进行对比，展示人物或事件的变迁。

不过，在运用场景对比时，创作团队需要注重对比的鲜明性和合理性，确保对比效果能够准确传达剧情信息和主题思想。同时，还需要注意对比的度量和节奏控制，避免过于突兀或冗长影响观众的观看体验。

## 9.2.4　道具的运用

道具作为短剧叙事的重要组成部分，能够直观地向观众传达故事背景、时间线索、人物关系等信息，增强作品的真实感和沉浸感。没有精心设计的道具，短剧往往会显得空洞乏味，难以吸引观众的注意力。

道具的选择与布置直接关系到场景的还原度、角色的塑造深度及故事情感的传递效果。因此，道具的运用是影视创作不可或缺的一环。下面从道具的选择和准备这两个方面进行详细介绍。

### ▶▷ 1. 道具的选择

恰当的道具运用能够显著提升作品的艺术表现力，使观众在视觉享受的同时，深刻感受到故事的内涵与情感。它不仅能够营造出身临其境的氛围，还能通过象征、隐喻等手法，深化主题，引发观众对人生、社会等问题的思考。因此，创作团队首先需要掌握选择道具的技巧，如图 9-12 所示。

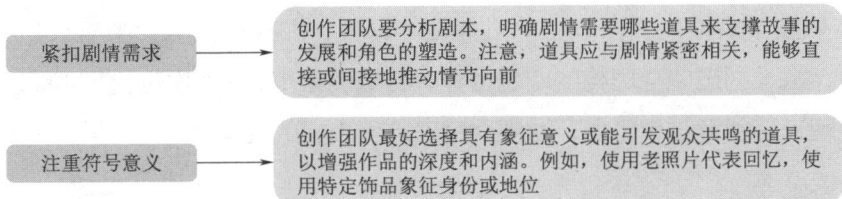

| 紧扣剧情需求 | 创作团队要分析剧本，明确剧情需要哪些道具来支撑故事的发展和角色的塑造。注意，道具应与剧情紧密相关，能够直接或间接地推动情节向前 |
| --- | --- |
| 注重符号意义 | 创作团队最好选择具有象征意义或能引发观众共鸣的道具，以增强作品的深度和内涵。例如，使用老照片代表回忆，使用特定饰品象征身份或地位 |

| 考虑实用性<br>与美观性 | 道具不仅要符合剧情需求，还应具备良好的实用性和美观性，以吸引观众的注意力。创作团队要挑选耐用、易于操作的道具，同时注重其外观设计，确保在镜头前呈现出最佳效果 |
|---|---|
| 尊重历史背景<br>与地域特色 | 对于历史主题的短剧或地域特色明显的作品，创作团队应当深入研究历史资料和地域文化，确保道具的样式、材质等细节符合时代背景或地域特色 |

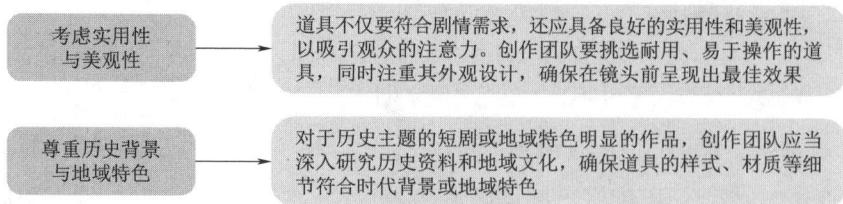

图 9-12　选择道具的技巧

## ▶▷ 2. 道具的准备

选择好要用的道具后，创作团队就要准备相应的道具。认真准备道具是确保拍摄顺利进行和作品质量上乘的重要前提。下面介绍准备道具的方法，如图9-13所示。

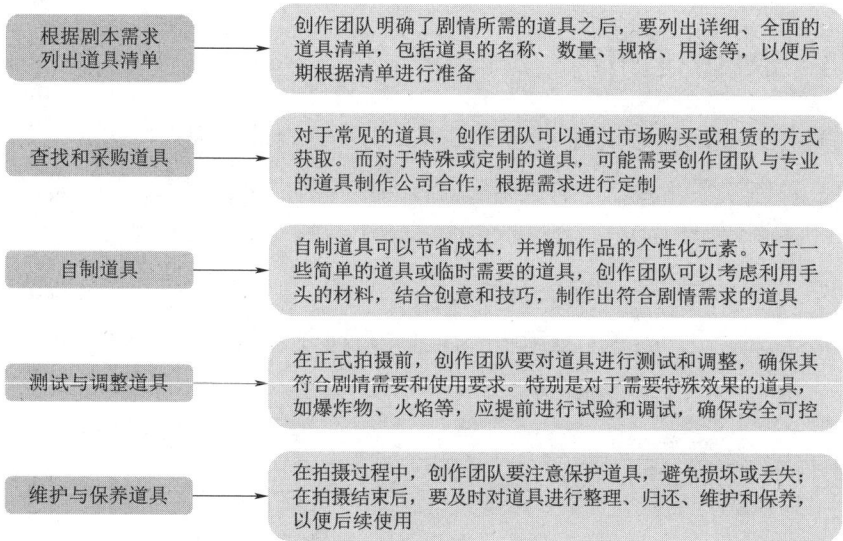

| 根据剧本需求<br>列出道具清单 | 创作团队明确了剧情所需的道具之后，要列出详细、全面的道具清单，包括道具的名称、数量、规格、用途等，以便后期根据清单进行准备 |
|---|---|
| 查找和采购道具 | 对于常见的道具，创作团队可以通过市场购买或租赁的方式获取。而对于特殊或定制的道具，可能需要创作团队与专业的道具制作公司合作，根据需求进行定制 |
| 自制道具 | 自制道具可以节省成本，并增加作品的个性化元素。对于一些简单的道具或临时需要的道具，创作团队可以考虑利用手头的材料，结合创意和技巧，制作出符合剧情需求的道具 |
| 测试与调整道具 | 在正式拍摄前，创作团队要对道具进行测试和调整，确保其符合剧情需要和使用要求。特别是对于需要特殊效果的道具，如爆炸物、火焰等，应提前进行试验和调试，确保安全可控 |
| 维护与保养道具 | 在拍摄过程中，创作团队要注意保护道具，避免损坏或丢失；在拍摄结束后，要及时对道具进行整理、归还、维护和保养，以便后续使用 |

图 9-13　准备道具的方法

## 9.2.5　特效的运用

特效能够模拟现实世界中难以捕捉的场景，如宏大的自然景观、复杂的科学现象，甚至创造完全虚构的幻想世界。特效的运用，使得短剧能够突破现实限制，展现无限创意与想象力，为观众带来前所未有的视觉体验。

随着观众审美水平的提高，对短剧的要求也日益增加。因此，在竞争激烈的短剧市场中，高质量的特效制作能够为作品赢得更多观众的青睐，提升市场竞争力。在短剧中，特效可以运用在构建与扩展场景、角色塑造和表演、动作与战斗场面的增强及后期修复与调整等方面，如图 9-14 所示。

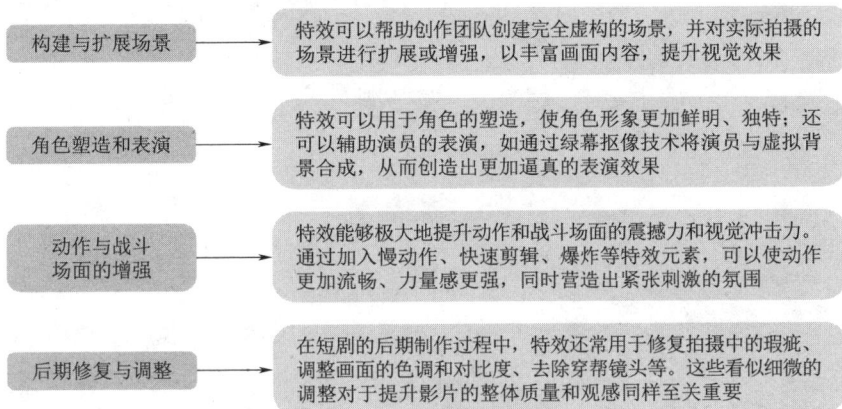

| 构建与扩展场景 | 特效可以帮助创作团队创建完全虚构的场景，并对实际拍摄的场景进行扩展或增强，以丰富画面内容，提升视觉效果 |
| --- | --- |
| 角色塑造和表演 | 特效可以用于角色的塑造，使角色形象更加鲜明、独特；还可以辅助演员的表演，如通过绿幕抠像技术将演员与虚拟背景合成，从而创造出更加逼真的表演效果 |
| 动作与战斗场面的增强 | 特效能够极大地提升动作和战斗场面的震撼力和视觉冲击力。通过加入慢动作、快速剪辑、爆炸等特效元素，可以使动作更加流畅、力量感更强，同时营造出紧张刺激的氛围 |
| 后期修复与调整 | 在短剧的后期制作过程中，特效还常用于修复拍摄中的瑕疵、调整画面的色调和对比度、去除穿帮镜头等。这些看似细微的调整对于提升影片的整体质量和观感同样至关重要 |

图 9-14　特效的运用

## 9.2.6　动画的运用

在短剧中，动画是指利用计算机技术、手绘、定格摄影等多种方式，创造出能够连续运动的图像序列，从而模拟出动态影像效果的艺术形式。这些图像可以是二维的或三维的，也可以是结合实拍素材与计算机生成图像的混合形式。

在短剧中，动画的运用非常广泛，它可以作为主要的叙事手段，讲述一个完整的故事；也可以作为辅助元素，用于补充、解释或强化实拍无法实现的场景、角色或效果。动画能够跨越现实与幻想的界限，创造出独特的视觉风格和情感体验，为观众带来全新的观影体验。

具体来说，短剧中的动画包括角色动画、场景动画、特效动画、信息图表动画和混合媒体动画这五种形式，如图 9-15 所示。

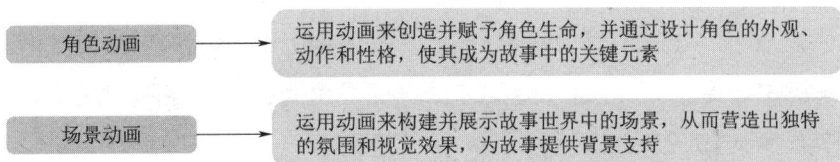

| 角色动画 | 运用动画来创造并赋予角色生命，并通过设计角色的外观、动作和性格，使其成为故事中的关键元素 |
| --- | --- |
| 场景动画 | 运用动画来构建并展示故事世界中的场景，从而营造出独特的氛围和视觉效果，为故事提供背景支持 |

| 特效动画 | → | 运用动画来制作各种视觉特效，如爆炸、火焰、水流等，从而增强画面的冲击力和表现力，使观众更加沉浸于故事之中 |
| 信息图表动画 | → | 运用动画将复杂的数据、信息或概念以动画的形式呈现，使其更加直观易懂，从而帮助观众更好地理解故事内容 |
| 混合媒体动画 | → | 这种动画形式能够充分利用实拍素材的真实感和CGI的创造力，创造出既真实又富有想象力的视觉效果 |

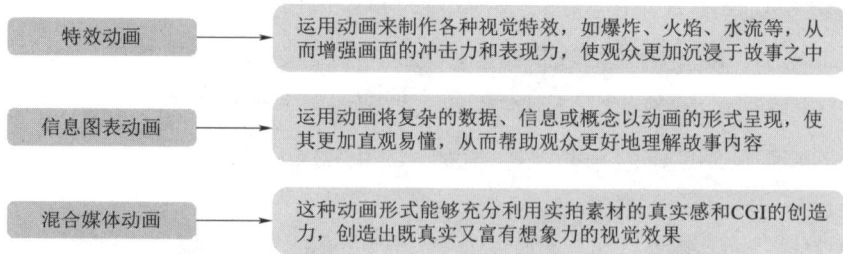

图 9-15　五种动画形式

>> 小贴士 >>>>>>

　　CGI 全称为 Computer Generated Imagery，中文意思为计算机生成图像。它指的是利用计算机技术创建和生成的图像。这种技术通过计算机程序对虚拟场景进行建模、渲染和动画处理，使得虚拟世界的图像看起来逼真、生动，与现实世界几乎无法区分。

　　需要注意的是，动画和特效在短剧中往往不是孤立存在的，而是相互依存、相互补充的。动画可以创造出独特的角色和场景，而特效则可以为这些角色和场景增添更加逼真的视觉效果。而且随着计算机技术的发展，动画和特效的制作技术也在不断融合。因此，创作团队要将特效和动画技术进行巧妙地结合和运用，以发挥它们的最大作用。

## 9.2.7　镜头语言的运用

　　镜头语言是指通过摄影机和镜头的运用，包括镜头的选择、布局、运动及画面构图等元素来构建和传达短剧中的视觉信息、情感氛围和故事情节。它类似于自然语言中的词汇、语法和修辞，是影视艺术特有的表达方式和叙事手段。

　　在短剧中，镜头语言不仅直接影响影片的表现力，还深刻影响着观众的观影体验与情感共鸣。镜头语言通过一系列精心设计的镜头、角度、运动、光影等元素，讲述故事、传达情感、展示主题，从而构建出丰富而深刻的视觉世界。

　　在短剧中，镜头语言通过镜头选择、拍摄角度、景深控制和镜头运动的形式发挥其作用，如图 9-16 所示。

| 镜头选择 | 不同类型的镜头能创造出截然不同的视觉效果和表现力。在拍摄时，创作团队应根据剧情氛围、人物关系及场景特点，灵活选择镜头类型。例如，在展现壮丽的自然风光时，可以使用广角镜头 |
|---|---|
| 拍摄角度 | 不同的拍摄角度能呈现不同的视觉效果和情感表达。创作团队在选择拍摄角度时，要考虑剧情需求、角色性格及情感表达。例如，在表现英雄主义情节时，可以采用仰拍角度 |
| 景深控制 | 景深控制能够突出画面主体，营造层次感和空间感。在拍摄时，创作团队应根据画面构图和主题需要来调整景深。例如，在表现人物特写时，可以使用浅景深来突出人物面部特征 |
| 镜头运动 | 镜头运动能够捕捉被摄物体的不同角度和细节，增强画面的动态感和表现力。在拍摄时，创作团队应根据剧情发展和画面需求来选择合适的镜头运动方式。例如，在表现人物内心变化时，可以使用推镜头来逐渐展现人物的面部表情 |

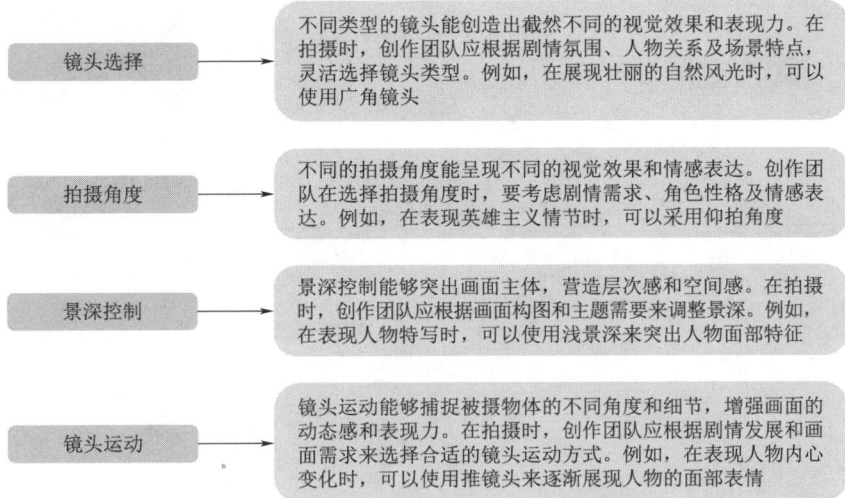

图 9-16　镜头语言在短剧中的运用形式

## 9.2.8　构图的运用

构图是指将拍摄对象在画面中进行合理布局，通过角度、位置、大小等元素的安排，创造出具有视觉吸引力和表现力的画面。

在短剧中，构图不仅是艺术表现的手段，更是有效传达情感、故事和主题的关键。它不仅决定了画面的美观程度，还直接影响到观众对故事情节的理解和感受。因此，掌握和运用好构图技巧，对于提升短剧的整体质量至关重要。

在运用构图来增加短剧的视觉效果之前，创作团队需要掌握不同构图方式的基础知识，以便结合需求进行选择和使用。图 9-17 为五种常见的构图方式。

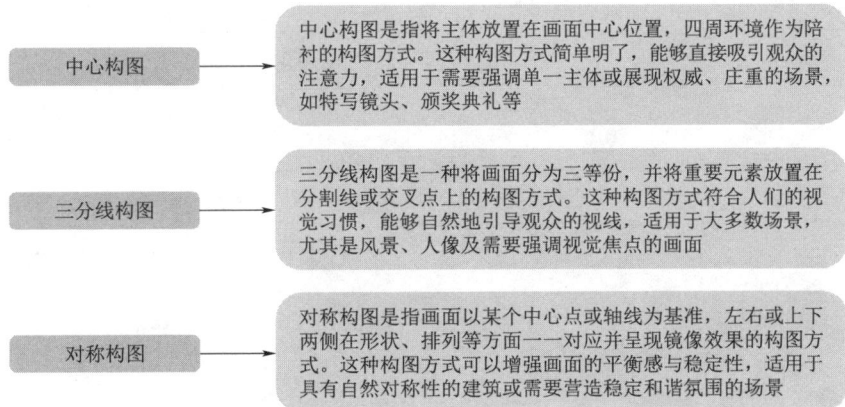

| 中心构图 | 中心构图是指将主体放置在画面中心位置，四周环境作为陪衬的构图方式。这种构图方式简单明了，能够直接吸引观众的注意力，适用于需要强调单一主体或展现权威、庄重的场景，如特写镜头、颁奖典礼等 |
|---|---|
| 三分线构图 | 三分线构图是一种将画面分为三等份，并将重要元素放置在分割线或交叉点上的构图方式。这种构图方式符合人们的视觉习惯，能够自然地引导观众的视线，适用于大多数场景，尤其是风景、人像及需要强调视觉焦点的画面 |
| 对称构图 | 对称构图是指画面以某个中心点或轴线为基准，左右或上下两侧在形状、排列等方面一一对应并呈现镜像效果的构图方式。这种构图方式可以增强画面的平衡感与稳定性，适用于具有自然对称性的建筑或需要营造稳定和谐氛围的场景 |

前景构图

前景构图是指在画面中加入一些前景元素（如树枝、花草、石头等），以增加画面的层次感和深度感的构图方式。这种构图方式适用于需要增强画面层次感和深度感的场景，如风景拍摄、人物拍摄等，使画面更加立体和丰富

框架构图

框架构图是指利用画面中的自然或人造框架（如门窗、树枝、建筑框架等）来框定主体，形成一种视觉上的"画中画"效果的构图方式。这种构图方式适用于需要强调主体或营造特定氛围的场景

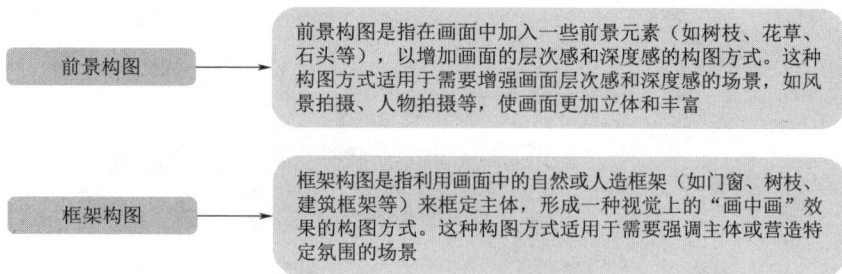

图 9-17　五种常见的构图方式

# 第 **10** 章

## 音频：加强
## 情绪表达

在短剧中，音频是一个至关重要的组成部分，它不仅仅是对视觉元素的补充，更是塑造情感、氛围和角色及推动情节发展的关键力量。本章主要介绍短剧中音频的基础知识、常见类型和使用技巧，帮助创作团队打造优质的听觉效果。

# 10.1　短剧中的音频

在短剧的创作过程中，音频作为与视觉画面相辅相成的关键元素，扮演着不可或缺的角色。它不仅增强了观众的沉浸感，还通过声音的传达加深了情感的共鸣和故事的叙述。本节介绍音频的特点、作用和来源。

## 10.1.1　音频的特点

音频是指声音在时间上的连续表示，它包括人声、音乐、音效，以及环境声等所有能够被人耳接收并识别的声音元素。在短剧中，音频是构成完整作品的重要维度之一，与视频画面共同讲述故事，营造氛围。音频具有多样性、情感性、叙事性和空间感这四个特点，如图 10-1 所示。

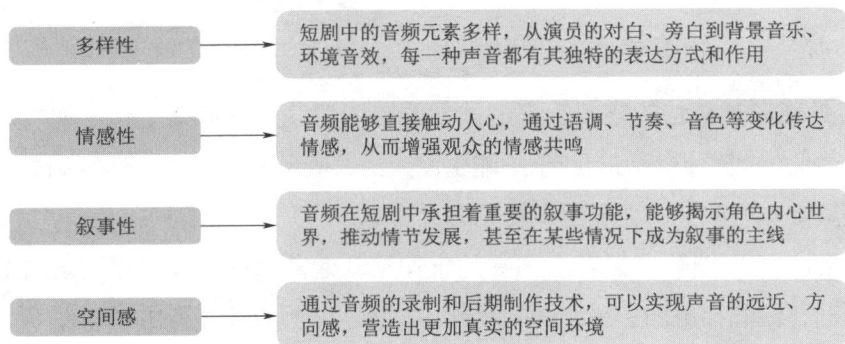

| 多样性 | 短剧中的音频元素多样，从演员的对白、旁白到背景音乐、环境音效，每一种声音都有其独特的表达方式和作用 |
| --- | --- |
| 情感性 | 音频能够直接触动人心，通过语调、节奏、音色等变化传达情感，从而增强观众的情感共鸣 |
| 叙事性 | 音频在短剧中承担着重要的叙事功能，能够揭示角色内心世界，推动情节发展，甚至在某些情况下成为叙事的主线 |
| 空间感 | 通过音频的录制和后期制作技术，可以实现声音的远近、方向感，营造出更加真实的空间环境 |

图 10-1　音频的特点

## 10.1.2　音频的作用

在短剧中，音频的作用是多方面的，它不仅是画面的好伙伴，更是提升观众体验、深化剧情理解、增强情感共鸣的关键因素。下面对音频在短剧中的作用进行介绍。

▶▷ 1. 叙事与情感表达

音频中的音乐、音效等元素可以辅助叙事，推动故事情节的发展。音乐能够表现时间和人物的变化，传达环境信息，与画面配合塑造逼真和生活化的场景。例如，紧张的背景音乐可以预示即将到来的冲突，而温馨的音乐则能营造出和谐的氛围。

另外，音频能够传达和强化情感，使观众更深入地理解和感受剧中人物的情感状态。通过音乐的旋律、节奏及音效的运用，可以激发观众的共鸣，增强情感传递的效果。

## ▶▷ 2. 补充与丰富画面

像风声、雨声、鸟鸣等环境音效，能够增强场景的真实感和沉浸感，使观众仿佛置身于剧情之中。这些音效不仅补充了画面的信息，还丰富了观众的感官体验。

另外，背景音乐能够激发观众的联想，使画面更加生动、真实，并赋予画面更深刻的意义和内涵。优秀的背景音乐能够与画面相得益彰，共同营造出独特的艺术效果。

## ▶▷ 3. 调动观众情绪

音频通过其独特的艺术表现形式，能够引导观众的情绪变化。欢快的音乐可以让人心情愉悦，悲伤的音乐则能引发人的共鸣和同情。这种情绪引导有助于观众更好地融入剧情，与剧中人物同悲共喜。

音频的运用能够增强观众的参与感和互动性。当观众被音频所营造的氛围所吸引时，他们会更加关注剧情的发展，与剧中人物产生更深的情感联系。

## ▶▷ 4. 提高整体质量

音频的加入使得短剧在视听上更加完整和和谐。良好的音频设计可以提升作品的观赏性，使观众在欣赏画面的同时，也能享受到美妙的音乐和音效带来的愉悦感受。而专业的音频处理能够提升短剧的整体质感。通过精细的混音、音效设计和音乐选择，可以使作品更加专业、精致，从而提升观众的认可度和满意度。

## 10.1.3 音频的来源

短剧的音频来源包括专业配音演员录制、现场录制、音频素材库、AI配音技术和其他来源，如图 10-2 所示。

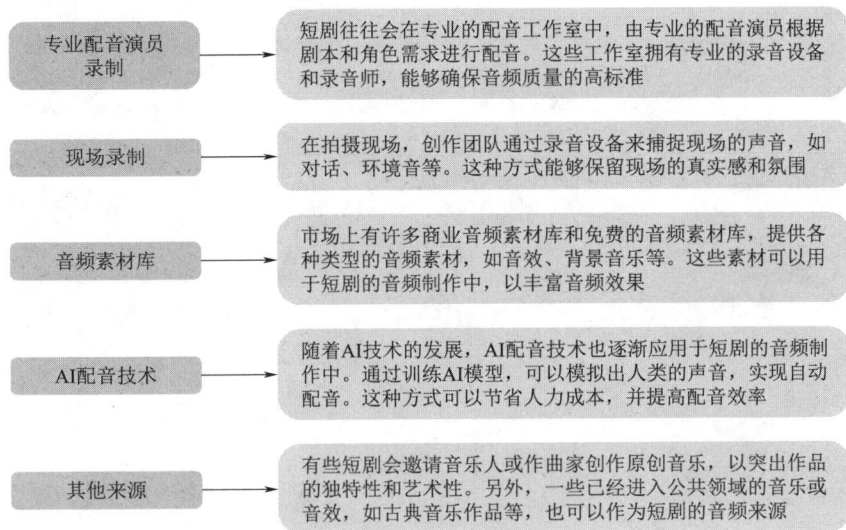

| 专业配音演员录制 | 短剧往往会在专业的配音工作室中，由专业的配音演员根据剧本和角色需求进行配音。这些工作室拥有专业的录音设备和录音师，能够确保音频质量的高标准 |
| --- | --- |
| 现场录制 | 在拍摄现场，创作团队通过录音设备来捕捉现场的声音，如对话、环境音等。这种方式能够保留现场的真实感和氛围 |
| 音频素材库 | 市场上有许多商业音频素材库和免费的音频素材库，提供各种类型的音频素材，如音效、背景音乐等。这些素材可以用于短剧的音频制作中，以丰富音频效果 |
| AI配音技术 | 随着AI技术的发展，AI配音技术也逐渐应用于短剧的音频制作中。通过训练AI模型，可以模拟出人类的声音，实现自动配音。这种方式可以节省人力成本，并提高配音效率 |
| 其他来源 | 有些短剧会邀请音乐人或作曲家创作原创音乐，以突出作品的独特性和艺术性。另外，一些已经进入公共领域的音乐或音效，如古典音乐作品等，也可以作为短剧的音频来源 |

图 10-2　音频的来源

在短剧的制作过程中，创作团队需要根据作品的需求和选择合适的音频来源，以确保音频质量的高标准和作品的艺术性。

## 10.2　音频的常见类型

在短剧中，多种类型的音频联合运用，可以极大地丰富了作品的表达方式和观赏体验，使得观众能够更加深入地理解和感受作品的内涵和情感。本节介绍人声、音乐和音效这三种短剧中常见的音频类型。

### 10.2.1　人　声

人声指的是人在表达思想和情感时所发出的各种声音。在短剧中，它可以起到推动叙事、表现人物情感和心境、塑造人物性格，以及增强代入感和沉浸感的作用，如图 10-3 所示。

总的来说，短剧中的人声包括对白、旁白、独白、同期声和解说词这五种形式，如图 10-4 所示。

| 推动叙事 | → | 人声是短剧中传递信息、交代剧情的主要手段，它可以让观众了解角色的性格、关系及故事的发展脉络 |
| --- | --- | --- |
| 表现人物情感和心境 | → | 人声通过语调、音色、节奏等变化，能够生动地展现人物的情感变化和内心世界。无论是喜悦、悲伤、愤怒还是焦虑，人声都能准确传达给观众 |
| 塑造人物性格 | → | 不同的人声特点和风格能够塑造出不同的人物性格。例如，粗犷的声音可能代表一个豪放不羁的角色，而温柔细腻的声音则可能代表一个温婉可人的角色 |
| 增强代入感和沉浸感 | → | 真实的人声能够让观众更加容易地融入影视短剧的故事情境中，从而产生强烈的代入感和沉浸感 |

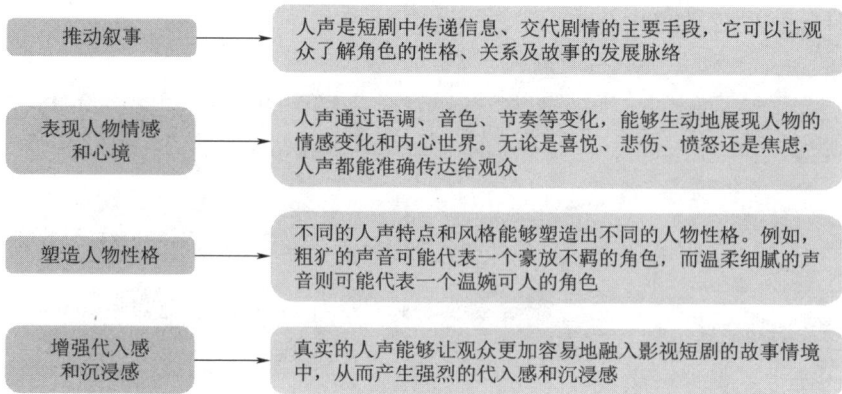

图 10-3　人声的作用

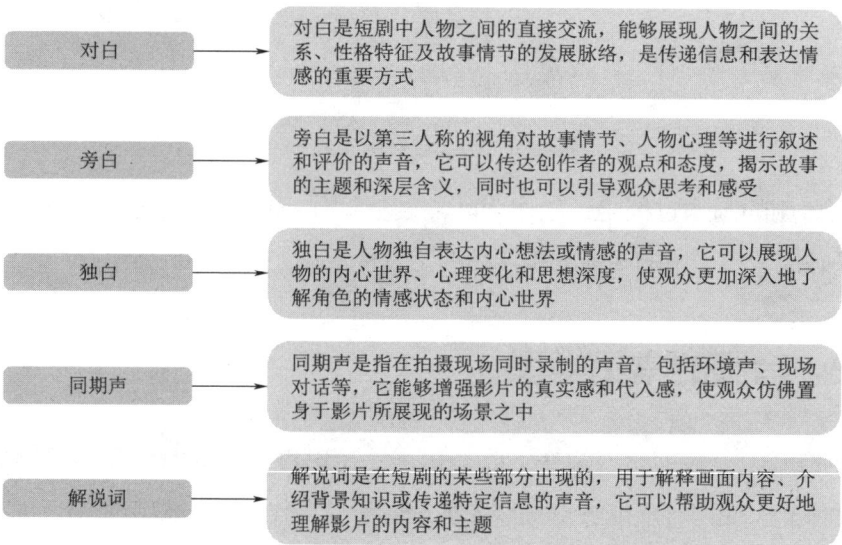

| 对白 | → | 对白是短剧中人物之间的直接交流，能够展现人物之间的关系、性格特征及故事情节的发展脉络，是传递信息和表达情感的重要方式 |
| --- | --- | --- |
| 旁白 | → | 旁白是以第三人称的视角对故事情节、人物心理等进行叙述和评价的声音，它可以传达创作者的观点和态度，揭示故事的主题和深层含义，同时也可以引导观众思考和感受 |
| 独白 | → | 独白是人物独自表达内心想法或情感的声音，它可以展现人物的内心世界、心理变化和思想深度，使观众更加深入地了解角色的情感状态和内心世界 |
| 同期声 | → | 同期声是指在拍摄现场同时录制的声音，包括环境声、现场对话等，它能够增强影片的真实感和代入感，使观众仿佛置身于影片所展现的场景之中 |
| 解说词 | → | 解说词是在短剧的某些部分出现的，用于解释画面内容、介绍背景知识或传递特定信息的声音，它可以帮助观众更好地理解影片的内容和主题 |

图 10-4　五种人声形式

# 10.2.2　音　乐

　　音乐是一种具有独立表现能力的艺术形式，它通过旋律、节奏、和声等要素的组合，创造出具有感染力和表现力的声音艺术。在短剧中，音乐与画面、人声和音效等其他元素相互配合，共同构成了一个完整的视听艺术作品。

　　音乐在短剧中的作用是深远且多维度的，它不仅丰富了观众的听觉享受，更在表达与深化情感、营造与增强氛围、推动与引导剧情及引导观众心理等方面发挥着不可替代的作用，如图 10-5 所示。

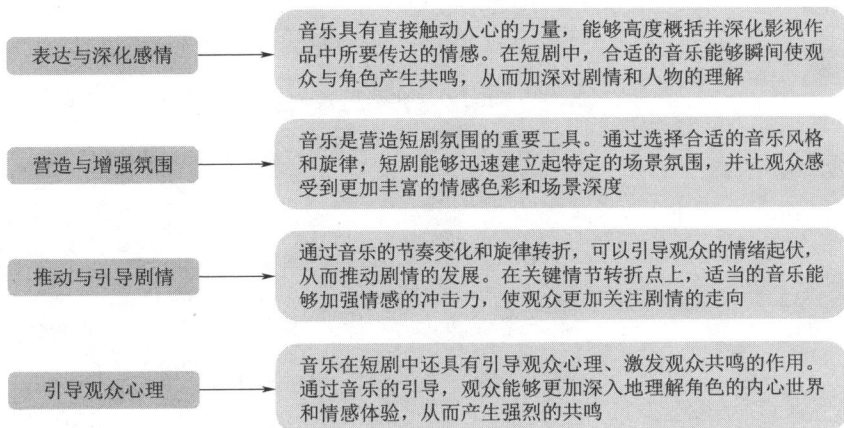

| 表达与深化感情 | → | 音乐具有直接触动人心的力量，能够高度概括并深化影视作品中所要传达的情感。在短剧中，合适的音乐能够瞬间使观众与角色产生共鸣，从而加深对剧情和人物的理解 |
| --- | --- | --- |
| 营造与增强氛围 | → | 音乐是营造短剧氛围的重要工具。通过选择合适的音乐风格和旋律，短剧能够迅速建立起特定的场景氛围，并让观众感受到更加丰富的情感色彩和场景深度 |
| 推动与引导剧情 | → | 通过音乐的节奏变化和旋律转折，可以引导观众的情绪起伏，从而推动剧情的发展。在关键情节转折点上，适当的音乐能够加强情感的冲击力，使观众更加关注剧情的走向 |
| 引导观众心理 | → | 音乐在短剧中还具有引导观众心理、激发观众共鸣的作用。通过音乐的引导，观众能够更加深入地理解角色的内心世界和情感体验，从而产生强烈的共鸣 |

图 10-5　音乐的作用

>> 小贴士 >>>>>>

　　这里提到的对白、旁白和独白的内容，与创作者设计的台词内容相同，但不再以文字的形式显示，而是作为声音出现在短剧中。另外，虽然将同期声与其他人声一起进行介绍，但它属于人声和音效混合的音频效果，归为音效也是正确的。

　　而解说词通常在纪录类、专题类、展览类和广告类的短剧中以旁白形式呈现，但解说词侧重于对画面内容的客观解释和说明；而旁白则更侧重于为观众提供剧情、角色或背景信息的叙述和补充，可能包含更多情感色彩和主观视角。在实际运用时，创作团队要注意区分。

在短剧中，根据不同的标准可以将音乐分成多种类型，以便于创作团队快速确定需要的音乐类型。下面介绍八种常见的音乐类型，如图 10-6 所示。

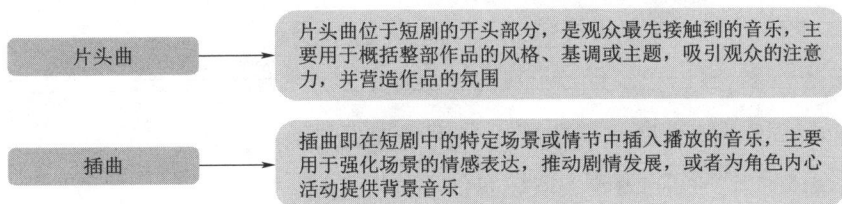

| 片头曲 | → | 片头曲位于短剧的开头部分，是观众最先接触到的音乐，主要用于概括整部作品的风格、基调或主题，吸引观众的注意力，并营造作品的氛围 |
| --- | --- | --- |
| 插曲 | → | 插曲即在短剧中的特定场景或情节中插入播放的音乐，主要用于强化场景的情感表达，推动剧情发展，或者为角色内心活动提供背景音乐 |

| 片尾曲 | 片尾曲通常出现在短剧的结尾部分，主要用于总结剧情，概括人物性格或情感纠葛，为整部作品画上句号 |
|---|---|
| 背景音乐 | 背景音乐是指贯穿短剧的始终或出现在多个场景中的音乐，作为背景来衬托画面和剧情。它可以营造氛围，增强情感，使画面和剧情更加生动、逼真 |
| 主题音乐 | 这类音乐通常代表整部短剧的主旋律，具有高度的辨识度和象征性。它能够概括作品的情感基调和氛围，因此，一般会成为作品的标志性音乐 |
| 角色音乐 | 这类音乐主要是为特定角色设计的，用于表现该角色的性格特点、情感状态或发展变化。它可以使角色形象更加鲜明立体，从而增强观众对角色的认知和记忆 |
| 情节音乐 | 这类音乐主要是根据影视作品中的特定情节发展而设计，用来强化情节的紧张感、冲突感或悬念感。它可以推动剧情发展，从而增强观众的紧张感和期待感 |
| 场景音乐 | 这类音乐主要是根据影视作品中的不同场景设计的音乐，用于表现场景的特点和氛围。它可以营造场景的真实感和代入感，使观众仿佛置身于作品所展现的世界中 |

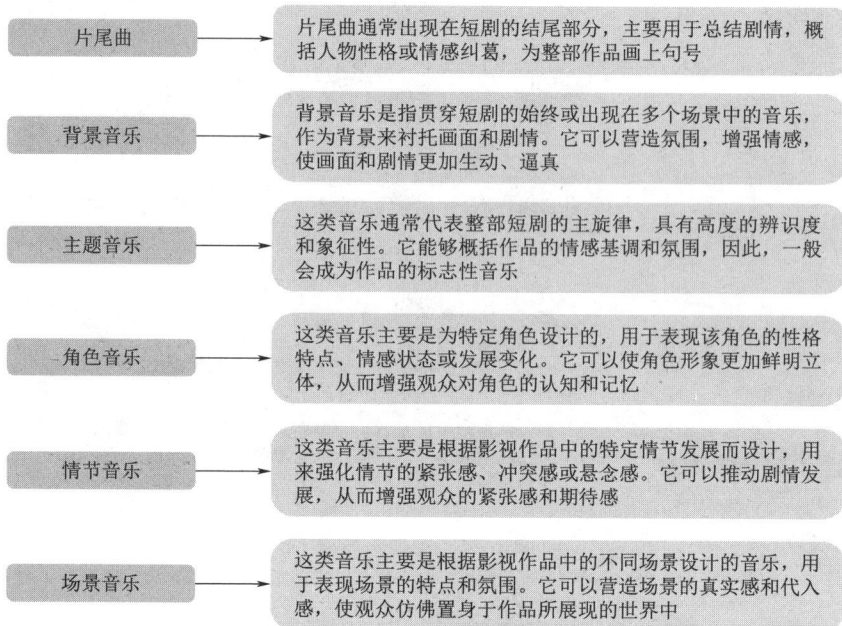

图 10-6　八种常见的音乐类型

## 10.2.3　音　效

在短剧中，广义上的音效包含除了人声和音乐之外的所有音频。具体来说，音效是指通过组合各类声音元素，利用技术手段对声音进行处理和加工，创造出符合特定需求的声音效果。这些声音效果可以是自然界中存在的声音，如风声、雨声、鸟鸣等；也可以是人工制造或模拟的声音，如车辆行驶声、爆炸声等。

>> 小贴士 >>>>>>

　　需要注意的是，这八种音乐类型并不是完全独立的，例如，主题音乐通常会被安排在片头或片尾的位置，而角色音乐、情节音乐和场景音乐在短剧中一般以插曲的形式呈现，创作团队根据短剧的需求进行合理选择即可。

音效不仅是短剧音频的重要组成部分，更是情感传达、氛围营造、剧情推动及观众体验等方面的重要手段，其作用如图 10-7 所示。

| 增强真实感<br>与沉浸感 | → | 通过精心设计的音效，观众能够感受到一个更加立体、生动的视听世界。这些声音元素不仅填补了画面之外的空白，还使得观众仿佛置身于影片所描绘的场景之中，增强了观影的沉浸感和代入感 |
| --- | --- | --- |
| 渲染氛围<br>与情感表达 | → | 通过运用不同的音效元素和处理手法，可以营造出紧张、悬疑、悲伤、欢快等各种氛围。此外，音效还可以通过节奏、音量、音色等方面的变化来传达人物的情感状态，如喜悦、愤怒、悲伤等，使观众更加深入地理解角色的内心世界 |
| 推动剧情发展<br>与引导注意力 | → | 在关键情节处加入适当的音效，能够引导观众的注意力，使观众更加关注剧情的发展。同时，音效还可以通过节奏的变化来预示情节的转折或高潮的到来，为观众带来更加紧凑和引人入胜的观影体验 |
| 强调细节<br>与丰富层次 | → | 在短剧中，往往有很多细节需要通过音效来展现，这些声音元素虽然微小却能够深刻地揭示人物的内心状态。此外，音效还可以与画面、人声、音乐等其他元素相互配合，形成多层次、多维度的声音景观，使短剧更加饱满和立体 |

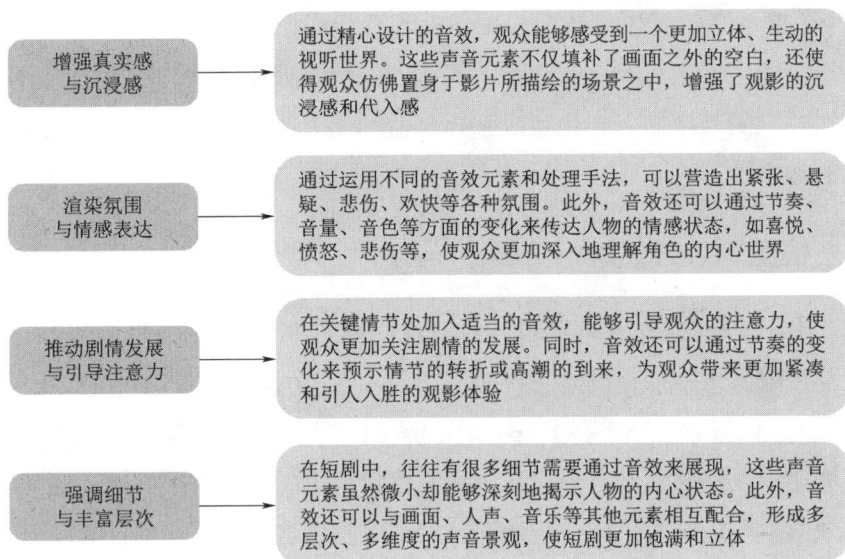

图 10-7　音效的作用

音效除了可以根据来源分为自然音效和人造音效之外，还可以根据功能和制作方式进行分类，具体内容如下。

## ▶▶1. 根据功能进行分类

根据音效在短剧中发挥的功能，可以将其分为环境音效、动作音效、特殊音效和提示音效，具体内容如下。

（1）环境音效。该音效一般用于模拟和再现场景中的背景声音，如自然环境（森林、海滩）或城市环境（街道、市场、工厂）的声音。它可以营造场景氛围，使观众能够身临其境地感受到短剧所呈现的环境，并提供背景声音，填补画面中的空白，使场景更加完整和真实。

（2）动作音效。该音效是指与角色动作相关的声音，如脚步声、打斗声、枪击声、爆炸声等。动作音效能够增强画面的动态感和紧张感，使观众更加投入地关注角色的行动，并清晰地反映角色或物体的运动状态，如速度、力度和方向。

（3）特殊音效。该音效是指为了突出某种特定效果或情感而特别设计的音效，如心跳声、喘息声、恐怖氛围音效等。特殊音效可以营造独特的氛围和情感，增强影片的吸引力和观赏性，并突出影片的奇幻或科幻元素，使观众更加沉浸在虚构的世界中。

（4）提示音效。该音效一般用于提醒观众注意某些重要信息或情节发展，如警铃声、电话铃声、倒计时声等。提示音效可以吸引观众的注意力，确保他们不会错过关键情节或信息；也可以强化影片的节奏感和紧张感，使观众更加专注于影片的叙事。

**▶▷ 2. 根据制作方式进行分类**

在制作音效时，主要有实录与合成这两种方式，因此，音效也可以分为实录音效与合成音效两种，具体内容如下。

（1）实录音效。该音效是指创作团队通过实地录制而获取的声音素材，如现场环境声、人物对话声等，它具有真实性和现场感，能够很好地还原实际场景的声音效果。在短剧中，实录音效常被用于需要高度还原现实场景的场景中。

（2）合成音效。该音效是指创作团队利用音频编辑软件等工具将多个声音元素进行合成或处理得到的音效，它具有灵活性和创造性，可以根据需要制作出各种复杂的声音效果。在短剧中，合成音效常被用于表现特殊场景或情感效果。

# 10.3　音频的使用技巧

在短剧中准确地使用音频，不仅能够增强作品的情感表达和视觉冲击力，还能提升观众的沉浸感和整体观赏体验。本节介绍四个音频的使用技巧。

## 10.3.1　选择与剧情相符的音频

音频是传递情感的重要媒介。选择与剧情相符的音频，能够精准地传达出角色内心的情感波动，使观众更加深刻地感受到剧情的张力。合适的音频能够营造出与剧情相匹配的氛围，使观众仿佛置身于故事之中，增强他们的沉浸感和代入感。

在选择与剧情相符的音频时，创作团队要深入理解剧情、分析音频的风格和类型，并通过试听来不断调整，以获得更满意的效果，如图 10-8 所示。

| 深入理解剧情 | 创作团队要仔细研读剧本，了解剧情的整体走向、每个场景的情感基调及角色的性格特点。同时，团队的成员之间也要进行深入沟通，了解彼此对音频的期望和要求 |
| --- | --- |
| 分析音频的风格和作用 | 创作团队要根据剧情的情感基调和氛围需求，选择与之相匹配的音乐风格；还要考虑音效在剧情中的作用，如环境音效、动作音效等，选择与场景相匹配的音效类型 |
| 试听与调整 | 创作团队要将选定的音频素材与剧情片段结合在一起进行试听，观察音频与剧情的契合度，并根据试听效果，对音频进行必要的调整，以确保音频与剧情的完美融合 |

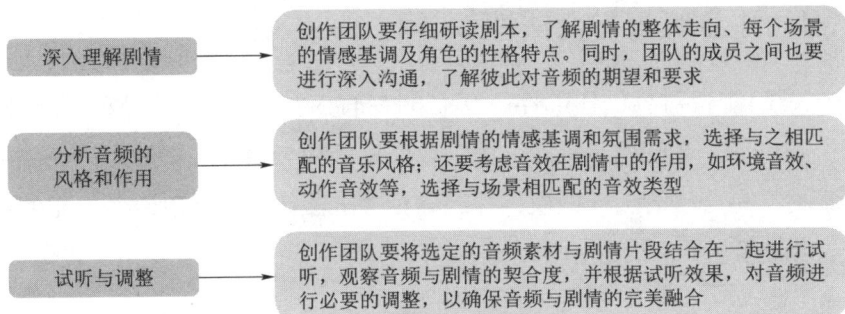

图 10-8　选择与剧情相符的音频的方法

## 10.3.2　保持音频与视频的节奏感

保持音频与视频的节奏感，指的是在短剧中，音频与视频画面在节奏上保持协调一致，形成和谐统一的视听效果。这种节奏感不仅体现在时间上的同步，还包括情感表达、氛围营造等方面的相互呼应。

当音频与视频的节奏感保持一致时，观众更容易被带入短剧所营造的情境中，增强观影的沉浸感和代入感。而且音频的节奏变化能够引导观众的情绪波动，与视频画面相结合，更好地传达短剧的情感和主题。

为了保持这种一致性，创作团队首先需要根据剧情和情感需要，选择合适的音乐、音效和人声配音。这些音频素材应当与视频画面的内容和风格相匹配，能够相互呼应。选择好音频素材后，创作团队需要在剪辑的过程中实现音频与视频的节奏感一致，具体方法如图 10-9 所示。

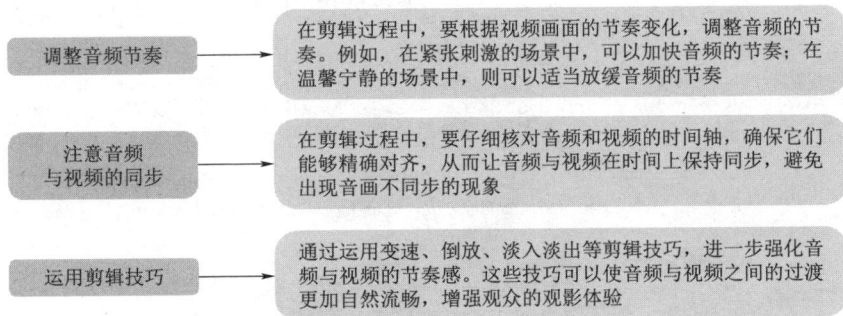

| 调整音频节奏 | 在剪辑过程中，要根据视频画面的节奏变化，调整音频的节奏。例如，在紧张刺激的场景中，可以加快音频的节奏；在温馨宁静的场景中，则可以适当放缓音频的节奏 |
| --- | --- |
| 注意音频与视频的同步 | 在剪辑过程中，要仔细核对音频和视频的时间轴，确保它们能够精确对齐，从而让音频与视频在时间上保持同步，避免出现音画不同步的现象 |
| 运用剪辑技巧 | 通过运用变速、倒放、淡入淡出等剪辑技巧，进一步强化音频与视频的节奏感。这些技巧可以使音频与视频之间的过渡更加自然流畅，增强观众的观影体验 |

图 10-9　在剪辑过程中实现音频与视频的节奏感一致的方法

## 10.3.3　注意版权与合法性

版权是创作者对其创作的作品享有的专有权利，包括复制权、发行权、出租权和摄制权等。在使用音频的过程中，注意版权与合法性指的是确保使用的所有音频素材具有合法的版权授权，并遵守相关的法律法规，以避免侵犯他人的知识产权，其必要性如图 10-10 所示。

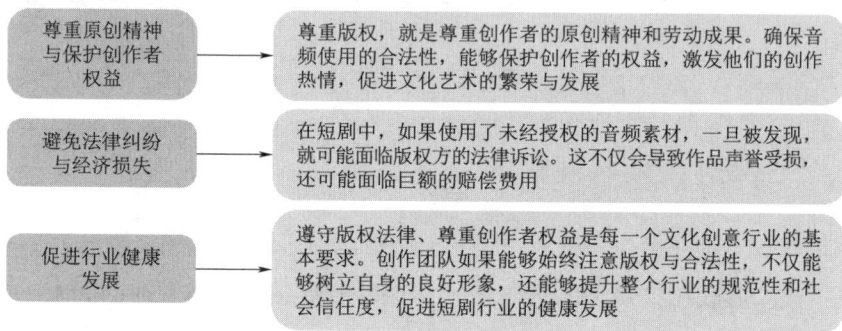

| | |
|---|---|
| 尊重原创精神与保护创作者权益 | 尊重版权，就是尊重创作者的原创精神和劳动成果。确保音频使用的合法性，能够保护创作者的权益，激发他们的创作热情，促进文化艺术的繁荣与发展 |
| 避免法律纠纷与经济损失 | 在短剧中，如果使用了未经授权的音频素材，一旦被发现，就可能面临版权方的法律诉讼。这不仅会导致作品声誉受损，还可能面临巨额的赔偿费用 |
| 促进行业健康发展 | 遵守版权法律、尊重创作者权益是每一个文化创意行业的基本要求。创作团队如果能够始终注意版权与合法性，不仅能够树立自身的良好形象，还能够提升整个行业的规范性和社会信任度，促进短剧行业的健康发展 |

图 10-10　注意音频版权与合法性的必要性

因此，创作团队需要深入了解版权相关的法律法规，如《中华人民共和国著作权法》等，通过阅读官方发布的法律法规、参加版权培训或咨询专业律师等途径来明确哪些行为构成侵权。另外，在实际使用过程中，创作者也可以采用以下方法来合法地使用音频素材，如图 10-11 所示。

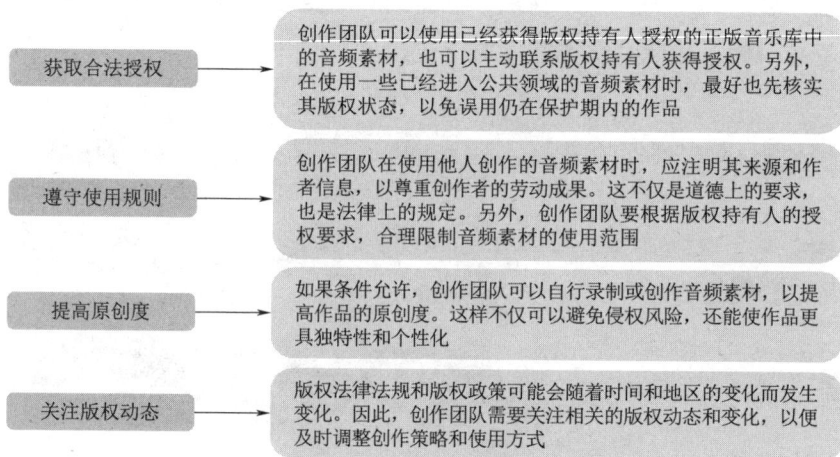

| | |
|---|---|
| 获取合法授权 | 创作团队可以使用已经获得版权持有人授权的正版音乐库中的音频素材，也可以主动联系版权持有人获得授权。另外，在使用一些已经进入公共领域的音频素材时，最好也先核实其版权状态，以免误用仍在保护期内的作品 |
| 遵守使用规则 | 创作团队在使用他人创作的音频素材时，应注明其来源和作者信息，以尊重创作者的劳动成果。这不仅是道德上的要求，也是法律上的规定。另外，创作团队要根据版权持有人的授权要求，合理限制音频素材的使用范围 |
| 提高原创度 | 如果条件允许，创作团队可以自行录制或创作音频素材，以提高作品的原创度。这样不仅可以避免侵权风险，还能使作品更具独特性和个性化 |
| 关注版权动态 | 版权法律法规和版权政策可能会随着时间和地区的变化而发生变化。因此，创作团队需要关注相关的版权动态和变化，以便及时调整创作策略和使用方式 |

图 10-11　合法地使用音频素材的方法

其实，不只是音频的使用，在整个短剧的创作过程中，创作团队都要注意版权与合法性的问题。一方面，要确保短剧中的所有外来元素不出现侵权问题；另一方面，也要确保原创内容的版权利益不被侵犯。

创作团队可以在原创内容上添加水印或版权声明等标识，以防止他人未经授权使用。注意，这些标识应清晰可见且不易被去除。另外，创作团队也可以利用互联网上的监测工具和服务，定期监测自己的作品是否被他人未经授权使用。

一旦发现侵权行为，创作团队应及时与侵权方取得联系并要求其停止。如果协商无果，可以寻求法律途径来维护自己的合法权益，如向当地版权局投诉、向法院提起诉讼等。

## 10.3.4　注意音频的层次感

在短剧中，音频的层次感指的是通过不同音频元素（如音乐、音效和人声等）的编排和处理，使它们在音量、音色、空间位置等方面形成明显的层次和差异，从而营造出丰富的听觉效果和空间感。这种层次感不仅有助于观众更清晰地分辨各个声音元素，还能引导观众更好地融入剧情，增强观赏体验。

不同的音频元素可以传达不同的情感和氛围，通过合理编排这些元素，音频的层次感可以辅助剧情的推进和情感的表达，使观众更加深刻地理解和感受作品。而且层次感丰富的音频设计能够提升短剧的整体制作水平，使作品在声音表现上更加细腻、专业。

通过规划音频元素、运用处理技术、注重声音的空间定位及细节处理等方法，创作团队可以制作出层次感丰富、效果出色的音频，为观众带来更加沉浸和深刻的观影体验，如图 10-12 所示。

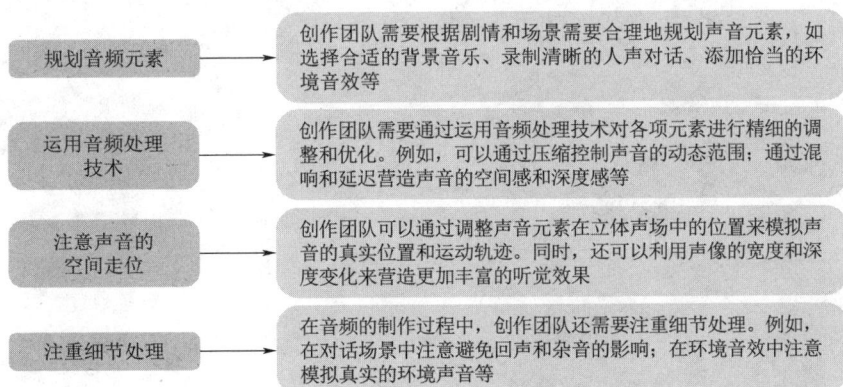

| 规划音频元素 | 创作团队需要根据剧情和场景需要合理地规划声音元素，如选择合适的背景音乐、录制清晰的人声对话、添加恰当的环境音效等 |
| --- | --- |
| 运用音频处理技术 | 创作团队需要通过运用音频处理技术对各项元素进行精细的调整和优化。例如，可以通过压缩控制声音的动态范围；通过混响和延迟营造声音的空间感和深度感等 |
| 注意声音的空间走位 | 创作团队可以通过调整声音元素在立体声场中的位置来模拟声音的真实位置和运动轨迹。同时，还可以利用声像的宽度和深度变化来营造更加丰富的听觉效果 |
| 注重细节处理 | 在音频的制作过程中，创作团队还需要注重细节处理。例如，在对话场景中注意避免回声和杂音的影响；在环境音效中注意模拟真实的环境声音等 |

图 10-12　丰富音频层次感的方法

193

第 **11** 章

# 运营：打造
# 爆款短剧

　　运营不仅是连接短剧与市场、观众与创作者的
纽带，更是推动短剧持续创新、提升用户体验、实现
商业价值最大化的核心力量。本章主要介绍短剧运营
的基础知识及短剧的发布渠道、引流技巧和转化获利
方式。

# 11.1 短剧的运营

短剧运营是指对短剧内容的全面管理和推广过程，旨在通过创意内容、有效推广和持续的观众互动，提升短剧的知名度、吸引力和商业价值。这包括从短剧的策划、制作、发布到后续的推广、用户反馈收集、内容迭代等各个环节。

短剧的运营是一个综合性的工作，它要求运营团队具备敏锐的市场洞察力、创新的策划能力、高效的执行能力和精准的数据分析能力。因此，创作团队要根据实际情况，通过组建运营团队或借助专业运营公司的帮助来完成短剧的运营工作。本节介绍运营的特点和作用。

## 11.1.1 运营的特点

对于运营团队来说，掌握短剧运营的特点可以提高运营效率和决策的准确性，从而提升作品的市场竞争力，实现口碑和效益的双丰收。图 11-1 为短剧运营的特点。

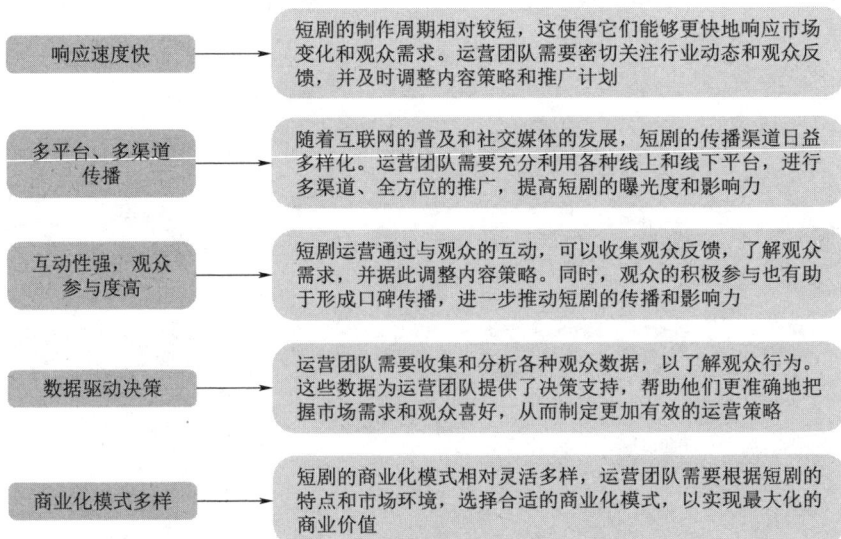

| | |
|---|---|
| **响应速度快** | 短剧的制作周期相对较短，这使得它们能够更快地响应市场变化和观众需求。运营团队需要密切关注行业动态和观众反馈，并及时调整内容策略和推广计划 |
| **多平台、多渠道传播** | 随着互联网的普及和社交媒体的发展，短剧的传播渠道日益多样化。运营团队需要充分利用各种线上和线下平台，进行多渠道、全方位的推广，提高短剧的曝光度和影响力 |
| **互动性强，观众参与度高** | 短剧运营通过与观众的互动，可以收集观众反馈，了解观众需求，并据此调整内容策略。同时，观众的积极参与也有助于形成口碑传播，进一步推动短剧的传播和影响力 |
| **数据驱动决策** | 运营团队需要收集和分析各种观众数据，以了解观众行为。这些数据为运营团队提供了决策支持，帮助他们更准确地把握市场需求和观众喜好，从而制定更加有效的运营策略 |
| **商业化模式多样** | 短剧的商业化模式相对灵活多样，运营团队需要根据短剧的特点和市场环境，选择合适的商业化模式，以实现最大化的商业价值 |

图 11-1　短剧运营的特点

## 11.1.2　运营的作用

短剧需要运营，主要是因为运营在提升内容可见度、增强观众黏性、实现商业转化获利和塑造品牌形象等方面发挥着至关重要的作用，如图 11-2 所示。

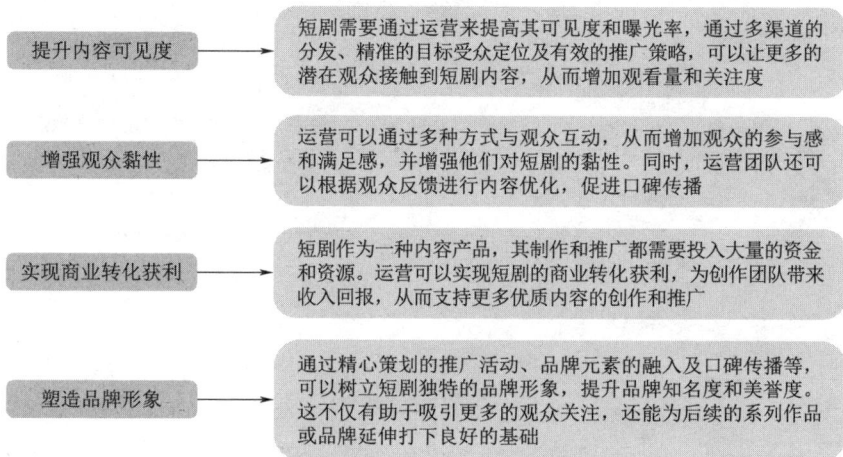

| 提升内容可见度 | → | 短剧需要通过运营来提高其可见度和曝光率，通过多渠道的分发、精准的目标受众定位及有效的推广策略，可以让更多的潜在观众接触到短剧内容，从而增加观看量和关注度 |
| --- | --- | --- |
| 增强观众黏性 | → | 运营可以通过多种方式与观众互动，从而增加观众的参与感和满足感，并增强他们对短剧的黏性。同时，运营团队还可以根据观众反馈进行内容优化，促进口碑传播 |
| 实现商业转化获利 | → | 短剧作为一种内容产品，其制作和推广都需要投入大量的资金和资源。运营可以实现短剧的商业转化获利，为创作团队带来收入回报，从而支持更多优质内容的创作和推广 |
| 塑造品牌形象 | → | 通过精心策划的推广活动、品牌元素的融入及口碑传播等，可以树立短剧独特的品牌形象，提升品牌知名度和美誉度。这不仅有助于吸引更多的观众关注，还能为后续的系列作品或品牌延伸打下良好的基础 |

图 11-2　短剧运营的作用

# 11.2　短剧的发布渠道

对于平台自制的短剧而言，发布的渠道基本在短剧立项时就已经确定好了。但对于个人创作者、短剧制作工作室和公司而言，短剧的发布渠道是需要仔细思考、谨慎选择的。因为发布是短剧从创作阶段走向观众视野的桥梁。只有通过发布，作品才能被广大观众看到、感受到，进而实现其艺术价值、社会价值乃至商业价值。本节介绍五个常见的短剧发布渠道，为创作者提供参考。

## 11.2.1　长视频平台

长视频平台是指提供长时长视频内容（如电影、电视剧、纪录片等）的在线播放服务的平台。这些平台通常拥有庞大的视频库、高清画质、流畅播放体验及丰富的用户互动功能。常见的长视频平台包括腾讯视频、爱奇艺、优酷等。下面介绍在长视频平台发布短剧的优势和挑战及长视频平台对短剧的扶持。

▶▷ 1. 在长视频平台发布短剧的优势和挑战

长视频平台以庞大的用户基础、丰富的内容生态和成熟的商业化模式为短剧提供了广阔的展示舞台，这正是平台的优势，如图 11-3 所示。

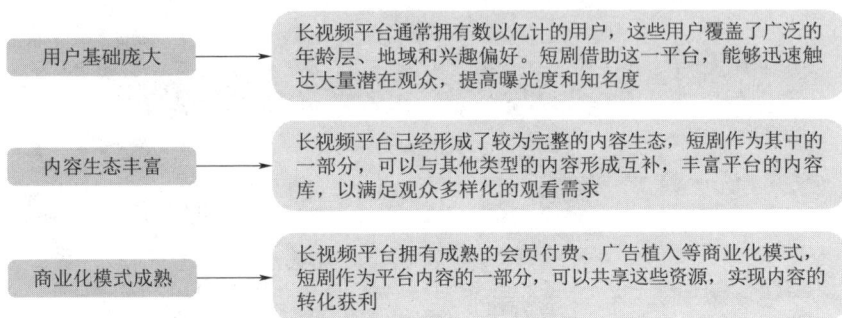

| | |
|---|---|
| 用户基础庞大 | 长视频平台通常拥有数以亿计的用户，这些用户覆盖了广泛的年龄层、地域和兴趣偏好。短剧借助这一平台，能够迅速触达大量潜在观众，提高曝光度和知名度 |
| 内容生态丰富 | 长视频平台已经形成了较为完整的内容生态，短剧作为其中的一部分，可以与其他类型的内容形成互补，丰富平台的内容库，以满足观众多样化的观看需求 |
| 商业化模式成熟 | 长视频平台拥有成熟的会员付费、广告植入等商业化模式，短剧作为平台内容的一部分，可以共享这些资源，实现内容的转化获利 |

图 11-3　在长视频平台发布短剧的优势

不过，在长视频平台发布短剧，也面临着竞争激烈和制作要求较高的挑战，如图 11-4 所示。

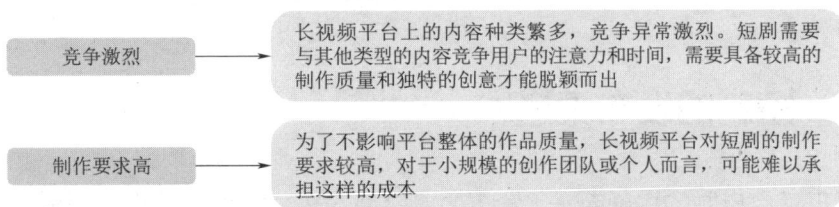

| | |
|---|---|
| 竞争激烈 | 长视频平台上的内容种类繁多，竞争异常激烈。短剧需要与其他类型的内容竞争用户的注意力和时间，需要具备较高的制作质量和独特的创意才能脱颖而出 |
| 制作要求高 | 为了不影响平台整体的作品质量，长视频平台对短剧的制作要求较高，对于小规模的创作团队或个人而言，可能难以承担这样的成本 |

图 11-4　在长视频平台发布短剧面临的挑战

因此，高质量的剧情类短剧、创新题材的短剧和知识产权（intellectual Property，IP）衍生类短剧比较适合在长视频平台上发布，具体内容如下。

（1）高质量剧情类短剧。长视频平台的观众对于剧情类内容有较高的需求，因此，高质量、有深度的剧情类短剧更容易受到用户的欢迎。

（2）创新题材短剧。创新题材的短剧能够吸引观众的眼球，满足他们对于新鲜事物的追求。这类短剧可以涉及科幻、奇幻、悬疑等题材，通过独特的叙事方式和视觉效果吸引用户。

（3）IP 衍生短剧：基于热门 IP（如小说、漫画、游戏等）的衍生短剧可以借助原 IP 的粉丝基础，快速积累人气和关注度。这类短剧需要保持与原 IP 的一致性，并在此基础上进行创新和发展。

## ▶▷2. 长视频平台对短剧的扶持

各大长视频平台为了推动短剧的创作和发展，纷纷采取了多种扶持和具体措施。下面以优酷平台为例，介绍其对短剧的扶持。

（1）扶摇计划。该计划是优酷针对短剧领域推出的重要扶持计划，旨在通过整合资源、搭建平台，为短剧创作者和制作方提供全链条的服务和支持，通过"IP ＋ 品控 ＋ 宣发 ＋ 培育"的全方位扶持策略，推动短剧内容的精品化和规模化发展。

（2）开创计划。该计划通过总结爆款项目的方法论，并邀请主创人员进行实地分享，传递行业一手资讯，旨在提升短剧行业的生产力和创作质量，通过分享和交流促进短剧行业的整体进步。

（3）好故事计划。该计划着力搭建 IP 与创作者的桥梁，扶持实力创作公司，鼓励原创 IP，通过解决优质短剧产能不足的问题，推动短剧行业的可持续发展。

## 11.2.2　短视频平台

短视频平台是一种依托移动智能终端，发布和推送长度几秒到几分钟不等的视频内容的互联网新媒体平台。目前市场上知名的短视频平台包括抖音、快手等。

这些平台通常具有高频推送、短小精悍、内容丰富、制作门槛低、传播社交化、时效性强等特点，因此迅速成为最受欢迎的信息传播渠道之一。下面介绍在短视频平台发布短剧的优势和挑战及短视频平台对短剧的扶持。

### ▶▷1. 在短视频平台发布短剧的优势和挑战

与长视频平台一样，短视频平台拥有稳定、庞大的用户群体，可以为短剧提供大量的潜在观众。不同的是，短视频平台强大的内容分发能力、低成本的制作与传播、丰富的互动体验及多样化的转化获利途径帮助其成为短剧发布的重要渠道，如图 11-5 所示。

| 强大的内容分发能力 | 短视频平台通过智能算法，能够基于用户的兴趣和行为习惯，精准推送相关内容。这种个性化的推荐机制使得短剧能够更精准地触达目标观众，提高观看转化率 |
| 创作门槛低，易于入门 | 短视频平台的创作门槛相对较低，只要有好的想法和创意，就能创作出吸引人的短剧。这降低了创作的难度，使得更多人能够参与到短剧的创作中来 |
| 丰富的互动体验 | 短视频平台提供了点赞、评论、分享等互动功能，使得观众能够积极参与短剧的讨论和传播。这种互动体验可以增强观众的参与感和黏性，有助于扩大短剧的传播范围和影响力 |
| 多样化的转化获利途径 | 随着短视频平台商业化模式的成熟，短剧创作者可以通过多种途径实现盈利，如广告分成、直播带货、付费观看等。这为创作者提供了更多的收入来源，激发了其创作热情 |

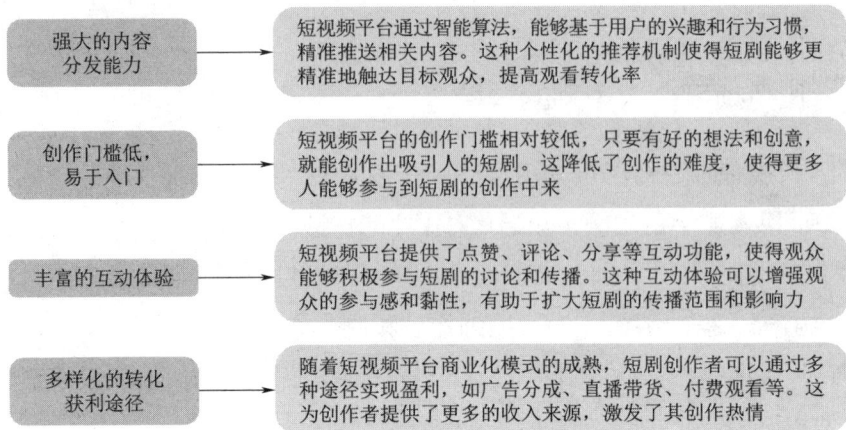

图 11-5    在短视频平台发布短剧的优势

由于短视频平台的创作门槛相对较低，越来越多的短视频和短剧创作者涌入其中，丰富的内容使得平台的竞争日益激烈。如何从激烈的竞争中脱颖而出，获得观众的青睐，这是创作者需要思考的问题。另外，在短视频平台发布短剧还面临着内容同质化严重、观众的注意力分散和版权保护问题等挑战，如图 11-6 所示。

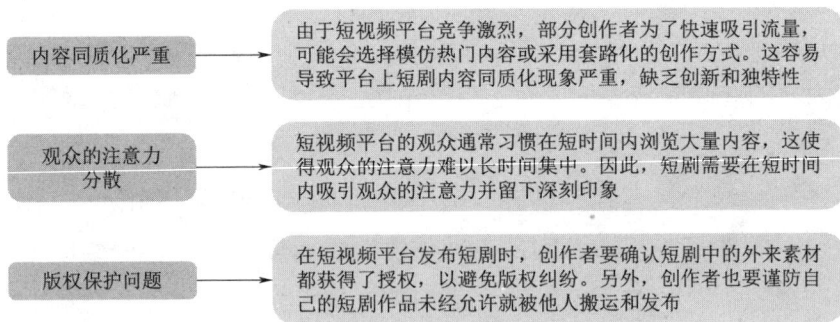

| 内容同质化严重 | 由于短视频平台竞争激烈，部分创作者为了快速吸引流量，可能会选择模仿热门内容或采用套路化的创作方式。这容易导致平台上短剧内容同质化现象严重，缺乏创新和独特性 |
| 观众的注意力分散 | 短视频平台的观众通常习惯在短时间内浏览大量内容，这使得观众的注意力难以长时间集中。因此，短剧需要在短时间内吸引观众的注意力并留下深刻印象 |
| 版权保护问题 | 在短视频平台发布短剧时，创作者要确认短剧中的外来素材都获得了授权，以避免版权纠纷。另外，创作者也要谨防自己的短剧作品未经允许就被他人搬运和发布 |

图 11-6    在短视频平台发布短剧面临的挑战

因此，在短视频平台上适合发布情节紧凑、节奏快、创意独特、内容新颖、符合平台观众喜好的短剧。

### ▶▷2. 短视频平台对短剧的扶持

例如，微短剧经营扶持计划是 2024 年 7 月抖音平台为推动微短剧创作而推出的一项重要举措。该计划旨在通过资金、流量、创作支持等多方面的扶持，鼓励创作者和制作方生产更多优质微短剧内容，满足用户需求，推动行业健康发展。

在该计划中，抖音投入亿级资源补贴优质微短剧内容，确保创作者和制作方有足够的资金进行创作和生产，并为优质微短剧提供大量流量支持，增加其曝光机会和观看量。具体来看，微短剧经营扶持计划包含了以下三个板块。

（1）剧有潜力计划。该计划主要适用于微短剧营销场景，通过广告金返还、广告转化效果优化等方式，持续补贴投放微短剧广告的制作方。计划具体包括年度框架合作激励、节假日档期激励、优秀剧本榜单评选、重点题材内容激励等，旨在提升制作方的营销推广收益，并鼓励不同题材微短剧的生产。

（2）启航计划。该计划主要面向微短剧小程序开发者，对符合条件的免费微短剧小程序减免平台分成，取消过往 30% 的平台分成，降低小程序经营成本，帮助开发者提升收益能力。

（3）辰星计划。该计划主要面向影视公司、媒体、MCN、个人创作者等全行业伙伴，鼓励精品内容创作，推出联合出品、联合运营两大合作模式。

## 11.2.3　社交平台

从广义上来看，社交平台是指允许用户进行信息交流、内容分享和社交互动的网络平台，包括社交媒体网站、微博客、社交网络应用、短视频平台、博客、论坛等多种类型。

从狭义上来看，社交平台主要指的是那些专注于人际交流和互动的网络平台，如微博、微信等。这些平台通过特定的技术和功能，使用户能够方便地与他人建立联系、分享信息、表达观点，并进行各种形式的社交活动。

这些狭义的社交平台，也可以作为短剧的发布渠道。它们兼具短视频平台的优势，但也存在着相同的难题。下面以微信平台为例，介绍其推出的四项短剧扶持举措。

（1）开发专属短剧播放器。微信为短剧创作者提供了专属的短剧播放器，这一举措降低了行业技术门槛，使得创作者能够更便捷地接入平台，同时提升了观众的观看体验。播放器内集成了内容推荐、点赞动效、观影弹幕、海报分享等多项功能，不仅丰富了观众的观看体验，还帮助优质短剧内容更好地实现传播互动。

（2）小程序成长激励活动。微信平台联合微信广告开展了一系列针对"微短剧"类目小程序的限时成长激励活动。在特定广告场景下，给予创作者的广告金赠送比例从 60% 上调至 100%，微信生态场景下的广告金赠送比例也从 50% 上调至 100%。这一举措有效提升了创作者的广告收益，激励他们更积极地创作和推广优质短剧。

（3）流量主激励活动。微信还推出了"微短剧"类目小程序流量主限时激励活动，为符合条件的创作者提供腾讯广告流量主分成比例优惠调整，将广告现金分成比例从 50% 上调至 70%，并额外配赠 15% 广告金。这一政策进一步帮助创作者优化运营效果，实现更高的收益。

（4）免费剧集推广计划。为了降低观众的观看门槛，微信平台提供了应用内广告模式（in-app advertisement，IAA）免费短剧推广计划，鼓励创作者将可供用户免费观看的微短剧加入推广计划，平台对参与活动的免费剧集提供推广和广告转化获利激励，帮助创作者触达更多用户群体。

## 11.2.4 电视台

电视台是指通过无线电信号、卫星信号、有线网络或互联网播放电视节目的媒体机构。它由国家或商业机构创办，是制作并播放视频和音频同步资讯信息的媒体运作组织。下面介绍在电视台发布短剧的优缺点及电视台对短剧的扶持。

### ▶▷1. 在电视台发布短剧的优缺点

电视台广泛的受众覆盖、显著的品牌效应、多样化的宣传渠道、高质量的播出标准和稳定的播出时段都成为发布短剧的显著优点，如图 11-7 所示。

当然，在优点的背后，也存在着一些不容忽视的缺点，如制作成本高昂、播出时段竞争激烈、观众注意力分散和收益模式单一等，如图 11-8 所示。

### ▶▷2. 电视台对短剧的扶持

目前，成功登上电视台的短剧仍屈指可数，但无论是国家广播电视总局还是各大电视台，都在为短剧积极探索新的发展空间。下面以国家广播电视总局和湖南广播电视台为例，分析它们对短剧的扶持措施。

| 广泛的受众覆盖 | 电视台作为传统媒体，拥有庞大的观众基础，能够覆盖不同年龄层、不同地域的观众群体，为短剧提供广阔的展示舞台。这种广泛的受众覆盖有助于短剧迅速积累人气，提升知名度 |
|---|---|
| 显著的品牌效应 | 在电视台播出的短剧，往往能够借助电视台的品牌影响力，获得更高的关注度和信任度。这种品牌效应有助于提升短剧的市场价值，吸引更多的投资和合作机会 |
| 多样化的宣传渠道 | 电视台拥有多种宣传资源，如电视广告、节目预告、社交媒体宣传等。这些多样化的宣传渠道有助于提升短剧的曝光度和关注度，吸引更多的潜在观众 |
| 高质量的播出标准 | 电视台对播出内容有严格的审核和制作标准，能够确保短剧在画质、音质、剪辑等方面达到较高的水平。这种高质量的播出标准有助于提升观众的观看体验，增强短剧的吸引力 |
| 稳定的播出时段 | 电视台可以为短剧提供稳定的播出时段，有助于培养观众的收视习惯，形成固定的观众群体。这种稳定的播出时段也有助于短剧在观众心中建立稳定的品牌形象 |

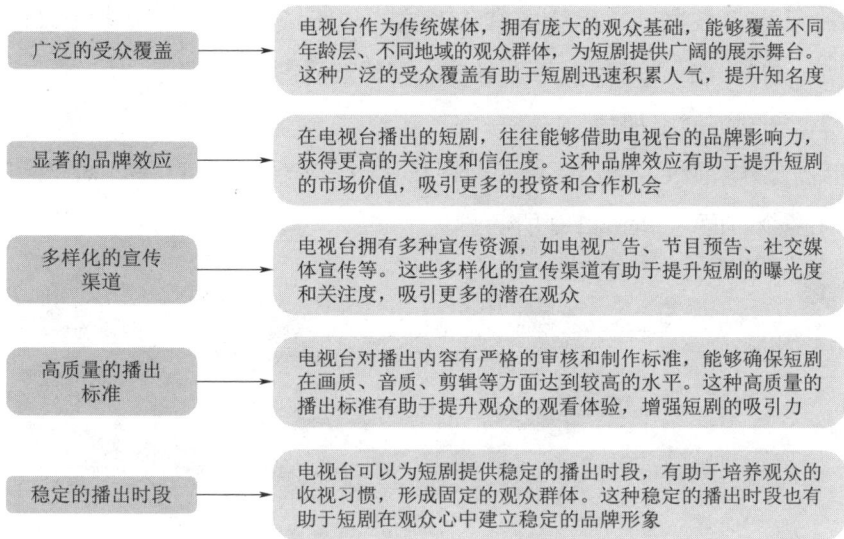

图 11-7　在电视台发布短剧的优点

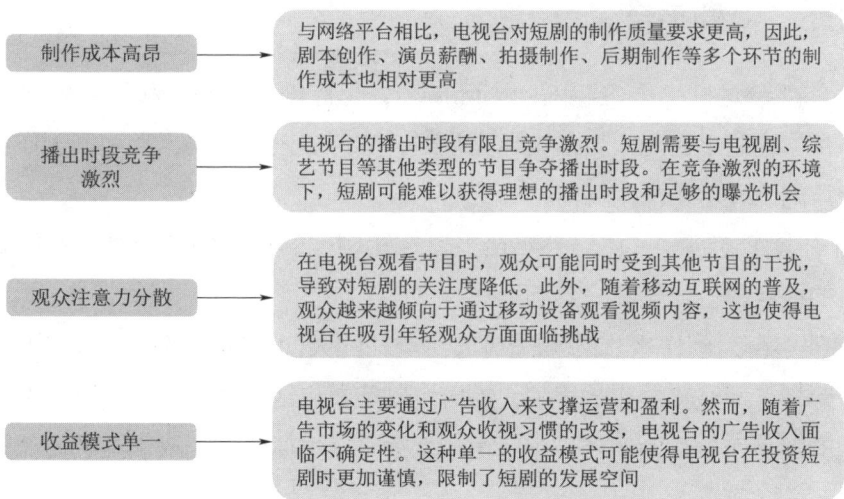

| 制作成本高昂 | 与网络平台相比，电视台对短剧的制作质量要求更高，因此，剧本创作、演员薪酬、拍摄制作、后期制作等多个环节的制作成本也相对更高 |
|---|---|
| 播出时段竞争激烈 | 电视台的播出时段有限且竞争激烈。短剧需要与电视剧、综艺节目等其他类型的节目争夺播出时段。在竞争激烈的环境下，短剧可能难以获得理想的播出时段和足够的曝光机会 |
| 观众注意力分散 | 在电视台观看节目时，观众可能同时受到其他节目的干扰，导致对短剧的关注度降低。此外，随着移动互联网的普及，观众越来越倾向于通过移动设备观看视频内容，这也使得电视台在吸引年轻观众方面面临挑战 |
| 收益模式单一 | 电视台主要通过广告收入来支撑运营和盈利。然而，随着广告市场的变化和观众收视习惯的改变，电视台的广告收入面临不确定性。这种单一的收益模式可能使得电视台在投资短剧时更加谨慎，限制了短剧的发展空间 |

图 11-8　在电视台发布短剧的缺点

（1）国家广播电视总局

2024 年 1 月，国家广播电视总局发布了"跟着微短剧去旅行"创作计划，提出 2024 年要创作播出 100 部相关主题优秀微短剧，结合重大考古工程、取材非遗故事、围绕城市漫步线路、聚焦乡村振兴等，推动一批实体取景地跟随微短剧热播"出圈""出海"。

这一计划不仅推动了短剧内容和形式的创新，还促进了短剧与文旅产业的深度融合，为短剧行业的可持续发展注入了新的活力。

（2）湖南广播电视台

湖南广播电视台，特别是湖南卫视及其旗下平台如芒果TV，对于短剧的扶持体现在多个方面，如图11-9所示。

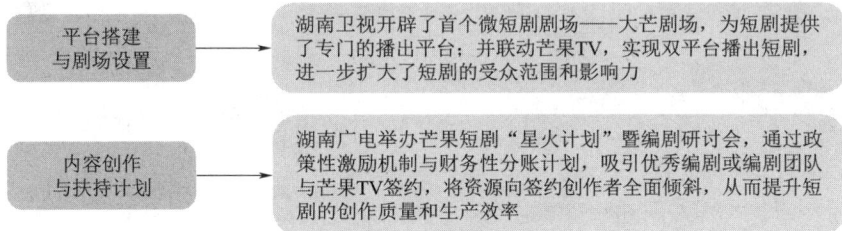

| 平台搭建与剧场设置 | 湖南卫视开辟了首个微短剧剧场——大芒剧场，为短剧提供了专门的播出平台；并联动芒果TV，实现双平台播出短剧，进一步扩大了短剧的受众范围和影响力 |
| 内容创作与扶持计划 | 湖南广电举办芒果短剧"星火计划"暨编剧研讨会，通过政策性激励机制与财务性分账计划，吸引优秀编剧或编剧团队与芒果TV签约，将资源向签约创作者全面倾斜，从而提升短剧的创作质量和生产效率 |

图11-9 湖南广播电视台对短剧的扶持

## 11.2.5 海外平台

海外平台是指那些主要面向国际市场，允许创作者发布和展示短剧作品的在线平台。这些平台通常具备全球化视野，支持多语言内容，为短剧创作者提供了一个广阔的展示和推广舞台。

对于创作者而言，在海外平台上发布短剧无疑是一把双刃剑，既带来了前所未有的机遇，也伴随着一系列挑战。

海外平台为创作者打开了一扇通往全球的大门。这些平台拥有庞大的用户基数，跨越了地域和文化的界限，使得短剧能够迅速触达世界各地的观众。这种全球性的曝光不仅为创作者带来了更广阔的受众群体，也为其作品的商业转化获利提供了更多可能性。

然而，海外平台同样存在着不容忽视的缺点。文化差异是其中最为显著的问题之一。不同国家和地区之间的文化背景、价值观念、审美偏好等存在差异，这可能导致某些短剧在某些地区受到热烈欢迎，而在其他地区则可能遇冷。

另外，语言障碍也是一大挑战。虽然许多海外平台支持多语言字幕或配音，但并非所有作品都能享受到这一待遇。对于那些没有提供多语言支持的短剧作品来说，语言可能成为观众理解的一大障碍。

# 11.3　短剧的引流技巧

引流贯穿了短剧的制作和发布时期，有效的引流不仅能够迅速提升短剧的曝光度，还能吸引并留住大量观众，为后续的商业化运作奠定坚实基础。本节介绍四种常见的短剧引流技巧。

## 11.3.1　制作精彩的预告片

制作精彩的预告片不仅是对短剧内容的精炼展示，更是激发观众兴趣、引发观看欲望的重要手段。一个成功的预告片能够迅速吸引观众的注意力，让他们在正式内容发布之前就充满期待。一般来说，创作者可以在以下三个时间点使用预告片，如图 11-10 所示。

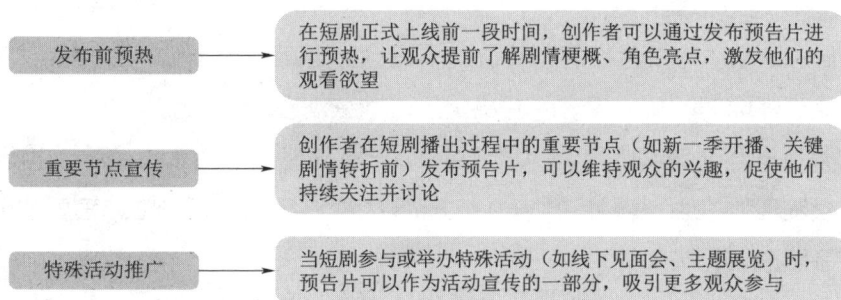

| 发布前预热 | 在短剧正式上线前一段时间，创作者可以通过发布预告片进行预热，让观众提前了解剧情梗概、角色亮点，激发他们的观看欲望 |
| 重要节点宣传 | 创作者在短剧播出过程中的重要节点（如新一季开播、关键剧情转折前）发布预告片，可以维持观众的兴趣，促使他们持续关注并讨论 |
| 特殊活动推广 | 当短剧参与或举办特殊活动（如线下见面会、主题展览）时，预告片可以作为活动宣传的一部分，吸引更多观众参与 |

图 11-10　三个使用预告片的时间点

一个高质量的预告片能够提升短剧的整体形象，增加观众的好感度和期待值，进而促进口碑传播。而要制作精彩的预告片，需要掌握一些技巧，如图 11-11 所示。

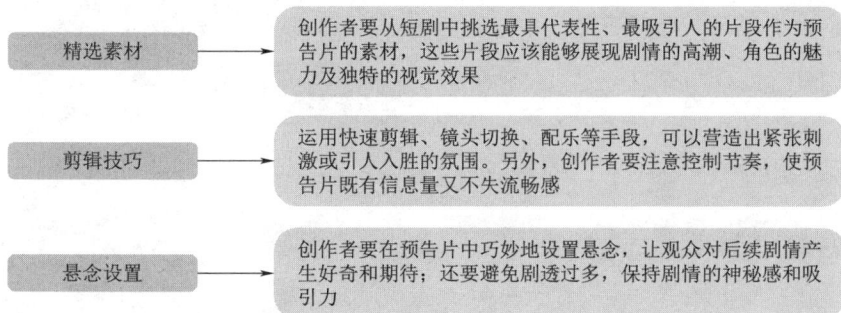

| 精选素材 | 创作者要从短剧中挑选最具代表性、最吸引人的片段作为预告片的素材，这些片段应该能够展现剧情的高潮、角色的魅力及独特的视觉效果 |
| 剪辑技巧 | 运用快速剪辑、镜头切换、配乐等手段，可以营造出紧张刺激或引人入胜的氛围。另外，创作者要注意控制节奏，使预告片既有信息量又不失流畅感 |
| 悬念设置 | 创作者要在预告片中巧妙地设置悬念，让观众对后续剧情产生好奇和期待；还要避免剧透过多，保持剧情的神秘感和吸引力 |

| 配乐与音效 | 创作者要选择与预告片氛围相符的配乐和音效来增强观众的沉浸感和代入感；还要注意音乐与画面的协调，使预告片更加生动有力 |

| 字幕与标语 | 创作者可以在适当的位置添加字幕和标语，帮助观众更好地理解预告片的内容，并传达短剧的核心卖点或亮点，不过要注意字幕的简洁明了和标语的吸引力 |

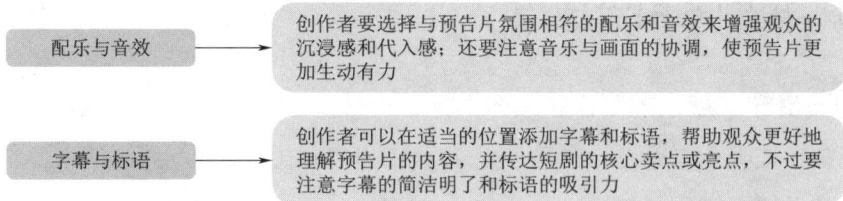

图 11-11　制作精彩预告片的技巧

## 11.3.2　优化标题与描述

标题是短剧内容的简短概括，通常位于视频、文章或推广信息的最上方，是吸引观众点击观看的第一要素。它需要在有限的字数内，准确传达短剧的核心信息或亮点，激发观众的好奇心。

描述则是对标题的进一步补充和解释，通常位于标题下方或旁边，提供更详细的信息。描述可以包括短剧的背景故事、主要剧情、角色介绍、亮点特色等，帮助观众更好地理解短剧内容，并决定是否继续观看。

另外，包含关键词的标题和描述有助于提高短剧在搜索引擎中的排名，增加被观众发现的机会。而且通过一致的标题和描述风格，可以塑造短剧或创作者的独特品牌形象，增强观众的记忆点。

因此，创作者需要掌握一些标题和描述的优化技巧，以发挥它们的最大作用，如图 11-12 所示。

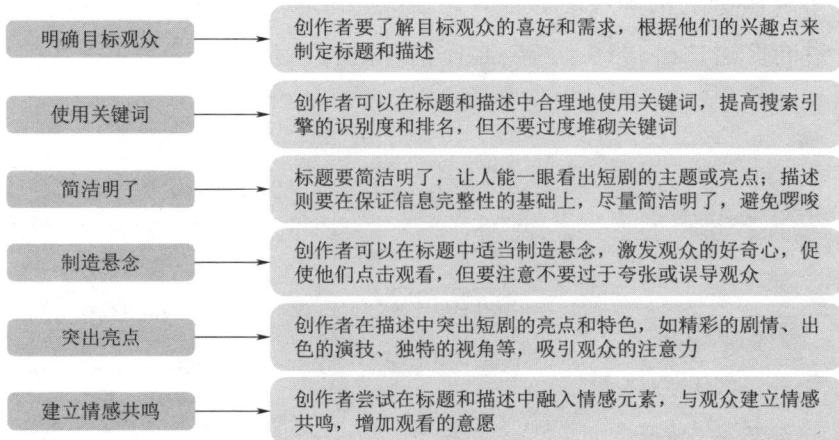

| 明确目标观众 | 创作者要了解目标观众的喜好和需求，根据他们的兴趣点来制定标题和描述 |
| 使用关键词 | 创作者可以在标题和描述中合理地使用关键词，提高搜索引擎的识别度和排名，但不要过度堆砌关键词 |
| 简洁明了 | 标题要简洁明了，让人能一眼看出短剧的主题或亮点；描述则要在保证信息完整性的基础上，尽量简洁明了，避免啰唆 |
| 制造悬念 | 创作者可以在标题中适当制造悬念，激发观众的好奇心，促使他们点击观看，但要注意不要过于夸张或误导观众 |
| 突出亮点 | 创作者在描述中突出短剧的亮点和特色，如精彩的剧情、出色的演技、独特的视角等，吸引观众的注意力 |
| 建立情感共鸣 | 创作者尝试在标题和描述中融入情感元素，与观众建立情感共鸣，增加观看的意愿 |

图 11-12　优化标题与描述的技巧

## 11.3.3　建立观众互动

建立观众互动是指在短剧推广和播出过程中，通过各种渠道和方式，主动与观众建立联系，促进双方的交流、反馈和参与。这种互动不仅仅是单向的信息传递，更是双向的沟通与合作，能共同推动短剧的传播和发展，其作用如图 11-13 所示。

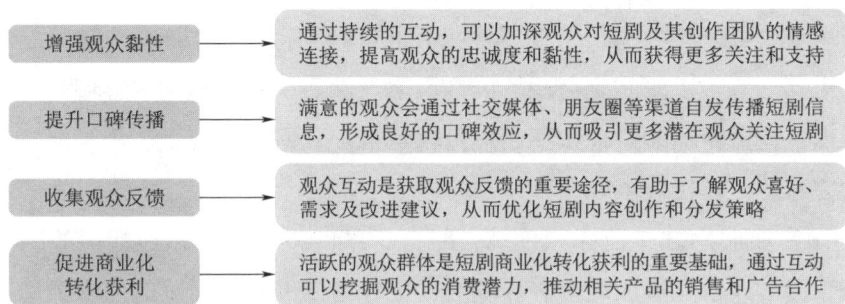

图 11-13　建立观众互动的作用

创作者可以通过社交媒体互动、社群管理、内容共创及数据分析与调整等方法，有效提升短剧的观众黏性和口碑传播效果，为短剧的持续发展和商业化转化获利奠定坚实基础，如图 11-14 所示。

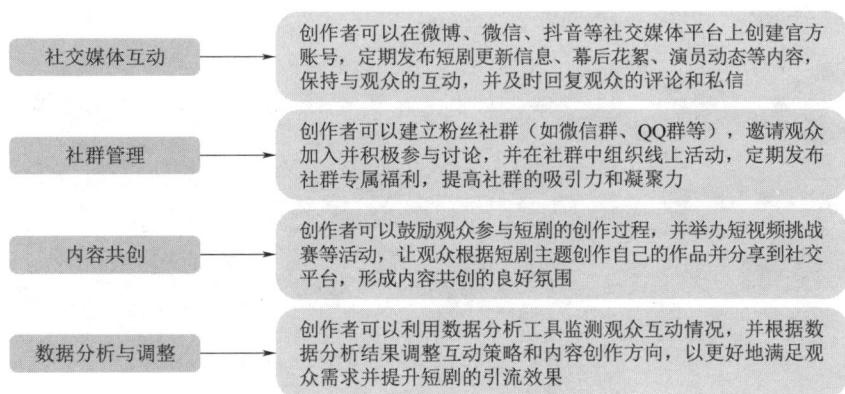

图 11-14　建立观众互动的方法

## 11.3.4　利用付费推广

付费推广是指创作者通过支付一定费用给平台或渠道，以获得更多的曝光和流量。在短剧引流中，付费推广通常涉及在短视频平台上使用内置的广告投放工具，如 DOU＋、快推等，将短剧内容精准推送给目标观众群体。

创作者可以通过平台提供的数据分析工具，精准定位目标观众群体，实现广告的精准投放，提高转化率。另外，付费推广能够直接带来观看量的增长，为短剧积累更多人气和口碑。而观看量的增加也会带动评论、点赞、分享等互动行为的增加，进一步提升短剧的社交影响力。

创作者在进行付费推广前，需要明确推广目标，如增加曝光量、提升观看量或促进互动等，以便制定合适的推广策略。然后，根据短剧内容和目标观众群体的特点，选择合适的短视频平台进行付费推广，例如抖音、快手等平台都提供了较为完善的广告投放系统。

创作者要根据推广目标和预算，制订详细的推广计划，包括投放时间、投放地域、投放人群和投放内容等。同时，创作者要准备高质量的广告素材，如吸引人的封面图、精彩的短剧片段和有吸引力的文案等，以提高广告的点击率和转化率。

创作者要按照计划投放广告，并实时监控广告效果，如曝光量、观看量和转化率等指标，并根据监控结果及时调整推广策略，以优化推广效果。

不过，创作者在进行付费推广时，还需要注意一些事项，才能发挥付费推广的最大力量，如图 11-15 所示。

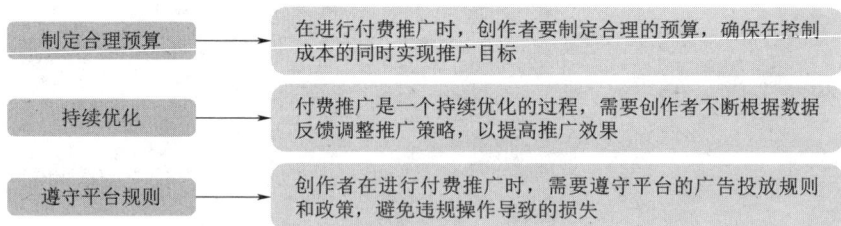

| 制定合理预算 | 在进行付费推广时，创作者要制定合理的预算，确保在控制成本的同时实现推广目标 |
| --- | --- |
| 持续优化 | 付费推广是一个持续优化的过程，需要创作者不断根据数据反馈调整推广策略，以提高推广效果 |
| 遵守平台规则 | 创作者在进行付费推广时，需要遵守平台的广告投放规则和政策，避免违规操作导致的损失 |

图 11-15　进行付费推广的注意事项

## 11.3.5　多渠道推广

多渠道推广是指创作者利用多种渠道和平台，如社交媒体、视频分享网站、影视节、跨平台合作等，对短剧进行宣传和推广的策略。这种策略旨在通过覆盖更广泛的受众群体，提高短剧的曝光率和影响力。

创作者在多个平台上发布和推广短剧，可以显著增加短剧的曝光次数，提高其在网络上的可见度。而且多渠道推广有助于建立短剧的品牌形象，增强观众对短剧的认知度和记忆点。下面介绍进行多渠道推广的方法，如图 11-16 所示。

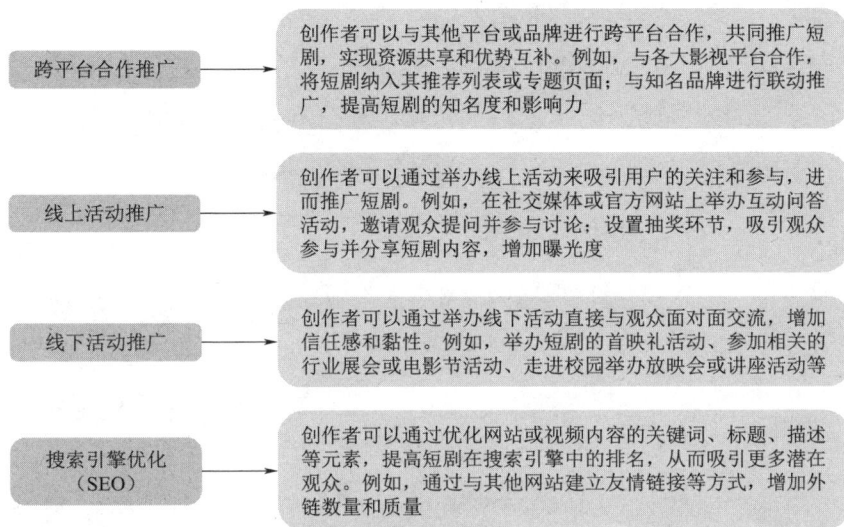

| | |
|---|---|
| 跨平台合作推广 | 创作者可以与其他平台或品牌进行跨平台合作，共同推广短剧，实现资源共享和优势互补。例如，与各大影视平台合作，将短剧纳入其推荐列表或专题页面；与知名品牌进行联动推广，提高短剧的知名度和影响力 |
| 线上活动推广 | 创作者可以通过举办线上活动来吸引用户的关注和参与，进而推广短剧。例如，在社交媒体或官方网站上举办互动问答活动，邀请观众提问并参与讨论；设置抽奖环节，吸引观众参与并分享短剧内容，增加曝光度 |
| 线下活动推广 | 创作者可以通过举办线下活动直接与观众面对面交流，增加信任感和黏性。例如，举办短剧的首映礼活动、参加相关的行业展会或电影节活动、走进校园举办放映会或讲座活动等 |
| 搜索引擎优化（SEO） | 创作者可以通过优化网站或视频内容的关键词、标题、描述等元素，提高短剧在搜索引擎中的排名，从而吸引更多潜在观众。例如，通过与其他网站建立友情链接等方式，增加外链数量和质量 |

图 11-16　进行多渠道推广的方法

>> 小贴士 >>>>>>

搜索引擎优化（search engine optimization，SEO），是一种利用搜索引擎的规则提高网站在有关搜索引擎内自然排名的方式。

## 11.4　短剧的转化获利方式

通过合理的转化获利方式，短剧创作者和平台可以获得经济收益，进而激励更多优质内容的产出，形成良性循环。同时，短剧转化获利也为品牌商、广告主等提供了新的营销渠道，促进了多方共赢的局面。本节介绍四种常见的短剧转化获利方式。

## 11.4.1　广告转化获利

广告转化获利是指通过在短剧中插入广告内容，利用短剧的高流量和观众基础，将广告信息传递给目标受众，从而获取广告费用或合作收益的过程。

广告转化获利是短剧重要的盈利方式之一。通过精准定位、多样化的广告形式和持续的内容创新，创作者和平台可以充分利用广告转化获利的优势实现经济收益和品牌影响力的双赢。下面介绍常见的广告转化获利形式，如图 11-17 所示。

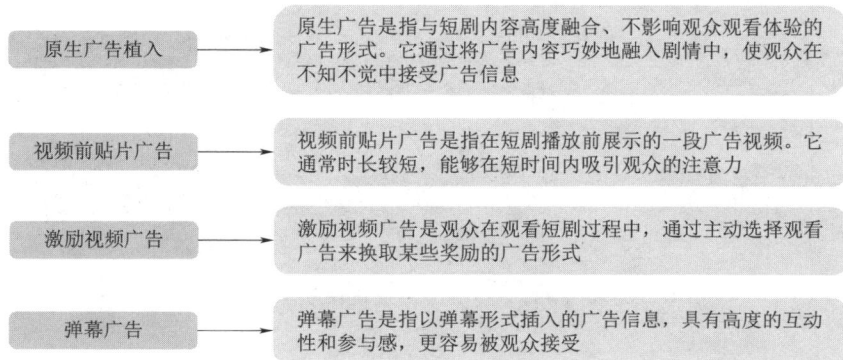

| | |
|---|---|
| 原生广告植入 | 原生广告是指与短剧内容高度融合、不影响观众观看体验的广告形式。它通过将广告内容巧妙地融入剧情中，使观众在不知不觉中接受广告信息 |
| 视频前贴片广告 | 视频前贴片广告是指在短剧播放前展示的一段广告视频。它通常时长较短，能够在短时间内吸引观众的注意力 |
| 激励视频广告 | 激励视频广告是观众在观看短剧过程中，通过主动选择观看广告来换取某些奖励的广告形式 |
| 弹幕广告 | 弹幕广告是指以弹幕形式插入的广告信息，具有高度的互动性和参与感，更容易被观众接受 |

图 11-17　常见的广告转化获利形式

## 11.4.2　付费与会员制度

付费与会员制度是短剧转化获利的重要方式，它们通过提供差异化的服务和内容来吸引观众付费，从而实现盈利。下面是付费与会员制度的详细介绍。

### ▶▷ 1. 付费制度

付费制度通常指的是观众需要为观看特定的短剧内容支付一定的费用，这种制度主要有以下三种形式。

（1）单片购买。观众可以选择只购买自己感兴趣的某一集或某几集短剧进行观看。这种方式给予观众更多的选择权，只需支付自己想看的内容的费用。

（2）按次收费。在某些平台上，观众可以按照观看的集数进行付费，每观看一集就需要支付一次费用。这种方式适用于那些只想观看特定几集的观众。

（3）付费下载。部分平台还提供付费下载服务，观众可以支付一定费用下载自己喜欢的短剧，以便离线观看。这种方式满足了观众在没有网络连接时也能观看短剧的需求。

### ▶▶2. 会员制度

会员制度则是通过提供一系列增值服务来吸引观众成为会员，并支付一定的会员费用。会员制度主要有以下两种形式。

（1）订阅制会员。观众可以选择按月、季度或年支付一定的会员费用，以获取观看平台上所有或大部分短剧的权限。这种方式通常还会附带一些额外的福利，如优先观看新剧集、无广告观看、参与会员专属活动等。

（2）分级会员。部分平台还设有分级会员制度，即根据会员支付的费用不同，提供不同等级的服务和权益。例如，普通会员可能只能享受基本的观看权限和少量福利，而高级会员则可以享受更多的增值服务和特权。这种方式能够更好地满足不同层次观众的需求，增加平台的收入来源。

## 11.4.3 售卖版权与分销短剧

售卖版权与分销短剧是创作者在短剧行业中实现盈利的两种重要方式。它们不仅能够为创作者带来直接的经济收益，还能促进短剧的广泛传播和影响力提升。下面是售卖版权和分销短剧的详细介绍。

### ▶▶1. 售卖版权

售卖版权是指创作者将其创作的短剧版权（包括但不限于复制权、发行权、信息网络传播权等）转让给电视台、在线视频平台、社交媒体或其他媒体机构，以换取一定的经济报酬。售卖版权主要有以下两种形式。

（1）一次性买断

一次性买断是指买方（如电视台、网络平台）一次性支付创作者一笔费用，获得短剧版权的永久或长期使用权。这种方式对于创作者来说，能够迅速获得一笔可观的收入，但后续收益与短剧的播放效果无关。一次性买断的价格通常根据短剧的质量、题材、受众群体及市场预期等多种因素综合确定。

（2）分账模式

分账模式是指创作者与买方约定，根据短剧在平台上的播放效果（如点击量、观看时长、会员拉新等）进行收益分成。这种方式能够激励创作者创作出更多优质的内容，因为播放效果越好，收益也越高。分账模式的具体比例和结算方式会在合同中明确约定，通常包括版权费、广告分成、会员费分成等多个方面。

▶▷ 2. 分销短剧

分销短剧是指创作者或版权方将短剧内容授权给分销商，由分销商通过多渠道进行推广和销售，双方按照约定的比例分配收益。分销短剧主要有以下两种形式。

（1）授权分销

授权分销是指创作者或版权方将短剧的播放权、推广权等授权给分销商，由其负责在多个平台上进行推广和销售。创作者或版权方与分销商之间的收益分配比例会在合同中明确约定，通常根据分销商的推广效果进行动态调整。

（2）CPS 分佣模式

按销售付费（cost per sales，CPS）分佣模式是指在分销过程中，采用按销售额分佣的方式结算收益。即分销商每成功推广并销售出一份短剧或会员服务，就能获得一定比例的销售佣金。

这种模式能够激励分销商更加积极地推广短剧，因为他们的收益与销售业绩直接挂钩。同时，创作者或版权方也能通过分销商的推广力量扩大短剧的影响力，从而实现双赢。

## 11.4.4 IP 授权与衍生品

IP 授权，即知识产权授权，是指创作者将其创作的 IP（包括角色、故事、设计等元素）的版权授予其他企业或个人，允许他们在一定时间内和特定范围内使用这些 IP 进行产品开发、销售或宣传等活动，并从中获取一定的经济回报。常见的授权方式一共有四种，如图 11-18 所示。

而衍生品则是 IP 授权的具体表现形式和盈利渠道之一。衍生品开发是指基于 IP 的形象、故事、元素等，设计和生产一系列与之相关的商品或服务，并通过销售这些衍生品来获取经济收益。创作者既可以自行开发衍生品，也可以将 IP 授权给某个企业或个人，由他们进行衍生品的开发。

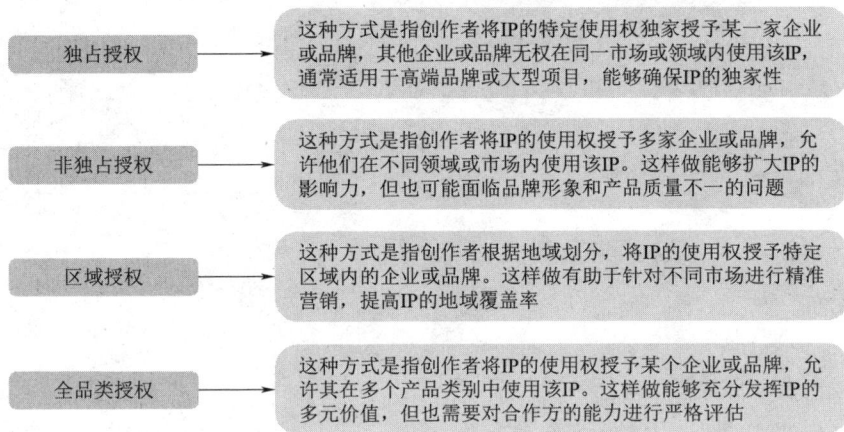

| 授权方式 | 说明 |
|---|---|
| 独占授权 | 这种方式是指创作者将IP的特定使用权独家授予某一家企业或品牌，其他企业或品牌无权在同一市场或领域内使用该IP，通常适用于高端品牌或大型项目，能够确保IP的独家性 |
| 非独占授权 | 这种方式是指创作者将IP的使用权授予多家企业或品牌，允许他们在不同领域或市场内使用该IP。这样做能够扩大IP的影响力，但也可能面临品牌形象和产品质量不一的问题 |
| 区域授权 | 这种方式是指创作者根据地域划分，将IP的使用权授予特定区域内的企业或品牌。这样做有助于针对不同市场进行精准营销，提高IP的地域覆盖率 |
| 全品类授权 | 这种方式是指创作者将IP的使用权授予某个企业或品牌，允许其在多个产品类别中使用该IP。这样做能够充分发挥IP的多元价值，但也需要对合作方的能力进行严格评估 |

图 11-18　四种常见的授权方式

常见的衍生品形式包括实物商品，如 IP 角色玩具、服装、文具、家居用品等；数字内容，如电子书、漫画、动画、游戏等；线下体验，如主题乐园、展览、演出等；跨界合作，即与其他品牌或企业合作推出联名产品或活动。

创作者通过 IP 授权与衍生品的形式转化获利，是一种多元化、可持续的盈利模式。它不仅能够为创作者带来可观的经济收益，还能够扩大 IP 的影响力，提升品牌的知名度和美誉度。

第 **12** 章

# AI：创作短剧的
# 好帮手

短剧虽然篇幅相对较短，但创作过程却是一项既富有挑战性又极具艺术创造性的工作。随着科技的进步，人工智能（artificial intelligence，AI）被广泛应用于各行各业中，而 AI 与短剧创作的结合可以提高短剧的创作效率，帮助创作者更快、更好地写作出爆款短剧。

## 12.1　让 AI 提供短剧灵感

当今，AI 写作工具已经日趋普遍和成熟，并且操作也非常简单，创作者可以很快掌握使用方法，进行短剧的创作。如果创作者想不出该写什么主题的短剧，可以让 AI 来提供灵感。本节以文心一言为例，介绍让 AI 提供短剧灵感的操作方法。

**STEP 01** 在浏览器（如百度浏览器）中输入并搜索"文心一言"，在"网页"选项卡中，单击"文心一言"广告板块中的"体验文心一言"按钮，如图 12-1 所示。

图 12-1　单击"体验文心一言"按钮

**STEP 02** 执行操作后，进入文心一言的首页，单击页面右上角的"立即登录"按钮，如图 12-2 所示。

**STEP 03** 弹出登录对话框，如图 12-3 所示，创作者可以选择扫码、账号或短信的方式进行登录。以扫码登录为例，创作者需要打开手机上的百度 App，使用其"扫一扫"功能，对准登录对话框中的二维码进行扫描，在百度 App 跳转的界面中选择相应的百度账号进行登录即可。

图 12-2　单击"立即登录"按钮　　　　图 12-3　弹出登录对话框

>> 小贴士 >>>>>>

　　如果创作者没有百度账号或百度 App，可以选择用短信进行登录，通过输入手机号和验证码，即可完成登录，并自动注册一个百度账号。

**STEP 04** 登录完成后，即可进入文心一言的"对话"页面，如图 12-4 所示，此时创作者可以开始对 AI 进行提问。

图 12-4　进入文心一言的"对话"页面

**STEP 05** 在"对话"页面底部的输入框中输入提示词，按回车键发送，让 AI 根据创作者的需求提供短剧的灵感，相关提示词和回复内容如下。

## 提问

现在你是一名短剧创作者，请根据下面的需求提供三个短剧的灵感
需求：1. 要有创意，勇于打破常规；2. 题材为武侠；3. 传播正能量

## 文心一言

短剧灵感一：《逆鳞之舞》

背景设定：在传统武侠世界的基础上，构想了一个"逆鳞"族群，他们身怀异能，能够化身为龙形，但代价是每次变身都会消耗生命力，且易受外界情绪影响失控。主角龙影，是逆鳞族中最年轻的战士，因一次失控造成巨大破坏，被族人放逐。

创意点：结合龙的神话与武侠元素，探索自我控制、情感管理与责任承担的主题。逆鳞族的设定打破了常规武侠中"内力修炼"的框架，引入了更为奇幻的生物能力。

情节概述：龙影在流浪中遇到了一群被江湖遗忘的弱小村民，他们面对强敌毫不畏惧，团结互助的精神深深触动了龙影。在保护村民的过程中，龙影学会了如何控制自己的情绪与力量，不再让逆鳞之力成为毁灭的源头。最终，他带领村民击败了威胁他们的真正敌人——一个企图利用逆鳞之力征服武林的邪恶势力。龙影不仅赢得了族人的谅解与尊重，更成为连接人与龙、善与恶之间的桥梁，传递了"爱与责任能战胜一切"的正能量。

短剧灵感二：《时光剑影》

…………

短剧灵感三：《墨染江湖》

…………

>> 小贴士 >>>>>>

　　由于篇幅原因，AI 写作工具回复的内容只展示要点，详细的回复文案，请看随书提供的回复文案完整文件。

# 12.2　用 AI 梳理短剧结构

当创作者构思好了短剧的主题，可以让 AI 根据主题来梳理短剧的结构，让后续的内容写作更具有条理性，相关案例如下。

## 提问

请你根据第三个灵感，按三幕式结构对短剧的内容进行梳理

文心一言

短剧《墨染江湖》三幕式结构梳理

第一幕：风云初起

开场：

场景设定在繁华而又暗流涌动的武侠小镇，阳光透过树梢，洒在古朴的街道上。

主角墨轩，一位风度翩翩的青年，正在街头以笔作画，其笔法流畅，墨色深浅间似有剑气纵横。

冲突引入：

墨轩突然被一群神秘人围攻，指责他背叛师门，偷学禁术。原来，师门中有一本珍贵的武学秘籍被盗，而所有证据都指向了墨轩。

墨轩百口莫辩，被迫在众目睽睽之下与师门弟子交手，虽然未下重手，但名声受损，被逐出师门。

情感转折：

墨轩在离开师门时，遇到了几位因战乱失去家园的孩童，他们无助的眼神触动了墨轩的心弦。

墨轩决定暂时放下个人恩怨，用自己的书法与武学保护这些无辜的孩子，踏上了一段未知的旅程。

第二幕：江湖路远

…………

第三幕：墨舞乾坤

…………

>> 小贴士 >>>>>>

　　在文心一言中，如果创作者想让 AI 根据之前回复的内容继续生成，可以在同一个对话窗口中继续提问；如果创作者想开启新话题，则可以单击"对话"页面左侧的"对话"按钮，新建一个对话窗口进行提问。本章案例为了保持故事的连贯性，都在同一个对话窗口中进行对话。

# 12.3 用 AI 设计角色形象

设计短剧中的角色可以从外在特征、内在特质、语言习惯、背景和经历及心理描写等方面进行，创作者可以让 AI 从一个或几个方面对短剧中的角色形象进行设计，相关案例如下。

### 📷 提问

请根据故事内容，从外在特征、内在特质和语言习惯这三个方面对主角的形象进行设计

### 🔷 文心一言

主角墨轩的形象设计

外在特征：

1. 年龄与体态：墨轩年纪二十五六，身材修长而不失力量感，举止间透露出一种文雅而不失英气。他的双眼深邃明亮，仿佛能洞察人心，又时常流露出温柔与坚韧的光芒。

2. 服饰装扮：他常着一袭素色长袍，袍上绣有淡雅的墨竹图案，既显其文人墨客的身份，又不失武林高手的风范。腰间挂着一只精致的墨盅和几支不同型号的毛笔，这是他行走江湖时不可或缺的伙伴。长发以一支简约的木簪束起，随风轻扬，更添几分飘逸之感。

3. 特殊标记：在他的右手腕上，有一道淡淡的墨色印记，这是他在一次意外中，以自己的书法武学保护一个孩子时留下的。这道印记不仅是他勇气的见证，也成为了他独特的外在标志。

内在特质：

……………………

语言习惯：

……………………

# 12.4　让 AI 细化剧情冲突

在短剧创作中，剧情冲突是推动故事发展、塑造角色性格、吸引观众注意力的核心要素。让 AI 细化剧情冲突，不仅能够提升作品的深度与张力，还能增强其艺术表现力和观众的情感共鸣，相关案例如下。

## 提问

请基于短剧的故事内容，细化其中的剧情冲突，并在细化冲突时，运用修辞手法（如比喻、象征、对比）和细节描写（如心理描写、环境烘托）来增强冲突的表现力

## 文心一言

短剧《墨染江湖》剧情冲突细化及修辞手法运用

细化剧情冲突一：误会被逐与自我救赎

冲突前奏：

1. 环境烘托：夜幕低垂，师门大殿内烛火摇曳，映照出墨轩孤独而坚定的身影。窗外风声呼啸，仿佛预示着即将到来的风暴。

2. 心理描写：墨轩内心翻涌如潮，他深知自己被诬陷的真相难以昭雪，但更让他痛心的是师门的不信任与冷漠。他闭上眼，深吸一口气，试图平复内心的波澜。

冲突升级：

1. 对比手法：昔日同门师兄弟如今剑拔弩张，他们眼中的愤怒与冷漠与墨轩脸上的平静与坚定形成鲜明对比。墨轩的每一句话都如同掷地有声的石头，试图打破这冰冷的误解之墙。

2. 象征手法：师门长老手中的那把象征权力与公正的剑，此刻却仿佛成了一把刺向墨轩心脏的利刃。他感到一阵窒息，但心中的信念如同不灭的烛火，照亮了他前行的道路。

冲突高潮：

…………

细化剧情冲突二：江湖路远与真相追寻

…………

# 12.5　让 AI 设计反转剧情

　　独特的反转剧情不仅是吸引观众注意力、激发情感共鸣的关键要素，更是提升作品深度、塑造独特风格的重要手段。一个巧妙的反转剧情能在有限的时间内产生巨大的情感冲击和思维转折，使观众在惊喜与震撼中留下深刻印象。

　　而让 AI 来设计反转剧情，不仅能够提升作品的吸引力和观赏性，还能够为作品注入更多的创意与想象力，相关案例如下。

## 提问

　　请基于上面的故事内容，在第三幕设计一个出人意料的情节反转。这个反转应该让观众感到震惊，同时揭示主角隐藏的动机或秘密身份。请确保反转的逻辑合理，与前面的剧情紧密相连，并不改变故事的结局

## 文心一言

　　第三幕：出人意料的情节反转设计

　　情节反转：隐藏的守护者身份

　　背景铺垫：

　　在第三幕的高潮部分，墨轩已经凭借自己的智慧和勇气，揭露了真正的幕后黑手，并即将迎来与其的最终对决。然而，在决战前夕，一个神秘人物的出现打破了原有的紧张氛围，也为整个故事带来了一个惊人的转折。

　　反转情节：

　　1. 神秘人物登场：一位身披黑袍，面容被阴影笼罩的神秘人突然出现在比武场中央，他缓缓走向墨轩，用一种只有两人才能听懂的语气说道："墨轩，是时候揭晓你的真正身份了。"

　　2. 隐藏身份的揭露：在众人惊愕的目光中，墨轩的脸色微微一变，但很快恢复了平静。他缓缓摘下头上的木簪，露出了一枚精致的玉佩，玉佩上刻有师门

独有的图腾，但更引人注目的是，图腾中央镶嵌着一颗微小的、散发着淡淡光芒的宝石。

…………

逻辑合理性：

…………

# 12.6　用 AI 放大故事爽点

爽点是短剧中让观众产生强烈情感共鸣和高潮体验的关键点，AI 可以通过分析观众偏好、情绪反应等数据，更精准地定位并放大这些爽点，使剧情更加扣人心弦，观众更容易被故事吸引并沉浸其中，相关案例如下。

## 提问

请根据短剧的内容和目标观众，定位并放大故事中的爽点

## 文心一言

爽点定位与放大：《墨染江湖》

目标观众分析：

《墨染江湖》的目标观众主要面向喜爱武侠、玄幻题材，追求情节跌宕起伏、角色成长鲜明，以及正邪对抗激烈等元素的年轻观众群体。他们渴望在故事中看到主角从平凡到非凡的转变，享受主角克服重重困难、实现自我价值的过程。

爽点定位：

1. 逆袭成长：

初始设定：墨轩从被诬陷、逐出师门的低谷开始，逐渐展现出非凡的才能与坚韧不拔的精神。

放大方式：通过详细描绘墨轩在逆境中的成长历程，如他在保护孩童、挑战强敌过程中不断突破自我极限，学会新技能或领悟武学真谛。每一次的成功都让观众感受到"爽"的体验。

…………

爽点放大策略：

............

# 12.7　用 AI 编写人物对白

创作者在编写人物的对白时，可能会因为难以进入情境，而写不出合适的对白内容。此时创作者可以给 AI 提供具体的情境，让它来编写对白，具体案例如下。

## 提问

请根据故事内容和角色设定，编写出故事第一个冲突时的人物对白

## 文心一言

【场景设定】：师门大殿内，气氛凝重，烛火摇曳。主角墨轩身着素色长袍，立于大殿中央，周围是师门长老及众弟子，面色各异，有的疑惑，有的愤怒，有的冷漠。

长老甲（严厉地）："墨轩，你可知罪？"

墨轩（微微一愣，随即拱手行礼，语气平静而坚定）："弟子不知，请长老明示。"

长老乙（怒目圆睁，手中紧握着一封密信）："哼！还敢狡辩！这封密信上写得清清楚楚，你私通外敌，意图盗取我师门至宝'墨心诀'！你还有什么话说？"

墨轩（眉头紧锁，目光扫过那封密信，心中涌起一股莫名的寒意，但表面依旧镇定）："弟子墨轩，自问入师门以来，一直恪守门规，勤勉修行，从未有过背叛师门之举。这封密信，定是有人伪造，欲陷弟子于不义！"

............

# 12.8　用 AI 规划视觉效果

除了特殊情况之外，一部短剧的视觉效果应该与短剧的内容相契合，并始

终保持和谐与统一。创作者可以让 AI 从色彩、光影、场景、道具、特效、动画、镜头语言和构图等方面，对短剧整体的视觉效果进行规划，相关案例如下。

### 提问

请从色彩、光影、场景、道具、特效、动画、镜头语言和构图这八个方面，对短剧整体的视觉效果进行规划，要求：与短剧的内容相契合，始终保持和谐与统一

### 文心一言

短剧《墨染江湖》视觉效果规划

1. 色彩

基调：采用水墨画风格的淡雅色调作为主基调，以黑、白、灰为主，辅以淡蓝、淡绿等冷色调，营造出江湖的深邃与神秘感。关键情感高潮时，可适当加入金色或红色作为点缀，增强视觉冲击力。

情感映射：随着剧情的发展，色彩可以逐渐从冷色调向暖色调过渡，反映主角从被诬陷到洗清冤屈、最终成长的心路历程。

2. 光影

自然光与人工光结合：利用日出日落的自然光线变化，营造江湖的壮丽与变幻莫测。室内场景则通过油灯、烛火等人工光源，增加温暖与氛围感。

光影对比：在战斗或紧张情节中，采用强烈的光影对比，突出主角的英勇与敌人的阴险，增强戏剧张力。

3. 场景

虚实结合：结合实景拍摄与电脑动画特效，打造既真实又超脱的江湖世界。如山水之间的竹林、古朴的师门大殿、幽暗的密道等。

…………

## 12.9  让 AI 创作主题曲歌词

借助 AI，创作者可以获得短剧中的配乐建议。另外，如果创作者没有找到

满意的主题曲，可以让 AI 来写作主题曲的歌词，后期再运用 AI 工具或请专业人员进行谱曲，相关案例如下。

## 提问

请结合故事内容，为短剧创作一首主题曲的歌词，要求：突出短剧的主题，词句优美，语言符合短剧的时代特征

## 文心一言

【短剧《墨染江湖》主题曲歌词】

【副歌】

墨色轻染，江湖远，风带起千年尘烟。

剑指天涯，情难断，一曲高歌荡人间。

山河辽阔，梦未央，心随云起共翱翔。

恩怨情仇，皆过往，唯余墨香绕指凉。

【第一节】

古道边，柳絮纷飞春意绵，

少年郎，策马扬鞭入画卷。

一袭青衫，几笔风流写尽年少狂，

江湖路远，未知何日是归航。

【副歌】

墨色轻染，岁月长，剑影刀光映月光。

情深似海，意难忘，红尘一笑万事藏。

山高水远，路茫茫，心中有梦不畏霜。

墨染江湖，爱恨交织成绝响。

…………